# TÖDLICHES SCHWEIGEN

## DIE LUCA-MYSTERY-REIHE

## DAN PETROSINI

DAN PETROSINI
MYSTERY & SUSPENSE AUTHOR
www.danpetrosini.com

ISBN: 978-1-960286-91-8

Naples, Fl, USA

Sie können über mein Schreiben auf dem Laufenden bleiben und Zugang zu Büchern haben, die frei von Discounter sind, indem Sie sich meinem Newsletter anschließen. Normalerweise ist es einmal im Monat ausgestiegen und enthält auch Notizen zu Selbstwertgefühl, Motivationsstücken und Weinartikeln.

Es ist kostenlos. Siehe meine Website: www.danpetrosini.com

# DANKSAGUNG

Besonderer Dank gilt Julie, Stephanie und Jennifer für ihre Liebe und Unterstützung sowie Squad Sergeant Craig Perrilli für seinen fachkundigen Rat aus der realen Welt der Strafverfolgung. Er hilft mir, authentisch zu bleiben.

# 1

ICH FÜHLTE MICH BEKLOMMEN UND KONNTE DEN FINGER NICHT darauf legen, warum. Unsere kleine Tochter, Jessica, war ein wahrer Sonnenschein, und Mary Ann und ich genossen unsere neuen Rollen als Eltern. Die Sorgen, die ich mir gemacht hatte, dass das Vatersein meine Beziehung zu meiner Frau beeinträchtigen würde, waren unbegründet. Bisher jedenfalls. Sogar der wiederkehrende Schmerz in meinem Bauch war verschwunden.

Das Leben war schön. Ich konnte mir nicht vorstellen, dass es noch schöner sein könnte. Warum fühlte es sich also an, als stünde ich auf einem Wakeboard? Etwas schien direkt unter der Oberfläche zu lauern. Mir war das Gefühl nicht fremd, aber normalerweise war es die Folge eines bevorstehenden Problems, wie die verfahrene Situation mit meiner Ex-Frau, der Tod meines Ex-Partners oder mein Kampf gegen den Krebs.

Uns waren die Windeln ausgegangen, und ich musste einen Abstecher zu Walmart machen, bevor ich ins Büro fuhr. Eine neue Website für Babybedarf hatte tolle Preise, aber einen schrecklichen Lieferservice. Ich drückte Mary Ann einen

Armvoll Windeln in die Hand, sprang wieder in den Cherokee und fuhr zur Arbeit.

Derrick rief an, als ich an Bayfront vorbeifuhr.

»Was gibt's?«

»Bist du auf dem Weg hierher?«

»Ja, ich biege gleich auf die Einundvierzig ab. Warum?«

»Es kam ein Anruf wegen einer Leiche rein.«

Ich wusste es. »Wo?«

»Hinter einem Laden namens Stone Heaven. Das ist ein Granitlager auf dem J and C Boulevard.«

»Schick mir die Adresse per SMS. Ich fahre direkt dorthin. Sorge dafür, dass jemand das Gelände absperrt. Ich will niemanden näher als dreißig Meter an der Leiche haben.«

Als ich auf die Airport Pulling Road abbog, wurde mir klar, dass es der 20. Februar war und der Frühling noch einen Monat hin war. Statt dass die Dinge grüner wurden, nahmen sie eine düstere Wendung.

---

DREI STREIFENWAGEN PARKTEN VOR STONE HEAVEN. DERRICKS Wagen sah ich nicht. Das Grundstück war nicht eingezäunt. Das Gewicht der ausgestellten Platten machte jede Gefahr eines Diebstahls zunichte.

Ein uniformierter Beamter hob das Absperrband an. Als ich mich darunter durchduckte, schoss mir der Schmerz wieder in den Bauch. Ich trug mich in die Liste ein und war dankbar, dass ich einen Termin bei dem Arzt hatte, der meine Blase entfernt hatte.

Während ich die Einfahrt hochging, konnte ich keine Videoüberwachung erkennen. Es gab eine Reihe von Platten von der Größe eines Garagentors in verschiedenen Weißtönen, manche mit dunkelgrauen Adern, andere reinweiß.

Das Gebäude war ein zweistöckiges Industriegebäude, dessen Front für einen kleinen Ausstellungsraum hergerichtet worden war. Ein Blick durch das Glas enthüllte zwei Schreibtische mit Stühlen davor und Auslagen, die mich an ein Fliesengeschäft erinnerten. Ansonsten war alles sehr spärlich eingerichtet.

An der rechten Seite des Gebäudes entlang verlief ein schmaler Parkplatz. Weiter hinten standen unzählige dünne Platten dicht an dicht. Es sah aus wie ein riesiges, aufgefächertes Kartenspiel. Ungefähr zehn Meter dahinter standen zwei Beamte Wache. Mit einem von ihnen hatte ich Softball gespielt, als ich neu nach Naples gekommen war. Er war ein guter Kerl, aber ein erstklassiger Klugscheißer.

»Hey, Frank. Wie geht's dir? Hab gehört, du bist jetzt ganz häuslich geworden, mit Frau und Baby.«

»Stimmt genau. Und wie geht's dir so, Dillon?«

»Alles bestens. Wir könnten dieses Jahr einen Second Baseman gebrauchen, falls du nicht gerade Windeln wechseln musst.«

»Ha-ha. Was haben wir hier?«

»Die Auslieferungscrew hat die Platten für den Tag verladen, und der Gabelstaplerfahrer, Julio Barza, hat die Leiche gefunden.«

»Hat irgendjemand etwas angefasst?«

»Nein. Der Kerl sagte, er ist vom Gabelstapler gesprungen und ins Lagerhaus gerannt, um den Vorarbeiter zu holen.« Er zeigte mit dem Finger. »Die Leiche liegt gleich hinter der schwarzen Platte.«

Zwischen den Platten war eine größere Lücke, und die Leiche lag mit dem Gesicht nach unten auf ein paar leeren Plattengestellen. Es fiel mir sofort auf.

Es sah nach einer professionellen Hinrichtung aus: Hände gefesselt, Kugel im Hinterkopf, Klebeband über dem Mund. Das Opfer war ein weißer Mann, Ende vierzig bis Anfang fünfzig. Eins achtzig, etwa achtzig Kilo. Ich ging in die Hocke. Er hatte gute Haut und war gepflegt.

Ich legte meinen Handrücken auf die rechte Hand des Opfers. Sie war kühl. Ich bewegte meine Faust zu seiner Körpermitte. Er gab kaum nach. Er war seit mehreren Stunden tot. Vielleicht zwischen 1 und 5 Uhr morgens getötet worden.

Das Opfer trug ein langärmeliges weißes Hemd, eine dunkelblaue Hose und teure Slipper. Ich zog Handschuhe an und überprüfte seine Gesäßtaschen. Nichts. Brauchten Leute mit so viel Geld keine Brieftasche oder war das ein Raubüberfall gewesen?

Sich die Zeit zu nehmen, eine Leiche an einem Ort wie diesem abzulegen, passte nicht zu einem zufälligen Raubüberfall. Wer auch immer diesen Mann getötet hatte, hatte wahrscheinlich seine Identität gestohlen, um Zeit zu schinden und sich noch etwas Geld unter den Nagel zu reißen.

Die Spurensicherung würde einen mobilen Fingerabdruckscanner dabeihaben. Vielleicht würden wir schnell eine Identifizierung hinbekommen. Ich umrundete die Leiche. Das Blutspurenmuster deutete darauf hin, dass er hier abgeladen worden war. Für alle Fälle suchte ich nach einer Patronenhülse, obwohl ich wusste, dass der Täter keine zurückgelassen hätte, wenn er hier erschossen worden wäre.

Wer war dieser Mann? Warum war er mit einem Schuss in den Hinterkopf hingerichtet worden, wie bei einem Mafiamord? Ich wusste, dass Stereotype hier fehl am Platz waren, aber das Opfer sah nicht nach dem Typus organisierter Kriminalität aus.

Vielleicht lag es an meiner Zeit in New Jersey, aber egal, wie schick sich jemand kleidete und wie gepflegt er war, ich konnte erkennen, ob es sich um Gangster handelte, und blickte direkt durch ihre Brooks-Brothers-Kostüme.

Sie waren die Personifikation des alten Sprichworts: Man kann ein Schwein mit Lippenstift bemalen, aber es bleibt trotzdem ein Schwein. Egal, wie oft sie zur Maniküre gingen oder wie viele Seidenanzüge sie trugen, nichts konnte ihre Herzen erweichen.

Ich müsste meine Marke abgeben, wenn der Mann, der hier lag, ein Gangster war. Das passte einfach nicht. Wer war dieser Kerl, und warum wurde er hingerichtet? Ich ging zur Rückseite des Grundstücks, das keinen Zaun hatte. Es grenzte an ein Gebäude mit vier kleinen Geschäften: eine Computerreparaturwerkstatt, ein Raumausstatter, ein Musikgeschäft und ein Buchhaltungsbüro.

Das Grundstück links war eine Autowerkstatt und rechts ein Sanitärgroßhandel. Dies war ein belebtes Industriegebiet, und ich hoffte, wir würden ein oder zwei Augenzeugen auftreiben. Ich ging nach vorne und wartete auf die Spurensicherung.

## 2

---

»ALLES GUTE ZUM GEBURTSTAG, KLEINER SCHATZ. ICH KANN'S kaum glauben, dass du schon vier Monate alt bist.«

Ich nahm Mary Ann Jessica ab und küsste sie auf beide Wangen. Sie war wunderschön. Ein leibhaftiger Engel mit blonden Haaren und pausbäckigen Wangen. Sie sah aus wie eine hellere Version meiner Frau. Jessie fing an zu weinen. Ich gab sie Mary Ann zurück und sie beruhigte sich sofort.

Ich streckte einen Finger aus, in der Hoffnung, Jessie würde ihn ergreifen. »Hast du da irgendeinen Zaubertrick drauf oder so was?«

»Sie ist nur müde. Ich wollte sie gerade für ein Nickerchen hinlegen, aber dann habe ich das Garagentor gehört.«

Ich beugte mich vor und atmete ihren Duft ein. Babys hatten ihren ganz eigenen Geruch und er war berauschend. »Schlaf schön, Papi. Wir sehen uns später, okay?«

»Du musst mit diesem Papi-Gerede aufhören. Sonst kommt sie mit ihrem Namen durcheinander.«

»Das ist doch lächerlich.«

»Lass mich sie ins Bett bringen, während du dich umziehst.«

Als ich ins Schlafzimmer ging, bemerkte ich die Uhrzeit. Es war erst 17:30 Uhr. Ich wusste nicht, ob es an Jessie lag oder daran, dass wir die Leiche identifizieren mussten, bevor wir den Mörder jagen konnten, aber ich hatte kein schlechtes Gewissen, um fünf Feierabend zu machen.

Die Leiche war der erste Mordfall, seit Jessica geboren war. Es gab viele Unbekannte in dem neuen Fall, und die wichtigste war, ob ich eine vernünftige Balance zwischen Familie und Arbeit aufrechterhalten konnte.

Mary Ann schlich auf Zehenspitzen ins Zimmer, die Schultern zu den Ohren hochgezogen. Warum machten die Leute das? Dachten sie wirklich, sie wären leichtfüßiger, wenn sie die Schultern hochzogen?

»Sie ist eingeschlafen, sobald ich sie hingelegt habe.«

»Brütet sie was aus?«

»Nein. Sie hat heute Nachmittag nicht so lange geschlafen. Du hättest sie sehen sollen. Sie hat jedes Mal gebrabbelt, wenn ich das Mobile angemacht habe.«

»Ich wette, sie wird früh sprechen. Gestern Abend hat sie versucht, Papi zu sagen, als du unter der Dusche warst.«

»Träum weiter, Frank.«

»Nein, ich schwör's. Es klang, als ob sie Dada sagen wollte.«

»Vielleicht, weil du sie ständig Papi nennst.«

»Sehr witzig. Soll ich den Grill anwerfen?«

»Ich habe ein paar Garnelen aus dem Gefrierschrank geholt. Ich wärme die Suppe von gestern auf.«

Es war das dritte Mal in einer Woche, dass es Garnelen gab. Ich wollte zu Burger King rennen und mir einen Whopper mit Pommes holen, aber Mary Ann versuchte, wieder in Form zu kommen, und ich musste sie unterstützen. Ich ging auf die Terrasse, wohl wissend, dass ich meinen Burger morgen zum Mittagessen bekommen würde.

Als ich wieder hereinkam, hatte Mary Ann den Fernseher

an, aber er war stummgeschaltet. Ich zeigte auf ein Bild links neben dem Nachrichtensprecher.

»Wer ist dieser Mann?«

»Keine Ahnung. Warum?«

»Er sieht aus wie der Typ, den wir heute Morgen tot am J and C Boulevard gefunden haben.«

»Ein Mord?«

»Kein Zweifel. Sah aus wie ein Profikiller.« Ich griff nach der Fernbedienung und machte den Ton lauter.

»Frank!«

Das Bild des Mannes verschwand und wurde durch eine Wetterkarte ersetzt. Ich begann, durch die Kanäle zu zappen, in der Hoffnung, das Gesicht unseres möglichen Opfers zu sehen. Mary Ann nahm mir die Fernbedienung weg und schaltete den Fernseher aus.

»Willst du mit Jessie auf dem Schoß essen? Denn ich werde sie nicht halten.«

»Okay, okay.«

---

Jessie war in der Nacht nur zweimal aufgewacht. Meine Abmachung mit Mary Ann war, dass sie zuerst aufstand und wir uns dann abwechselten. Es war verrückt, aber es machte mir nie etwas aus, für sie aufzustehen. Es war, als hätten wir unsere eigene besondere Zeit mitten in der Nacht. Das Kind war unglaublich.

Der Kaffee, den Derrick mir gebracht hatte, war lauwarm. Ich stand auf, um ihn in die Cafeteria zu bringen, als mein Tischtelefon klingelte.

»Detective Luca, Mordkommission.«

»Frank, hier ist Dr. Esposito.«

Es war der Pathologe. »Wie geht es Ihnen, Doc?«

»Ich beginne gleich mit der Obduktion. Ich bin mir ziemlich sicher, dass ich weiß, wer das Opfer ist.«

»Tatsächlich?«

»Ich bin mir ziemlich sicher, dass es Elby Salter ist.«

»Wie schreibt man das?«

Ich notierte mir den Namen und fragte: »Was lässt Sie denken, dass er es ist?«

»Mein Schwager hat vor ein paar Monaten einen Tisch bei der ›Heilung für Krebs‹-Gala im Ritz gesponsert. Maggie und ich sind hingegangen, und Elby Salter war entweder der Vorsitzende oder stellvertretende Vorsitzende der Veranstaltung.«

Ich gab Elby Salter in die Suchleiste ein und ging zu den Bildergebnissen. Eine Reihe von Fotos eines Mannes im Smoking erschien. Er ähnelte nicht dem Mann, den ich gestern Abend im Fernsehen gesehen hatte.

»Wie sicher sind Sie sich?«

»Ziemlich sicher. Ich habe ihn vor Jahren schon einmal gesehen. Die Salters sind eine alte Familie aus Florida, sehr wohlhabend, und Elby hat sich immer für die eine oder andere Wohltätigkeitsveranstaltung engagiert. Ich hoffe, er ist es nicht, aber ...«

»Na gut. Wir werden uns an die Familie wenden. Sehen, ob er als vermisst gemeldet wurde. Ich lasse Sie wissen, wenn wir etwas herausfinden. Führen Sie in der Zwischenzeit die Autopsie durch und sagen Sie mir, was Sie finden. Es wäre schön, wenn Sie etwas finden würden, das uns hilft, den Fall schnell zu lösen.«

Ich reichte Derrick den Namen und sagte: »Kontaktier die Familie. Finde heraus, ob Elby Salter vermisst wird. Esposito glaubt, er könnte die Leiche sein. Ich gehe meinen Kaffee aufwärmen.«

Als ich den Flur entlangging, hatte ich das Gefühl, dass er es war. Wenn ja, wussten wir, wer das Opfer war. Jetzt mussten wir herausfinden, warum er erschossen wurde und wer es getan hatte.

## 3

DERRICK KAM MIR AUF DEM FLUR ENTGEGEN. »ANSCHEINEND wird Elby Salter vermisst. Seine Frau hat gesagt, sie habe ihn seit zwei Tagen nicht gesehen.«

»Hat sie eine Vermisstenanzeige aufgegeben?«

Er schüttelte den Kopf. »Sie meinte, sie wisse, dass man eine Vermisstenanzeige erst aufgeben könne, wenn jemand vier Tage verschwunden sei.«

»Was? Das hat doch noch nie jemanden aufgehalten.«

»Sie sagte, sie habe angenommen, er sei bei seiner Geliebten.«

»Zwei Nächte lang? Das nenne ich mal eine Ehe.«

»Sie sind reich. Vielleicht bleibt sie des Geldes wegen.«

»Oder sie hat selbst einen Freund.«

»Das nennt man dann eine offene Ehe.«

»Ich nenne es verrückt. Hast du ihr gesagt, dass sie sich die Leiche ansehen muss, um zu sehen, ob er es ist?«

»Ja, sie meinte, sie würde in etwa einer Stunde beim Gerichtsmediziner vorbeischauen.«

»Sag bloß nicht, sie hat ›vorbeischauen‹ gesagt?«

»So hat sie es ausgedrückt.«

»Ruf Esposito an, sag ihm, dass sie kommt. Ich will nicht, dass er den Kerl schon aufschneidet, bevor die Frau da ist.«

»Bin schon dabei.«

»Wie heißt die Frau?«

»Annabelle.«

»Annabelle. Schöner Name. Das war einer der Namen, die Mary Ann gefielen. Ich kann mir Jessie jetzt gar nicht mehr als Annabelle vorstellen.«

»Du hast die richtige Wahl getroffen. Jessica gefällt mir auch besser.«

»Ich fahre runter zur Gerichtsmedizin und spreche mit Esposito, während ich auf sie warte. Er sollte einen Todeszeitpunkt für uns haben.«

---

ICH ZOG DEN PULLOVER AN, DEN ICH IM KOFFERRAUM aufbewahrte, und knöpfte meinen Blazer zu, bevor ich das flache Gebäude betrat, in dem die Gerichtsmedizin von Collier untergebracht war. Es fühlte sich trotzdem kalt an. Dr. Esposito war in seinem Büro. Ich schob die Hände in die Taschen und ging einen fensterlosen Korridor entlang zum Büro des Pathologen.

Auf der Ecke des Schreibtisches stand eine Kaffeetasse mit der Aufschrift: *Gerichtsmediziner machen es mit dem Skalpell.* Esposito trug Kopfhörer und tippte auf einer Tastatur herum. Er hob den Kopf und dann einen Finger. Er tippte noch ein paar Wörter, bevor er die Kopfhörer abnahm.

»Wie geht's dir, Frank?«

»Alles bestens.«

»Wie geht's dem neuen Baby?«

Ich lächelte. »Ziemlich unglaublich, wenn ich das mal so sagen darf.«

»Es ist ein Geschenk Gottes.«

Ich zog mein Telefon heraus. »Hier ist sie.«

»Da hast du aber eine Süße, Frank. Ich sehe viel von dir in ihr, etwas von deiner Ähnlichkeit mit George Clooney. Genieß es, solange es anhält.«

Solange es anhält? »Das tun wir.«

»Derrick hat gesagt, Elby Salter sei nicht gesehen worden und seine Frau sei auf dem Weg hierher. Sieht aus, als hättest du recht gehabt.«

»Es ist eine verdammte Schande. Er ist erst dreiundfünfzig.«

»Doc, hast du einen Todeszeitpunkt für mich?«

»Irgendwann zwischen eins und zwei Uhr morgens, am Morgen des zwanzigsten Februar.«

»Okay. Es ist offensichtlich, aber ich muss fragen: Todesursache?«

»Schusswunde am Hinterkopf. Ich würde auf eine .357er oder vielleicht eine .44er tippen, aber ich werde sie nicht entfernen, bis die nächsten Angehörigen die Identität bestätigt haben.«

»Ich weiß, du hast noch nicht angefangen, aber gibt es irgendetwas, das du mir sagen kannst?«

»Eine äußere Untersuchung hat nichts Außergewöhnliches ergeben. Eine Narbe am Bauch, die von einer Hernienoperation zu stammen scheint, und eine am Knie, die wahrscheinlich das Ergebnis einer chirurgischen Reparatur seines vorderen Kreuzbandes war.«

»Keine blauen Flecken? Am Kopf oder Körper?«

»Keine.«

Das Opfer war von seinen Angreifern überrascht worden oder kannte sie. Er leistete keinen Widerstand und musste nicht zum Schweigen gebracht werden. Jemand hätte sich von hinten nähern, ihm den Lauf der Waffe in den Rücken drücken und ihn in ein Auto oder einen Lieferwagen führen können, wo er gefesselt wurde.

»Ich wäre dir dankbar, wenn du ein komplettes Blutbild machen würdest. Wenn es Elby Salter ist, hatte er Geld, und man weiß nie, welche Substanzen er vielleicht genommen hat.«

»Es ist nicht wahrscheinlich, dass er eine illegale Substanz genommen hat.«

»Wie kommst du darauf?«

»Erstens scheint er bei ausgezeichneter Gesundheit zu sein, und zweitens sind das nicht die Leute, die damit in der Öffentlichkeit hausieren gehen. Sie sind eine private, zurückhaltende Familie.«

Ich wollte den Arzt nicht beleidigen, indem ich seine Ahnungslosigkeit infrage stellte. »Warten wir mal ab, was das Blutbild uns verrät, wenn überhaupt.«

Espositos Telefon klingelte. Mrs. Annabelle Salter war da. Ich hatte nicht mit ihr gesprochen und wusste nichts über diese Frau, aber das hatte mich nicht davon abgehalten, mir ein Bild von ihr zu machen.

---

IM FOYER WAREN ZWEI FRAUEN. DER ERSTE GEDANKE, DER MIR in den Kopf schoss, war *Die Frauen von Stepford*. Ich hatte den Film nie gesehen und wusste auch nicht, worum es darin ging. Ich trat an die Frauen heran und hoffte, ich würde daran denken, mir den Film mal anzusehen. Die Frauen hatten ähnliche Gesichter und Körperbauten. Sie schienen verwandt zu sein und waren in einem dezenten Stil gekleidet, beide in dunklen Hosen, die eine mit einer kurzen Jacke über einer weißen Bluse, die andere trug eine langärmelige, cremefarbene Bluse. Sie hatten dasselbe honigfarbene Haar und trugen flache Lederpumps.

»Guten Tag, meine Damen. Ich bin Detective Frank Luca.«

Die Frau mit der Jacke trat vor und streckte ihre Hand aus.

»Annabelle Salter. Es ist mir eine Freude, Sie kennenzulernen. Das ist meine Schwester Savannah.«

Ich bemerkte ein Zittern in ihrer Hand, bevor ich ihr die Hand schüttelte. »Ich wünschte, es geschähe unter anderen Umständen.«

Annabelle nickte kurz. »Sollen wir?«

Sie hatten keine Ahnung, wohin sie gehen sollten, aber ich hörte mich selbst sagen: »Nach Ihnen.« Ich trat beiseite und sagte dann: »Es ist die dritte Tür rechts.«

Savannah ergriff die Hand ihrer Schwester, als sie vor einer Tür mit der Aufschrift *Privat* stehen blieben. Ich umrundete sie und fragte: »Bereit?«

Annabelle biss sich auf die Unterlippe und nickte. Ich schwang die Tür zu einem kleinen Raum auf. Ein durchsichtiges Fenster dominierte die linke Wand. Ein Paar Sofas stand an der gegenüberliegenden Wand.

Ich schloss die Tür hinter ihnen, trat an die Seite des Fensters und legte meine Hand auf einen Wandschalter. »Bereit?«

Annabelle holte tief Luft. »Okay.«

Ich legte den Schalter um, und die Scheibe wurde durchsichtig. Ein Laken bedeckte den Körper auf der Bahre. Dr. Esposito stand bei den Schultern des Leichnams und sah mir in die Augen. Ich nickte, und er zog das Laken zurück, um den Kopf freizulegen.

Ein Keuchen, dann: »Oh mein Gott, Elby.« Annabelle fing an zu weinen, und ihre Schwester führte sie vom Fenster weg, während Esposito das Gesicht von Elby Salter bedeckte.

»Möchten Sie sich setzen?«

Sie schüttelte den Kopf.

»Ist das Ihr Ehemann, Elby Salter?«

Ihre Lippen bebten. »Ja.«

»Bringen Sie doch Ihre Schwester nach Hause, und wir reden später, wenn sie dazu in der Lage ist.«

---

Derrick fragte: »Wie ist es gelaufen?«

»Sagen wir einfach, es ist der beschissenste Teil des Jobs, aber wir wissen mit Sicherheit, dass es Elby Salter ist.«

»Hör zu, es kam ein Anruf rein. Ein Typ, der in der Nacht auf der J & C mit seinem Hund Gassi war, meint, etwas gesehen zu haben.«

»Das hört sich doch schon besser an. Was hat er gesagt?«

»Sein Hund hat direkt bei Stone Heaven einen Haufen gemacht, und er hat gesehen, wie ein weißer Explorer in die Einfahrt fuhr.«

»Hat er jemanden gesehen?«

»Ja. Ich hole ihn rein, damit er mit einem Phantombildzeichner arbeitet.«

»Vielleicht haben wir ja Glück.«

# 4

ICH HÄNGTE MEINE JACKE AUF, LOCKERTE MEINE KRAWATTE UND
sagte:»Derrick, wir müssen so viel wie möglich über Elby
Salter in Erfahrung bringen. Ich will alles wissen, was er in den
letzten achtundvierzig Stunden vor seinem Tod getan hat. Mit
wem er zusammen war, wo er war. Prüf seine Kreditkarten,
Telefondaten, das ganze Programm.«

»Ich bin dran. Nachdem du angerufen hattest, habe ich im
Internet gesucht. Die Familie Salter hat ihre Wurzeln in
Florida und die gehen bis in die Zeit zurück, als Florida ein
Bundesstaat wurde. Ich weiß nicht, ob das Quatsch ist oder
nicht, aber wusstest du, dass Florida eine eigene Währung
hatte, bevor es ein Staat wurde?«

»Keine Ahnung. Was hast du noch herausgefunden?«

»Es gibt nicht viel über ihn. Er ist der Sohn von Delilah und
Prescott Salter. Ich habe eine Todesanzeige für die Mutter
gefunden, aber nichts über den Alten. Sie hatten noch einen
Sohn, Chadwick, und er und Elby kontrollieren eine Firma
namens Southern Motor Works. Ihnen gehören eine ganze
Reihe von Autohäusern im ganzen Bundesstaat. Es gab eine
Erwähnung von ein paar Immobilienprojekten, an denen er

beteiligt war, irgendwas darüber, dass er versucht hat, die Red Sox nach Naples zu holen, und eine Menge Wohltätigkeitskram.«

»Von wo aus arbeiten sie?«

»Das weiß ich nicht. Ich erinnere mich nicht an irgendetwas über einen Hauptsitz oder so.«

Ich ging zum Whiteboard, nahm einen orangefarbenen Stift, schrieb *Elby* und kreiste es ein. Ich zog links einen Strich und schrieb *Annabelle/Ehefrau*. Rechts schrieb ich *Chadwick/Bruder*. Darunter *Geschäftliches*.

»Häng hier Bilder von den Dreien auf. Da werden wir anfangen. Zuerst kommt die Ehefrau dran. Mach du dich an die Kreditkarten und Telefondaten. Ich werde ein paar Hintergrundinformationen über Annabelle einholen, bevor ich zu ihr fahre. Übrigens, du meintest doch, sie wirkte unbekümmert wegen seines Verschwindens, als du sie angerufen hast, richtig?«

»Ja. Ich war irgendwie schockiert.«

»Heute hat sie ihre Rolle so ziemlich perfekt gespielt.«

»Was meinst du damit? Denkst du, sie hat es nur vorgetäuscht?«

»Ich weiß nicht, was ich meine, nur dass sie zurückhaltend und angemessen war.«

»In einem Leichenschauhaus zu sein, kann das mit einem machen.«

»Jep. An die Arbeit.«

Ich rief die Heiratsurkunde von Annabelle und Elby Salter auf. Sie hatten vor dreiundzwanzig Jahren geheiratet, als Elby dreißig und seine neue Braut fünfundzwanzig war. Annabelles Mädchenname war Baker. Ich notierte mir die Informationen auf dem Antrag, einschließlich ihrer damaligen Adresse.

Die angegebene Adresse war auf Thomas und Mavis Baker eingetragen. Das mussten ihre Eltern sein. Ich ging zu Google

Earth. Was erschien, war ein riesiges Grundstück mit mehreren Gebäuden. Geld hatte Geld geheiratet.

---

Das Haus der Salters lag am vornehmen Gordon Drive. Ich nannte ihn die Millionärsmeile. Gerüchten zufolge lebten in der Gegend von Naples mehr CEOs von Fortune-500-Unternehmen als an jedem anderen Ort des Landes. Angesichts von New York, Greenwich, San Francisco und anderen reichen Enklaven war ich mir da nicht sicher, aber wenn es stimmte, dann lebten sie wahrscheinlich am Gordon Drive.

Ich fuhr an einem riesigen Haus nach dem anderen vorbei und wurde langsamer, als die Adressen meinem Ziel näherkamen. Da ich einen protzigen Eingang erwartete, überprüfte ich noch einmal die Adresse der torlosen Einfahrt, die mein Ziel war.

Fünfzig Meter die Schotterauffahrt hinauf endete sie in einer T-Kreuzung. Ich blickte geradeaus und blinzelte, als der Golf von Mexiko die Sonne reflektierte. Die Auffahrt nach links führte zu einem großen Haus im georgianischen Kolonialstil. Mir fiel eine verwitterte, runde Tafel mit einem nach links zeigenden Pfeil auf. Darauf stand *Elby und Annabelle*. Ich suchte nach einem Schild, das anzeigte, wohin die rechte Einfahrt führte, konnte aber keines finden. In dieser Richtung stand zwar ein Haus, aber es wurde von einer Gruppe Fächerpalmen verdeckt.

Ich steuerte auf die gelbe Villa zu und fragte mich, wie schön es sein musste, mit einem Weinglas in der Hand auf einer dieser Veranden zu sitzen und auf den Golf zu starren. Das zweistöckige Haus hatte auf beiden Ebenen Veranden, die das Gebäude umschlossen, mit runden Säulen, die den ausladenden Überhang stützten. Mein erster Gedanke war der Film

*Vom Winde verweht.* Ich könnte Ihnen nicht sagen, warum, denn den Film hatte ich auch nicht gesehen.

Obwohl die Landschaftsgestaltung minimal war, gab es viel zu sehen. Vor dem Haus befand sich ein Brunnen in Form eines Delfins, umgeben von einem Beet mit lila Blumen. Zwei Dachgauben auf dem Hausdach sahen aus wie ein Paar Froschaugen. Rechts befand sich ein Tennisplatz und links ein Poolbereich.

Auch wenn das Haus und die Umgebung außergewöhnlich waren, hatte das Anwesen etwas Normales an sich. Man konnte nicht sagen, dass es nicht gepflegt war – das war es –, aber nicht auf dem polierten Niveau der Strandhäuser am Gordon Drive.

Als mir klar wurde, dass das Haus dezent war, genau wie die Frau, die ich heute getroffen hatte, schwang die Haustür auf. Die Schwägerin des toten Mannes, Savannah, winkte.

»Wie geht es Ihrer Schwester?«

»Es geht ihr gut. Nehme ich an ...«

»Ich weiß, es mag unüberlegt erscheinen, aber es ist am besten, wenn ich so bald wie möglich mit ihr spreche.«

»Annabelle ist sich bewusst, dass die Polizei mit ihr sprechen muss. Sie ist hinten auf der Veranda.«

Veranda? Es war eine Veranda. Eine verdammt schöne Veranda, aber eine Veranda. Ich war enttäuscht, dass sie mich um die Veranda herumführte, anstatt durch das Haus. Man weiß nie, was man lernen kann, wenn man das Innere des Hauses eines Opfers sieht. Aber in Wahrheit war der eigentliche Grund für meinen Ärger, dass ich keine Chance bekam, zu sehen, wie der Ort aussah.

Auf unserem Weg nach hinten passierten wir mehrere gemütliche Sitzgruppen. Über unseren Köpfen drehten sich Ventilatoren, die im Abstand von sechs Metern aufgehängt waren. Das Haus war fast so tief wie breit. Die Aussicht auf den Golf wurde mit jedem Schritt weiter. Ein paar Schritte vom hinteren Teil des Hauses entfernt sah ich Annabelle. Sie trug ein geblümtes Kleid, das zur Umgebung passte, aber in Anbetracht der Umstände unpassend war.

Sie stand auf, um mich zu begrüßen. Ihre Augen waren rot.

»Willkommen in unserem Zuhause, Detective.«

»Ich schätze Ihre Bereitschaft, so kurz nach dem ... zu sprechen.«

»Darf ich Ihnen ein Glas Limonade anbieten?«

»Das klingt gut.«

Savannah verschwand im Haus und Annabelle sagte: »Bitte. Nehmen Sie Platz.«

Ihre Zähne waren weiß, aber keine Veneers. Sie trug Perlenohrringe, aber keinen weiteren Schmuck außer einem einfachen Ehering. Ich konnte mich nicht erinnern, ob sie ihn heute früher schon getragen hatte. Diese Frau hatte etwas an sich. Ich konnte ihre Anziehungskraft spüren.

»Ich weiß, das ist schwierig für Sie, aber die Person zu finden, die das getan hat, ist einfacher, je früher wir anfangen.«

»Man muss das Eisen schmieden, solange es heiß ist, nehme ich an.«

Savannah tauchte wie aus dem Nichts mit einem Tablett auf, auf dem ein Glas Limonade stand.

»Danke.« Ich nahm das eiskalte Glas. Als ich einen Schluck nahm, sah ich, wie Savannah zurück ins Haus schlüpfte. Sie wollte damit nichts zu tun haben. Oder war es Respekt vor der Privatsphäre ihrer Schwester?

Ich stellte das Glas ab. »Erzählen Sie mir von Ihrem Mann, Elby.«

»Nun, da gibt es nicht viel zu sagen. Wir haben uns auf der Hochzeit meiner Cousine Magnolia kennengelernt und ein Jahr später geheiratet.«

»Haben Sie Kinder?«

»Nein. Leider nicht.«

Ich wollte ihr sagen, dass sie nicht weiß, was sie verpasst, aber dafür war es für mich noch zu früh im Spiel. »Was hat Ihr Mann beruflich gemacht?«

»Die Familie Salter hat verschiedene Geschäftsinteressen.«

»Ich weiß, dass er in Autohäusern involviert war. Was noch?«

»Immobilien, Landwirtschaft, Fertigung, so ziemlich alles, was man sich vorstellen kann.«

Deutete das auf etwas Illegales hin? Ich griff nach meinem Glas. Es war nass vom Kondenswasser. Wenn man das Wort erfrischend nachschlagen würde, gäbe es vielleicht ein Bild von meiner Limonade.

»Hat er aktiv ein bestimmtes Geschäft geleitet?«

»Ich würde es nicht als Leiten eines Geschäfts bezeichnen, eher als strategische Aufsicht. Elby konzentrierte sich auf die langfristige Planung. Er hätte niemals seine monatlichen Strategiesitzungen verpasst, egal, was los war.«

»Welchen Interessen oder Hobbys ging Ihr Mann nach?«

»Abgesehen davon, dass er den Vorsitz mehrerer Wohltätigkeitsorganisationen innehatte, war Elby süchtig nach Baseball, insbesondere nach den Boston Red Sox.«

»Stammte er aus Boston?«

»Um Himmels willen, nein. Er ist genau hier geboren und aufgewachsen. Auf diesem Grundstück.«

»Oh. Warum also die Boston Red Sox?«

»Ich bin mir nicht sicher. Es könnte daran liegen, dass die Familie ein Haus auf Martha's Vineyard hatte, aber wahrscheinlich hatte es mit den Ursprüngen der Amerikanischen Revolution zu tun.«

Ich wollte fragen, ob er einer dieser Typen war, die sich verkleideten und Szenen aus dem Unabhängigkeitskampf nachspielten, tat es aber nicht.

»Erzählen Sie mir von möglichen Feinden, die Elby gehabt haben könnte.«

»Feinde? Wir reden hier von Elby. Jeder liebte Elby.«

»Keine Probleme mit Geschäftspartnern?«

»Elby hat nie über Geschäfte mit mir gesprochen. Das war eine Regel der Familie Salter. Geschäfte waren eine Familienangelegenheit. Wenn man nicht als Salter geboren wurde, war man keine Familie, selbst wenn man in die Familie einheiratete.«

Es klang seltsam, aber ich konnte mir vorstellen, dass die Reichen empfindlich gegenüber Außenstehenden waren.

»Als mein Partner Sie heute Morgen anrief, haben Sie, glaube ich, eine Anspielung darauf gemacht, dass Ihr Mann möglicherweise bei einer anderen Frau sein könnte.«

»Die Salter-Männer haben eine Vorgeschichte, was das Herumstreunen angeht, unabhängig von ihrem Familienstand.«

»Gab es eine bestimmte Frau, mit der er in letzter Zeit viel Zeit verbracht hat?«

»Das müssten Sie seinen Bruder fragen.«

»Chadwick?«

»Ja.«

Wenn sie verärgert genug war, um ihren Mann wegen seiner Seitensprünge zu töten, ließ sie es sich nicht anmerken. Das musste schon seit Jahren so gehen. Das ließ Geld als mögliches Motiv für Annabelle übrig, ihren Mann umbringen zu lassen. Es schien unwahrscheinlich, da ihre Eltern wohlhabend zu sein schienen, aber ich konnte es nicht ausschließen.

Immer wieder zeigten sich bei einem Mordfall zwei Konstanten: Der Mörder stand dem Opfer in der Regel nahe und das Motiv war Gier. Ich wollte sie nach einem Ehevertrag fragen, konnte mir aber nicht vorstellen, dass eine Familie wie die Salters nicht auf einem bestanden hatte. Das war eine Frage, die der Bruder beantworten könnte.

»Wissen Sie, wo Ihr Mann sich am Tag seiner Ermordung aufgehalten hat?«

Ihre Lippe zitterte. »Es fühlte sich wie ein normaler Tag an. Wir haben hier draußen gefrühstückt und er ist gegangen.«

»Zur Arbeit?«

»Das habe ich angenommen.«

»Wie war er gekleidet?«

»Hemd und Anzughose, aber ohne Krawatte.«

»Trug er normalerweise eine Krawatte?«

»Nein, er verabscheute es, eine Krawatte zu tragen.«

»Wann haben Sie ihn zu Hause erwartet?«

»Er sagte, er hätte ein Geschäftsessen in Fort Myers.«

»War das ungewöhnlich?«

»Nein. Aber ehrlich gesagt, hätte es auch ein Deckmantel für ein Rendezvous mit einer Freundin sein können.«

»Wir benötigen möglicherweise Ihre Hilfe, um Zugang zu seinen Telefondaten zu erhalten. Sie könnten entscheidende Informationen liefern. Wären Sie bereit zu helfen, falls wir das brauchen?«

»Ja. Natürlich.«

Ich stellte noch ein paar nebensächliche Fragen, trank meine Limonade aus und warf einen letzten Blick auf den Golf, bevor ich ging. Nachdem ich mehr über Elby Salter erfahren hatte, würde ich mit weiteren Fragen für Annabelle zurückkehren.

## 5

JESSICA SCHLIEF TIEF UND FEST IN IHREM STUBENWAGEN. MARY Ann warf noch einen Blick auf sie und stieg ins Bett. Als ich aus dem Bad kam, stellte ich den Thermostat ein.

»Hast du die Klimaanlage runtergedreht?«

»Jep.«

»Ich will nicht, dass es ihr zu kalt wird.«

»Ich habe sie auf vierundsiebzig Grad gestellt.«

»Gut. Das sollte für sie in Ordnung sein.«

Ich sprang ins Bett und fischte die Fernbedienung vom Nachttisch. »Es ist heiß. Ich habe den Ventilator auf die niedrigste Stufe gestellt.«

»Okay.« Mary Ann rollte sich auf die Seite und küsste meine Wange. »Ich liebe dich. Gute Nacht.«

»Weißt du, wir sollten ein Testament aufsetzen lassen.«

»Ein Testament?«

»Ja, wir haben jetzt Jessie ...«

»Machst du dir Sorgen, weil du Krebs hattest?«

Obwohl es stimmte, sagte ich: »Nicht nur deshalb. Uns beiden könnte etwas zustoßen, und was dann? Wer würde sich um Jessica kümmern? Bei wem würde sie leben?«

Mary Ann stützte sich auf einen Ellbogen. »Ist alles in Ordnung bei dir, Frank?«

Ich hoffte es, war aber voller Zweifel. »Ganz ruhig. Ich rede von Jessica. Wir haben die Verantwortung, für sie zu sorgen. Ehrlich gesagt waren wir bisher unverantwortlich. Mist passiert aus heiterem Himmel, und ich will nicht irgendjemanden als ihren Vormund.«

»Du hast recht. Das muss gut überlegt sein. Gott bewahre, dass es dazu kommt. Ich wüsste nicht, bei wem sie leben sollte. Ich kann so gar nicht denken.«

»Wir müssen aber.«

»An wen hattest du gedacht?«

»Ich weiß nicht. Die einzigen beiden, die mir im Moment einfallen, sind Derrick und die Blazers.«

»Derrick ist nicht einmal verheiratet. Jeanie und Paul haben Brian und sind wundervolle Eltern.«

»Wir kennen sie nicht wirklich, Mary Ann. Ich kenne Derrick; er ist mein Partner.«

Sie lächelte. »Du hast die ganze Garrison-Sache wirklich hinter dir gelassen, was?«

»Der Junge hat einen Fehler gemacht. Er ist ein guter Mensch, ethisch und moralisch. Ich glaube, wenn uns etwas zustoßen würde, würde er einspringen und sich um Jessie kümmern. Das glaube ich wirklich.«

»Er ist noch nicht verheiratet und hat keine Erfahrung darin, ein Kind großzuziehen.«

»Was? Wir hatten auch keine Erfahrung, keine frischgebackenen Eltern haben die.«

»Ich weiß. Das ist es nicht, es ist ...«

»Ich verstehe schon. Es ist, weil er ein Mann ist.«

Sie wandte den Blick ab. »Nein. Nein, das stimmt nicht.«

Es stimmte. »Schon gut, Mary Ann. Ich kapier's. Eine Mutter ist etwas Besonderes. Du könntest dir nicht vorstellen, dass ein Mann das tut, was du tust. Du hast recht, aber Lynn wird eine gute Mutter sein, und Jessie scheint sie wirklich zu mögen.«

»Ich mag sie, aber ...«

»Wichtiger wird's nicht. Lass uns darüber nachdenken und es diese Woche besprechen. Okay?«

»Es ist ein beängstigender Gedanke, aber danke, dass du es angesprochen hast.«

Ich schwang meine Beine aus dem Bett. »Schlaf gut.«

»Wo gehst du hin?«

Ich schlich auf Zehenspitzen zum Stubenwagen und starrte mein kleines Mädchen an, bevor ich wieder ins Bett kletterte.

---

DERRICK STELLTE EINEN KAFFEE AUF MEINEN SCHREIBTISCH. »Morgen, Frank.«

»Morgen.«

»Stimmt was nicht?«

Ich hatte ihn angestarrt und mich gefragt, was für ein Vater er sein würde. »Nein, nein. Ich habe nur über Elby Salter nachgedacht.«

»Ich habe die Verbindungsnachweise.«

»Gut.« Ich hob die Tasse an meinen Mund und hielt inne. Vielleicht war es der viele Kaffee, der mir auf den Magen schlug. Ich stellte die Tasse ab.

»Was ist los? Ich habe nur einen Schuss Milch reingetan, so wie du es magst.«

»Mein Magen macht mir zu schaffen.«

»Ich habe gestern gesehen, wie du ihn gerieben hast.«

»Das ist nichts, nur die Nerven oder so was.«

»Du solltest das abklären lassen, Frank. Mit so was kann man nicht spaßen, besonders nach dem, was du durchgemacht hast.«

Derrick sorgte sich wirklich um mich. Das war ein weiterer

Grund, warum ich dachte, dass er sich im Notfall um Jessie kümmern würde.

»Ich weiß. Ich habe einen Termin beim Arzt gemacht.«

»Gut.«

Ich brauchte einen Muntermacher, und ein weiterer Kaffee konnte doch nicht schaden, oder? Ich nahm einen Schluck Kaffee und sagte: »Der Kaffee ist perfekt, wie immer. Was haben wir zu den Salter-Nummern?«

»Zwei ausgehende Anrufe an Chadwick Salter, zwei an eine Cindy Baylor, einer an Prescott Salter, das ist sein Vater, richtig?«

»Ja. Und eingehende Anrufe?«

»Eingehend gab es einen Anruf von seiner Frau, einen von Chadwick und vier Anrufe von Cindy Baylor. Am Tag davor gab es außerdem drei Anrufe von einer Marie Redoux und einen von einem Ronald Weaver. Das ist derselbe Name wie der von dem Typen, der früher First Baseman bei Boston war.«

»Er könnte es sein. Seine Frau sagte, Elby war ein großer Baseball-Fan und liebte die Red Sox.«

»Viele Spieler, besonders die von Boston, leben hier unten, da sie in Fort Myers trainieren.«

»Jep. Die Sox und Minnesota sind in Fort Myers, die Orioles in Sarasota und die Yankees in Tampa.«

»Die Red Sox bauen ein neues Stadion in Collier. Eines der Dinge, die bei meiner Internetsuche auftauchten, war etwas, das Salter mit dem Umzug in Verbindung brachte.«

»Das hast du gesagt. Da fiel mir wieder ein, dass ich was im Fernsehen über einen Deal für das Grundstück gesehen habe. Es wird aber wahrscheinlich zwei bis drei Jahre dauern, das zu bauen.«

»Wir sollten zu einem Spiel gehen, bevor das Frühjahrstraining endet.«

»Klingt nach Spaß, vielleicht wenn sie gegen die Yankees spielen.«

»Das wäre was, besonders da Peters die Seiten gewechselt hat und zu den Yankees gegangen ist.«

»Was geben sie ihm, so um die zwanzig Millionen im Jahr?«

»Jep. Zweiundzwanzig Millionen. Das wird immer verrückter. Ich schätze, deshalb haben die Red Sox ihn gehen lassen. Ich schaue später mal nach, wer wo spielt.«

»Okay. Wir müssen mit den Befragungen anfangen. Ich würde gerne mit dem Bruder beginnen, und ich wette, dass Cindy Baylor Elbys Freundin war.«

»Wahrscheinlich. Glaubst du, seine Frau hatte auch was am Laufen?«

»Normalerweise würde ich sagen, eine Frau wie sie nicht. Aber man weiß ja nie. Vielleicht hat sie aus Rache etwas getan.«

»Und die einzige gute Rache ist eine, die zu weit gegangen ist.«

»Hey, das ist mein Spruch.«

»Und ein guter dazu. Der ist so wahr.«

»Du musst mich schon als Urheber nennen, wenn du meine Luca-Ismen verwendest.«

»Reine Weisheit. Ich lerne zu Füßen eines wahren Meisters.«

Ich warf ihm eine Papierkugel zu. »Machen wir uns an die Arbeit.«

»Was soll ich tun?«

»Komm mit mir zu Cindy Baylor. Mal sehen, ob sie die Freundin ist und was sie zu sagen hat.«

»Ich dachte, du wolltest mit dem Bruder anfangen?«

»Planänderung. Vielleicht bekommen wir etwas von ihr, das uns verrät, ob der Bruder lügt oder etwas vertuscht.«

Der dumpfe Schmerz in meinem Bauch wurde langsam stechender. »Ich geh mal pinkeln. Mach sie ausfindig, während ich weg bin.«

## 6

ICH TRAT IN EINE TOILETTENKABINE, MEINEM ZEITPLAN VORAUS, und war meinem Harndrang-Alarm zum ersten Mal seit einem Jahr zuvorgekommen. Warum hatte ich Schwierigkeiten? Lag es daran, dass ich die Anweisung des Arztes, alle paar Stunden auf die Toilette zu gehen, grob missachtet hatte? Hatte ich das Chaos, das sich in meinem Bauch zusammenbraute, selbst verursacht?

Ich war ein Vater. Ich durfte mit meiner Gesundheit keine Risiken eingehen. Es fühlte sich an, als wäre das eine ernste Angelegenheit. Vielleicht versagte ja die Blase, die sie für mich konstruiert hatten, weil ich sie zu sehr strapaziert hatte. Wenn es nicht das war, was ich allmählich annahm, und Gott eine Alarmglocke läutete, dann würde ich darauf hören.

Ich strich mir über den Bauch und dachte, dass es ein Fehler war, mit Jessicas Taufe zu warten, bis sie sechs Monate alt war. Was, wenn etwas passierte – mir oder, Gott bewahre, unserem kleinen Engel? Ich glaubte der Kirche nicht, wenn sie sagte, dass ungetaufte Kinder, die starben, in die Vorhölle kamen. Es klang erfunden und eigennützig, aber ich wollte kein Risiko eingehen.

Ich würde später mit Mary Ann sprechen und einen Termin festlegen, sobald die Kirche ihn anbieten konnte. Wir würden jemanden als Taufpaten brauchen. Die Frage war wieder nur: wen, dachte ich, als ein Rinnsal Urins kam.

Als der Strahl stärker wurde, ließ der Schmerz in meinem Bauch nach. Ich war erleichtert, dass er verschwand, fürchtete aber, dass das bestätigte, dass mit meinen Leitungen etwas nicht stimmte. Während ich fertig wurde, überlegte ich, den Arzt anzurufen, um zu fragen, ob ich meinen Termin vorverlegen konnte.

Nachdem ich mir die Hände gewaschen hatte, schrieb ich Mary Ann eine SMS, dass wir später über Jessicas Taufe sprechen müssten.

Derrick klebte an seinem Bildschirm. Ich hoffte, er würde nicht internetsüchtig werden, wie der größte Teil des Landes.

»Bereit loszufahren?«

»Der Autopsiebericht von Esposito ist da.«

»Drucke eine Kopie für die Fallakte aus.«

»Habe ich gerade erledigt. Liegt auf dem Drucker.«

Ich schnappte mir einen Stapel warmer Blätter vom Drucker und begann zu lesen, während ich zu meinem Schreibtisch zurückging.

Das Geschoss war eine .357 Magnum mit Hohlspitze, die Art, die sich beim Eindringen ausdehnt, um maximalen Gewebeschaden zu verursachen. Elby Salter hatte keine Chance gehabt. Das forensische Team hatte am Tatort keine Hülse gefunden. Wer auch immer es getan hatte, hatte entweder die Hülse eingesammelt, bevor er ging, oder einen Revolver benutzt. Ich war mir sicher, dass es ein Revolver war. Es wirkte professionell, und jeder mit Erfahrung würde die Möglichkeit einer Verbindung ausschließen wollen.

Am Schädelansatz wurden Schussrückstände nachgewiesen. Die Waffe war beim Abfeuern gegen den Schädel gedrückt worden. Die Flugbahn der Kugel hatte einen Winkel von vierzig Grad, und sie steckte im Gyrus praecentralis des Frontallappens fest. Die Todesursache war eine massive Blutung.

Es wurden keine Spuren von Fremdsubstanzen, legal oder illegal, im Blut des Opfers gefunden. Elby Salter hatte keine Drogen genommen und war auch nicht von seinem Mörder unter Drogen gesetzt worden, um ihn zu überwältigen. Er kannte den Mörder oder wurde von ihm überrascht und in Schach gehalten. Elby Salter hatte eine geringe Menge Alkohol im Blut, die laut Espositos Schätzung durch den Konsum von weniger als einem Glas eines alkoholischen Getränks verursacht wurde.

Außer der Schusswunde gab es keine weiteren Schürfwunden, Blutergüsse oder Schnittwunden am Körper von Elby Salter. Sein Gesundheitszustand war insgesamt gut, obwohl er eine leicht vergrößerte Leber und eine geringfügige Vernarbung seiner Lunge aufwies.

Wäre er nicht erschossen worden, hätte Salter eine gute Chance gehabt, bis in die Neunziger zu leben. Statt Pickleball zu spielen und sich an das glückliche Leben zu erinnern, das er geführt hatte, sollte Salter morgen eingeäschert werden. Der Bericht enthielt nichts, was dagegen sprach; ich musste den Leichnam der Familie übergeben.

Ich starrte auf das Foto von Elby Salter, das Derrick an das Whiteboard geheftet hatte. Wie konnte dieser Mann aus altem Geld von hinten in den Kopf geschossen werden, als wäre er ein Drogendealer? Was war passiert, Elby? In was für ein Schlamassel warst du geraten?

»Derrick, du musst nicht alle Seiten durchlesen.«

»Ich weiß. Ich bin es nur noch einmal durchgegangen, wollte nichts übersehen.«

Er war vorsichtig. Eine gute Eigenschaft für einen Detective – und für einen Erziehungsberechtigten. »Die Autopsie hat uns nichts Neues geliefert.«

»Er hatte etwas getrunken, oder zumindest ein halbes Glas.«

»Stimmt. Zu wissen, wo er es getrunken hat, könnte helfen, aber ich vermute, es war nur ein Glas Wein zum Mittagessen.«

»Beim Mittagessen könnte etwas passiert sein, oder er hat währenddessen einen Anruf bekommen, der ihn veranlasst hat, aufzustehen und zu gehen. Vielleicht hatte er deshalb nur ein halbes Glas oder so.«

»Das ist möglich, denn sein Magen war leer, aber das werden wir herausfinden. Wenn er irgendwo zu Mittag gegessen hat, sollte das ziemlich einfach herauszufinden sein. Fahren wir zu Cindy Baylor.«

---

ELBY SALTERS FREUNDIN WOHNTE IN EINEM DER Einfamilienhäuser, die im hinteren Teil von Mercato gebaut worden waren. Ich erinnerte mich daran, wie die ersten der weißen Häuser im Key-West-Stil hochgezogen wurden. Ein Schild verkündete Preise ab einer Million. Das Schild war mehrmals geändert worden, und als ich das letzte Mal nachgesehen hatte, lagen die Preise bei 1,8 Millionen Dollar. Das war eine verrückte Menge Kohle, um neben einem Whole-Foods-Parkplatz zu leben.

Wir fuhren durch das Tor und Derrick sagte: »Hier hinten ist es ziemlich cool.«

Vielleicht sprach da seine Jugend aus ihm. »Für mich wäre das nichts. Ein ständiges Gerenne, um hier rein- und rauszukommen.«

»So schlimm ist es doch nicht. Man kann zu allen Läden in Mercato laufen. Man braucht nicht mal sein Auto, um Lebensmittel einzukaufen.«

Ich hielt vor dem Haus von Cindy Baylor. Es lag versteckt am Ende der kleinen Wohnanlage, und es hatte auf einer Seite keinen Nachbarn. Es war besser gelegen, als ich erwartet hatte, aber selbst wenn ich im Lotto gewinnen würde, wäre es nichts für mich.

Derrick klingelte, und die türkisgrüne Tür schwang auf.

Wenig überraschend war Cindy Baylor in keiner Weise wie Annabelle Salter. Sie trug abgeschnittene Jeansshorts mit einem ausgefransten Loch auf halber Oberschenkelhöhe und eine seidige, rote Bluse. Vielleicht lag es an ihren blutunterlaufenen Augen, aber sie wirkte verletzlich. Baylor war nicht billig. Sie besaß eine unverkennbare Anziehungskraft. Einen sexuellen Reiz. Vor zehn Jahren hätte ich vielleicht einen Versuch bei ihr gewagt.

Ich stellte uns vor und war erfreut, dass Derrick ihr nicht die Hand schüttelte, so wie ich es tat. Er benutzte seinen Kopf zum Denken, im Gegensatz zu vielen Männern.

»Kommen Sie rein.«

Sie führte uns in einen Bereich mit Gras an der Wand und tiefen Sesseln mit Chromarmlehnen und -beinen. Eine blaue Schale und eine Ausgabe des *Gulf Shore Life* Magazins lagen auf dem Lucite-Tisch in der Mitte der Sitzecke.

Während ich mich setzte, sagte ich: »Unser Beileid zu Ihrem Verlust, aber wir haben einige Fragen an Sie.«

»Ich verstehe. Ich kann nicht glauben, dass das wirklich passiert ist.«

Derrick sagte: »Wie lange waren Sie mit Elby Salter zusammen?«

»Knapp vier Jahre.«

»Hat er dieses Haus für Sie gekauft?«

»Äh, er hat ein wenig geholfen, und meine Scheidungsabfindung hat fast gereicht, um es zu stemmen.«

Ich sagte: »Wie lange ist die Scheidung her?«

»Sie ist letzten Februar endlich durchgegangen.«

Derrick sagte: »Sie waren also mit Herrn Salter zusammen, während Sie verheiratet waren?«

Baylor kniff die Augen zusammen, sagte aber nichts.

Ich sagte: »Herr Salter hat Sie an dem Tag, an dem er ermordet wurde, zweimal angerufen. Können Sie uns sagen, worum es bei diesen Anrufen ging?«

»Sie wissen wahrscheinlich, dass Elby und ich fast jeden Tag telefoniert haben. Wir wollten uns an diesem Abend treffen. Er rief mich nach dem Spiel an und sagte, er ginge zu einem Treffen und würde mich später anrufen.«

Derrick sagte: »Spiel?«

»Ein Spring-Training-Spiel der Red Sox. Er und Ronnie sind zu fast jedem Spiel gegangen.«

Derrick fragte: »Ronnie wer?«

»Ron Weaver. Er hat für die Red Sox gespielt und ist jetzt so was wie der General Manager. Er und Elby sind gute Freunde.«

»Okay, fahren Sie fort.«

»Nun, er rief noch einmal an. Ich glaube, es war gegen sechs Uhr abends. Er sagte, er säße fest und würde mich später anrufen. Aber er hat es nie getan.«

»Und Sie haben ihn viermal angerufen?«

»Was hätte ich denn tun sollen? Ich habe mir Sorgen gemacht. Elby war nicht perfekt, aber wenn er sagte, dass er etwas tun würde, dann hat er es auch getan.«

Ich sagte: »Es ist nichts Falsches daran, ihn anzurufen.«

Eine SMS von Mary Ann kam an. Jessica hatte Fieber, und sie war beim Kinderarzt. Ich schickte eine SMS zurück und fragte, wie hoch das Fieber war.

Derrick sagte: »Was wissen Sie über etwaige Feinde, die Elby Salter hatte?«

»Ich, ich weiß nichts darüber. Er war ein gütiger Mann. Ich meine, er war oft stur, aber ich denke, das kam von der Art, wie er aufgewachsen ist. Da er aus dieser Familie kam, war Elby es gewohnt, seinen Willen zu bekommen.«

Die Art, wie sie *diese Familie* sagte, verdiente eine Nachfrage, aber Mary Anns SMS besagte, dass Jessie eine Temperatur von 39,3 hatte. Ich musste hier weg.

»Danke für Ihre Zeit. Wir melden uns.«

Ich stand auf und sah Derrick an, der noch saß. »Wir müssen zurück.«

Auf dem Weg zur Haustür sagte ich zu Baylor: »Ich bin zum ersten Mal hier hinten. Mir gefällt es; es ist wirklich schön. Wie lange wohnen Sie schon hier?«

»Ich bin eine der Ersten hier drin, seit ungefähr drei Jahren jetzt.«

Sie hatte gelogen, wer für das Haus bezahlt hatte. Wenn die Scheidung vor dreizehn Monaten vollzogen worden war, hätte sie nicht das Geld gehabt, um ihr neues Zuhause zu kaufen. Das Geld musste von irgendwoher gekommen sein, und welcher Ort wäre dafür besser geeignet als ihr reicher Freund?

Vielleicht machte sie sich Sorgen, das Haus zu verlieren, oder es könnte etwas Beunruhigenderes sein. Lügen waren wie Mücken: Wenn es eine gab, konnte man sicher sein, dass weitere auf dem Weg waren.

## 7

Bevor ich die Tür des Cherokee schloss, fragte Derrick: »Was war das?«

»Jessie ist krank. Sie hat hohes Fieber. Mary Ann hat sie zum Arzt gebracht.«

»Oh nein. Wie hoch?«

»Fast hundertdrei.«

»Ich weiß, das ist beängstigend, aber Kinder bekommen schnell hohes Fieber. Du erinnerst dich doch an meinen Neffen, oder? Der hatte ein paarmal hundertfünf.«

»Hundertdrei ist hoch, Mann.«

»Soll ich dich absetzen, damit du Mary Ann beim Arzt triffst?«

»Das wäre super. Es ist ganz in der Nähe, neben dem NCH an der Immokalee.«

»Kein Problem. Was hältst du von Baylor?«

»Sie hat gelogen, als sie sagte, sie hätte den Großteil des Hauses mit dem Geld aus der Scheidung bezahlt.«

»Man sollte meinen, sie würde sich ein bisschen schämen, vier Jahre lang mit einem verheirateten Mann auszugehen.«

Derrick arbeitete sich auf der Leiter zum Patenonkel hoch.

»Ich heiße es nicht gut, aber es gehören immer zwei dazu, und es scheint, als hätte Elby gerne getanzt.«

»Wir sollten uns ihren Mann ansehen. Er könnte darin verwickelt gewesen sein.«

»Keine Frage, wir müssen ihn ausschließen, aber warum so lange warten? Ihre Beziehung dauerte vier Jahre.«

»Vielleicht ist vor Kurzem etwas passiert, das ihn über den Rand getrieben hat. Vielleicht ist die Realität, seine Frau zu verlieren, bei ihm eingesickert. Er fängt an zu trinken, wird düster.«

»Klingt wie eine Fernsehsendung, die du dir da ausdenkst.«

»Das wahre Leben ist seltsamer als der Mist, den sie in der Glotze zeigen.«

»Ohne Zweifel. Wir werden sie nach dem Bruder noch einmal aufsuchen. Vielleicht weiß er etwas über die Reaktion des Ehemanns.«

Derrick hielt vor dem Ärztehaus. »Viel Glück. Ich bin sicher, es wird ihr gut gehen.«

»Danke.«

»Sag mir Bescheid, was mit ihr los ist, sobald du etwas weißt, okay?«

Ich stürmte durch die Glastüren des Gebäudes und nahm die Stufen zum dritten Stock zwei auf einmal. Mary Ann kam gerade aus Dr. Amatos Praxis.

»Wie geht es ihr?«

»Ohrenentzündung.«

Jessie schlief. »Sie ist ganz rot im Gesicht.«

»Du hättest sie sehen sollen, bevor der Arzt ihr etwas Baby-Tylenol gegeben hat. Doktor Amato sagte, ich sollte ein Auge darauf haben und ihr mehr geben, falls das Fieber wieder ansteigt. Er hat ein Rezept für Amoxicillin an CVS geschickt.«

»Bringen wir sie nach Hause, und ich hole es dann ab.«

Ich schickte Derrick eine SMS, dass es Jessica besser ging und er mich bei mir zu Hause abholen sollte.

Ich starrte auf die Adresse von Chadwick Salter. Ernsthaft? Ich versuchte herauszufinden, warum Annabelle mir nicht gesagt hatte, dass er nebenan wohnte, auf demselben Grundstück. War das eine absichtliche Auslassung? Oder ein harmloses Versehen?

Der Bruder des Opfers war am Telefon freundlich gewesen, wollte sich aber in seinem Büro an der Route 41 treffen. Zwei Salter-Befragungen, und ich würde keinen Einblick in eines ihrer Häuser bekommen. War das inszeniert? Oder waren sie so auf ihre Privatsphäre bedacht?

Chadwicks Büro befand sich im zweiten Stock eines himmelblau und rosa gestrichenen Gebäudes. Es war frisch gestrichen und gut in Schuss, aber veraltet. Wahrscheinlich in den Siebzigern gebaut. Ich suchte nach einem Aufzug oder einer Lobby. Es gab keine. Treppen führten zu Gängen, die an der Vorder- und Rückseite des Gebäudes entlangliefen, um Zugang zu den verschiedenen Büros zu gewähren. Der Ort war vielleicht schon in den Fünfzigern hochgezogen worden.

Während ich den hinteren Korridor entlangging, überflog ich den Parkplatz. Nichts Teures stach heraus. Auf dem Schild an der Tür zu Suite 208 stand: *Southern Enterprises.* Das war nicht auffällig; es grenzte an Unsichtbarkeit.

Es gab zwei Reihen mit je vier Schreibtischen und dahinter ein paar Büros. Chadwick war in dem ohne Fenster, das einen Blick auf die gefliese Bürofläche bot. Er stand auf, als ich hereingeführt wurde. Sein Büro hatte einen Teppich, aber er war weder neu noch flauschig. An einer Wand hingen mehrere Bilder von Chadwick und seinen Golfkumpels. Zwei andere Bilder zeigten Elby und dieselben Männer beim Angeln auf einem großen Boot.

Chadwick Salter war vier Jahre jünger als sein Bruder. Chadwick hatte sandfarbenes Haar, blaue Augen und einen markanten Kiefer. Er war schlank, aber nicht dünn. Über seiner rechten Augenbraue befand sich eine kleine Narbe.

»Mein Beileid zum Verlust Ihres Bruders.«

Seine tiefe Stimme überraschte mich.

»Danke. Es hat eine beträchtliche Lücke in meinem Herzen und meinem Leben hinterlassen. Ich glaube nicht, dass sie jemals gefüllt werden wird.«

»Das tut mir leid, das muss hart sein. Ich nehme an, Sie standen Ihrem Bruder nahe.«

»Elby war mein älterer Bruder. Wir hatten unsere Höhen und Tiefen, als wir aufwuchsen, aber er war mein Beschützer.«

Beschützer? Wovor?

»Nur Sie beide?«

Er atmete aus. »Ja, nur Elby und ich.«

»Ich weiß, es ist nur ein schwacher Trost, aber ich werde mein Bestes tun, um herauszufinden, wer ihn getötet hat.«

Chadwick rieb sich schweigend das Kinn.

»Da Sie sich nahe standen, haben Sie vielleicht eine Ahnung, wer das getan haben könnte.«

»Nicht wirklich.«

»Nicht wirklich? Sagen Sie mir, was Sie denken.«

»Nein, es ist nichts.«

»Der kleinste Hinweis ist hilfreich. Was wollten Sie sagen?«

»Es ist wahrscheinlich nichts, aber Elby, er mochte Frauen und hatte über die Jahre mehrere Freundinnen. Ich war nicht damit einverstanden. Er war schließlich verheiratet. Ich habe ihm ständig gesagt, dass das gefährlich sei, besonders bei verheirateten Frauen. Außerdem gibt es da draußen all die sexuell übertragbaren Krankheiten. So etwas will man nicht mit nach Hause bringen.«

»Sind Sie verheiratet?«

»Ja, seit fünfzehn Jahren.«

»Wir haben bereits mit Cindy Baylor gesprochen. Gibt es

noch jemand anderen, mit dem er sich getroffen hat und mit dem wir sprechen sollten?«

»Sie haben schon mit Cindy gesprochen?«

»Ja. Warum?«

»Nun, sie war verheiratet, als Elby mit ihr anfing. Ich kann Ihnen sagen: Ihr Mann war von der Affäre nicht begeistert.«

»Gab es irgendwelche Anzeichen dafür, dass er sich rächen wollte?«

»Ich weiß nichts Persönliches, aber Elby hatte erwähnt, dass er ziemlich sauer war.«

Ich fragte mich, wie er die Taten eines Mörders charakterisieren würde.

»Dem werden wir nachgehen. Sie und Elby waren Geschäftspartner, richtig?«

»Bis zu einem gewissen Grad.«

»Könnten Sie das näher erläutern?«

»Wir hatten das Glück, Teil einer Familie zu sein, die Investitionen im Staat Florida getätigt hat und weiterhin tätigt. Das Anlageinstrument für einen Großteil des Familienvermögens sind Trusts.«

»Welche Art von Investitionen?«

»Sie sind vielfältig, aber auf ein höheres Gut ausgerichtet, um einen Staat mit einer angemessenen Infrastruktur aufzubauen, die nachhaltige, wachsende Unternehmen und Freizeitmöglichkeiten unterstützt, um eine gesunde, glückliche Bevölkerung zu fördern.«

Er war nicht in der Politik, aber er sollte es sein. »Das ist ein Ziel mit Weitblick.«

»Daddy sagte immer, man soll groß träumen, sich Ziele setzen und dann handeln.«

»Solider Ratschlag. Ich weiß, die Familie besitzt Autohäuser im ganzen Bundesstaat, aber welche anderen Unternehmen gibt es noch?«

»Wir sind eine private Familie, Detective Luca, und dies sind privat geführte Unternehmen.«

»Ich versuche zu verstehen, ob es eine Verbindung zwischen irgendwelchen Geschäftsinteressen und der Person oder den Personen gibt, die Ihren Bruder getötet haben.«

»Und ich schätze Ihre Bemühungen in dieser Hinsicht.«

»Und was ist mit den Unternehmen außerhalb des Trusts? Waren Sie und Ihr Bruder darin Partner?«

»Nein.«

»Okay. Hatte er andere Partner?«

»Die Familie hatte eine Regel, und Daddy hielt sich daran. Neunzig Prozent unserer Investitionen tätigten wir als Familie. Er wollte jedoch Kreativität und Risikobereitschaft fördern, indem er es jedem von uns erlaubte, es alleine oder mit Partnern unserer Wahl zu versuchen. Aber die Regel war maximal zehn Prozent.«

Eine Regel? »Wie wurde diese Regel durchgesetzt?«

»Wenn Sie es unbedingt wissen müssen: Sie ist im Trust kodifiziert.«

Ein weiterer Fall von jemandem, der die Dinge vom Grab aus kontrolliert. »Erzählen Sie mir etwas über die Solo-Unternehmungen Ihres Bruders. Welche Arten von Geschäften? Und hatte er Partner?«

»Elby war bei seinen eigenen Geschäften nicht so diszipliniert, wie er es bei den Investitionen der Familie sein musste.«

»Also hat er geschäftliche Fehler gemacht?«

Er nickte. »Er war stur. Ich habe versucht, ihn zu warnen, aber er sagte, er hätte seinen eigenen Kopf und würde investieren, worin und mit wem er wollte.«

»Hat das Ihre Familie verärgert?«

»Natürlich, nicht die Investitionen, aber manchmal die Leute, mit denen er sich einließ.«

»Wären das die Art von Leuten, die wir als Gangster bezeichnen würden?«

Er schnaubte. »Seien Sie nicht lächerlich.«

»Worauf beziehen Sie sich dann?«

»Das möchte ich lieber nicht sagen. Egal, wie ich es ausdrücken würde, es würde nicht nett klingen.«

»Ging es um die Herkunft? Leute aus anderen Gesellschaftsschichten?«

Ein Anflug eines Lächelns zeigte sich. Ich hatte meine Antwort und war nicht überrascht.

»Jeder muss irgendwoher kommen. Nun, ich muss verstehen, was die Geschäftsinteressen Ihres Bruders waren und wer eventuelle Partner gewesen sein könnten.«

»Ich werde mit unseren Anwälten darüber sprechen müssen, was offengelegt werden muss.«

»Das ist fair. Aber ich brauche den Zugang so schnell wie möglich.«

»Ich verstehe. Sobald die Familie sich beraten hat, erhalten Sie einen Anruf. Das sollte nicht später als morgen sein.«

## 8

MIT SCHMERZEN IM BAUCH STELLTE ICH DIE EINKAUFSTÜTE AUF die Anrichte.

»Wo ist sie?«

»Sie macht ein Nickerchen.«

»Hat sie Fieber?«

Mary Ann stellte die Milch in den Kühlschrank. »Ich hab dir doch vor zwei Stunden gesagt, Frank: nein.«

»Ich weiß, aber so eine Mittelohrentzündung kann zurückkommen. Ich hab dir doch von den ganzen Problemen erzählt, die ich damit als Kind hatte.«

»Sie wird schon wieder.«

»Ich hoffe, sie hat nicht diesen Gendefekt von mir geerbt, weswegen ich eine Entzündung nach der anderen hatte. Erinnerst du dich? Ich hab dir erzählt, dass meine Sprache schon beeinträchtigt war und meine Mom mich zu einer Heilungsmesse mitgenommen hat.«

»Wie könnte ich das vergessen? Es war ein Wunder, dass dieser Priester dich geheilt hat.«

»Glaubst du, so was wird vererbt?«

»Ich weiß nicht. Ich schätze, es ist möglich, aber wir können nichts dagegen tun.«

»Wir müssen das im Auge behalten. Täglich ihre Temperatur messen oder so was.«

Sie legte den Blumenkohl, den sie in der Hand hielt, ab. »Was ist los, Frank?«

»Nichts. Ich mache mir nur Sorgen um Jessie, das ist alles.«

»Sie hatte eine Mittelohrentzündung. Jedes Baby auf der Welt hat das schon mal.«

»Ich weiß, aber diese Gen-Sache hat mich zum Nachdenken gebracht ...«

»Über Krebs? Machst du dir deswegen Sorgen?«

»Ja. Erinnerst du dich an Croce von der Wirtschaftskriminalität? Seine Frau hatte Lungenkrebs, genau wie ihre Mutter, Großmutter und Schwester.«

»Ich glaube, das kommt drauf an. Ich weiß, dass es Gentherapien zur Behandlung bestimmter Krebsarten gibt, aber nicht alle werden vererbt. Wenn es so wäre, würde man das sehen. Ich glaube wirklich nicht, dass wir uns Sorgen machen müssen, dass sie Blasenkrebs bekommt.«

»Vielleicht sollten wir die Ärztin fragen. Mal sehen, was sie sagt.«

»Sicher. Heutzutage gibt es alle möglichen Tests. Wenn sie meint, dass Jessica getestet werden muss, dann machen wir das.«

»Das ist eine gute Idee.«

»Ich muss mit dem Abendessen anfangen, bevor sie aufwacht, aber wir haben noch gar nicht über ihre Taufe gesprochen.«

»Ich finde nur, wir sollten nicht warten, das ist alles. Es kann alles Mögliche passieren.«

»Du wirst langsam zum Schwarzseher. Jessica wird nichts zustoßen.«

»Ich weiß, aber ...«

»Wenn es dich glücklich macht, rufe ich morgen früh bei St. Agnes an und frage nach, wie ihr Terminkalender aussieht.«

»Gut. Ich glaube nicht, dass das ein Problem ist. Heutzutage taufen die zehn Babys auf einmal.«

»Ich hoffe, es sind nicht zu viele, wenn wir es machen. Es fühlt sich nicht so besonders an, wenn es so eine Massenveranstaltung ist.«

»Das Wichtigste ist, dass sie getauft wird.«

»Wir müssen noch eine Entscheidung über die Paten treffen. Aber das machen wir nicht jetzt; wir müssen essen, bevor Jessica aufwacht.«

Das war für mich kein Problem. Ich musste mal. Der Schmerz, den ich beim Reinkommen gespürt hatte, war deutlich abgeklungen, und ich hoffte, dass er verschwinden würde, wenn ich mich erleichtert hatte. Ich hatte noch zwei Tage bis zu meinem Arzttermin.

---

Anstatt Ron Weaver aufzusuchen, der nach Arizona gereist war, war ich auf dem Weg zu Cindy Baylors Ex-Mann. Fred Baylor besaß eine Agentur, die Schadensregulierungen für Kfz-Versicherer abwickelte. Er hatte sein Büro in einem Gebäude direkt an der Fifth Avenue.

Eine Handvoll Raucher stand vor dem Gebäude, um sich ihre Nikotindosis zu holen, und jeder von ihnen starrte auf sein Handy. Was trieb die Gesellschaft zu diesem Bedürfnis, sofortige Antworten auf bedeutungslose Fragen zu suchen?

Im Großraumbüro standen ein Dutzend Schreibtische, die alle von Mitarbeitern mit Headsets besetzt waren. Es war ein belebter Laden, der genug Geld einbrachte, um einen Auftragskiller zu bezahlen.

Auf der Tür zu Fred Baylors Büro stand *Leitender Schadensregulierer*. Es war ein schnörkelloses Büro mit einem Metallschreibtisch und billiger Kunst an den Wänden, aber die Aussicht aus dem Fenster war schön. Er telefonierte, stand aber auf, als ich hereingeführt wurde. Eins achtzig, muskulös, mit einem Bürstenhaarschnitt – war er beim Marine Corps gewesen?

»Entschuldigung, das war einer unserer besseren Kunden.«

»Kein Problem. Hier ist ja ganz schön was los.«

»In dieser Stadt mangelt es nicht an Blechschäden. Zwischen Touristen, die nicht wissen, wo sie hinfahren, Handys und einer Menge achtzigjähriger Autofahrer haben wir gut zu tun.«

»Ich wollte Sie etwas über Elby Salter fragen.«

»Ich habe in der Zeitung gelesen, was mit ihm passiert ist.«

»Ihre Ex-Frau und er hatten eine Beziehung. Was wissen Sie darüber?«

»Was soll das heißen? Natürlich war ich nicht begeistert davon, aber ich bin nicht losgegangen und habe ihn umgebracht.«

»Haben Sie ihn jemals bedroht?«

»Nein.«

»Wir haben einen Zeugen, der sagte, Sie hätten Elby Salter gedroht, er solle sich von Ihrer Frau fernhalten, sonst würde er es bereuen.«

»Hören Sie, sind Sie verheiratet?«

»Das hat mit diesem Fall nichts zu tun.«

»Ja, nun, da kommt irgendein reicher Kerl und spannt Ihnen die Frau aus. Was hätte ich denn tun sollen, einfach nur dasitzen? Ich wusste nicht, was ich tun sollte. Ich habe Cindy zur Rede gestellt, aber es hat nichts gebracht.«

»Also haben Sie versucht, Salter mit Drohungen zu verscheuchen?«

Er zuckte mit den Schultern. »Ich wusste nicht, was ich tun sollte. Mir war klar, dass Cindy eine Mitschuld trug, aber dieser Kerl, er hatte Geld und warf damit um sich. Wissen Sie, er hat ihr dieses Mercato gekauft.«

»Das wissen wir. Aber das ist kein Verbrechen.«

»Nun, das sollte es aber sein. Er hat so einen Mist benutzt, um meine Frau zu stehlen. Das ist, als würde man einem Kind Süßigkeiten anbieten, damit es mit einem Pädophilen mitfährt.«

Das war es nicht, aber darüber zu streiten, war, als würde man versuchen, einem radikalen islamischen Geistlichen Amerika zu erklären.

»Wenn Sie sonst noch etwas getan haben, um Elby Salter einzuschüchtern, sagen Sie es mir jetzt. Wir werden es sowieso herausfinden, also können Sie es mir auch gleich sagen.«

Er sah mir direkt in die Augen und hielt meinen Blick fest. »Ich wollte nur meine Frau zurück, das ist alles. Ich habe ein paar Drohungen ausgestoßen, aber ich habe sie nie wahrgemacht oder so. Wissen Sie, Salter hat das schon früher gemacht. Es gibt eine Menge Ehemänner, die auf den Bastard sauer sind.«

Fred Baylor war nicht ganz ehrlich. Man musste ihn sich noch einmal vornehmen, aber es fühlte sich nicht so an, als sei er der Mörder.

---

DERRICK STARRTE WIE GEBANNT AUF SEINEN MONITOR. »WIE lief's mit dem Ex-Mann der Freundin?«

»Er verbirgt etwas. Er hat zugegeben, versucht zu haben, Salter einzuschüchtern, aber ich glaube nicht, dass er unser Mann ist.«

»Wieso sagst du das?«

»Im Moment nur ein Gefühl. Wir müssen bei ihm tiefer graben, wenn wir nichts anderes haben.«

»Haben wir nicht. Ich gehe gerade den Bericht der Spuren-sicherung vom Tatort durch.«

»Sag mir nicht, dass da nichts drinsteht.«

»Nix. Zwei der Haare, die an Salters Leiche gefunden wurden, waren nicht seine, aber sie haben sie durch das DNA-System laufen lassen und keine Übereinstimmungen gefunden.«

»Verdammt. Haben sie es mit der nationalen Datenbank abgeglichen?«

»Jep. Aber man weiß ja nie, bei dem Tempo, in dem DNA in das System eingespeist wird ...«

»Das ganze Land sollte das tun, was Florida Anfang des Jahres eingeführt hat.«

»Du meinst das neue Gesetz, das in Kraft getreten ist?«

»Genau. Wirst du verhaftet, wird ein DNA-Abstrich gemacht, und der kommt in die Datenbank.«

»Ich habe nie verstanden, warum das anders sein soll, als wenn man bei einer Verhaftung Fingerabdrücke abgeben muss.«

»Manches von diesem Datenschutz-Mist ist einfach nur dumm. Wenn du einkassiert wirst, machen wir Fahndungsfo-tos, nehmen deine Fingerabdrücke und legen eine Akte über alles an. Vor Jahren wurden Fotos gemacht, um Leute zu iden-tifizieren. Als die Methodik besser wurde, fingen sie an, Fingerabdrücke zu nehmen. Die Erfassung von DNA ist nur eine natürliche Weiterentwicklung.«

»Es gibt ein paar Staaten, die das schon vor Florida gemacht haben. Ich wette, in ein paar Jahren wird es jeder Staat tun.«

»Vielleicht bekommen wir dann endlich mal einen Fall, der einfach zu lösen ist.«

»Es wäre schön, ein automatisiertes System für DNA aus ungelösten Fällen zu haben, um sie mit den neuen Proben, die reinkommen, abzugleichen.«

»Bis dahin bin ich längst im Ruhestand, falls es jemals so weit kommt.«

»Wie lange, glaubst du, wirst du das noch machen?«

»Früher hätte ich gesagt, bis ich tot umfalle. Mörder aufzuspüren ist das, was mich antreibt, aber ich muss sagen, als Vater und so muss ich sicherstellen, dass ich für Jessie da bin. Noch ein paar Verrückte wie Dwyer, die hinter mir her sind, und ich werde es mir noch einmal überlegen. Das bin ich meiner Familie schuldig.«

## 9

CHADWICK HIELT WORT. WIR HATTEN EINEN TERMIN BEI EINEM Anwalt, der die Familie vertrat. Unglücklicherweise war es ein Anwalt, der viele der Superreichen vertrat. Nicht, dass Peter Gerey ein schlechter Kerl gewesen wäre, aber er war verdammt gut darin, seine Mandanten zu schützen. Für ihn war die Privatsphäre heiliger als das Leben selbst.

Er vertrat die Boggs, eine der reichsten Familien in Naples, in einem Fall, an dem ich vor zwei Jahren gearbeitet hatte. Er hatte niemals irgendwelche Vorschriften verletzt, aber auch nie irgendetwas von sich aus angeboten. Er schirmte die Boggs so gut ab, dass ich ihn mir als eine juristische Version von Superman vorstellte: Brust raus, Hände in die Hüften gestemmt, die Mandanten hinter einer undurchdringlichen Mauer. Er wäre ein guter Vormund für Jessica.

White, Gerey and Blackburn hatte ihren Sitz in einem zweistöckigen, weiß verputzten Gebäude nördlich von Golden Gate. Versteckt in der Ecke eines kleinen Parkplatzes, der noch zwei weitere Gebäude bediente, war ihr Schild nur mit einem Mikroskop zu erkennen. Zwei Mercedes-Modelle neueren Datums flankierten die einzige Tür ihrer Kanzlei.

Derrick sagte: »Du hattest recht, der Laden ist so gut wie unsichtbar. Die meisten hochkarätigen Anwälte, die mir bisher untergekommen sind, haben schicke Büros.«

»Genau das ist es. Die meisten von Gereys Mandanten wollen unter dem Radar fliegen.«

Ich drückte den Summer und wir wurden hereingelassen.

Gerey saß in einer entfernten Ecke an einem runden Tisch und unterzeichnete Dokumente, als wir eintraten. Er setzte noch ein paar Unterschriften, bevor er aufstand, um uns zu begrüßen, und dabei eine Sekretärin verscheuchte, die bereits auf uns zugekommen war. Er war in den letzten zwei Jahren merklich gealtert. War er krank geworden, oder war es der Druck, seine Mandanten zu schützen, der seinen Tribut gefordert hatte? Wir schüttelten uns die Hände.

»Es ist schön, Sie zu sehen, Detective Luca.«

»Ganz meinerseits, Herr Gerey. Das ist mein Partner, Detective Derrick Dickson.«

»Nett, Sie kennenzulernen.«

»Ebenso.«

»Ich habe gehört, Sie haben Ihre ehemalige Partnerin geheiratet und haben jetzt ein Kind. Stimmt das?«

»Ja. Haben Sie in meinem Privatleben geschnüffelt, Herr Gerey?«

»Nein. Das kam nur zur Sprache, als wir die von Ihnen angeforderten Daten zusammengetragen haben. Wie gefällt Ihnen die Vaterschaft?«

»Sie ist großartig.«

»Ausgezeichnet. Gehen wir in mein Büro.«

Gereys Büro war mit einer dunklen Holzvertäfelung ausgestattet, die wie Walnuss aussah. Schwere Vorhänge schirmten den Großteil des Lichts ab. Gerey ließ sich hinter einen überdimensionalen Schreibtisch gleiten und Derrick und ich nahmen in ledernen Ohrensesseln Platz.

»Möchten Sie etwas trinken, meine Herren?«

Wir lehnten ab.

»Ich verstehe Ihr Interesse an den Geschäftsanteilen des verstorbenen Elby Salter. Dies sind Privatunternehmen und ihre Aktivitäten stehen in keinem Zusammenhang mit dem Tod von Herrn Salter.«

»Das wissen wir nicht. Wir führen eine Untersuchung zu seinem Mord durch und seine Geschäftsinteressen könnten etwas damit zu tun haben oder auch nicht.«

»Die Beteiligungen sind umfangreich und für den unwahrscheinlichen Fall, dass es eine Verbindung gibt, würde sie sich ausschließlich auf ein einziges Unternehmen beziehen. Wir können nicht zulassen, dass eine Unzahl von Aktivitäten durch Ihre Ermittlungen gestört oder der Ruf beschädigt wird.«

Derrick sagte: »Herr Gerey, wir versichern Ihnen, dass wir bei der Prüfung der Möglichkeit, dass Elby Salters Mord geschäftlich bedingt war, diskret vorgehen werden.«

»Obwohl Ihre persönliche Zusicherung willkommen und geschätzt ist, habe ich der Familie zu einem vernünftigen Vorgehen geraten. Wir sind der festen Überzeugung, dass der vernünftigste Weg ein begrenzter ist. Wir werden Informationen schrittweise freigeben. Damit wird sichergestellt, dass die Privatsphäre der Familie auf kontrollierte Weise beeinträchtigt wird.«

Ich sagte: »Mr. Gerey, wir ermitteln in einem Mordfall, dem Tod eines Mitglieds der Familie Salter. Wir werden nicht gleich durchdrehen, aber wir lassen uns auch nicht abblocken, wenn wir glauben, dass es eine Spur gibt, der wir nachgehen müssen.«

»Detective Luca, seien Sie versichert, dass das Hauptinteresse der Familie ihrer Sicherheit gilt. Sie wollen, dass der Täter dieses abscheulichen Verbrechens zur Rechenschaft gezogen wird, und sie werden auf eine kontrollierte und vernünftige Weise kooperieren, um das zu erreichen.«

»Das ist gut, Mr. Gerey, aber wir können uns nicht damit

einverstanden erklären, dass uns die Informationen löffelweise gefüttert werden. Das wird unsere Ermittlungen behindern.«

»Ich bin bereit, Ihnen zu helfen, aber Sie müssen verstehen, dass mir die Hände gebunden sind.«

Derrick legte seine Hand auf meinen Arm. Er wusste, dass ich kurz davor war, ihm zu sagen, dass ich seinen blockierenden Arsch einfach umgehen würde. Derrick sagte: »Wir verstehen Ihre Bedenken, Mr. Gerey. Geben Sie die Informationen heraus, mit denen Sie sich wohlfühlen, und wir machen uns dann auf den Weg.«

Gereys Gesichtszüge entspannten sich, um sich dann schnell wieder zu verhärten. Er war es gewohnt zu gewinnen, aber nicht so schnell. Er zögerte, bevor er eine Schublade öffnete und eine Mappe herausnahm.

»Ich habe eine Liste der Beteiligungen vorbereitet, die sich auf Unternehmen beschränkt, bei denen keine Familienmitglieder als Partner fungieren.« Er schob die Mappe über den Schreibtisch. »Im Geiste der Kooperation habe ich mir die Freiheit genommen, auch ein paar gescheiterte Unternehmungen mit aufzunehmen.«

Die Familie Salter hatte also doch nicht bei allem, was sie anfasste, Erfolg. Ich öffnete die Mappe. Sie enthielt nur ein einziges Blatt Papier. Darauf waren zehn Unternehmen aufgelistet. Gerey hielt das für eine begrenzte Liste? Wie viele Unternehmen gab es denn?

Mein Blick wanderte zu den unteren drei. Sie waren mit dem Vermerk *Betrieb eingestellt* versehen. Das letzte, Power Supplements Ltd., war erst vor einem Monat geschlossen worden. Ein Name, der mir vage bekannt vorkam, war als Partner aufgeführt. Es fühlte sich an, als hätten wir etwas, womit wir arbeiten konnten.

Wir stiegen in den Cherokee und ich sagte: »Du hast dich wie ein Profi verhalten. Diese Anwälte können so verdammt überheblich sein.«

Derrick fuhr auf die Route 41. »Ich dachte mir einfach, was auch immer er uns gibt, würde uns einen Ansatzpunkt liefern.«

»Du hast recht. Gerey wird seine Mandanten schützen, aber ich glaube nicht, dass er etwas verbergen würde, das mit einem Mordfall zu tun hat, es sei denn, die Familie hätte ihre Finger im Spiel.«

»Das kann ich mir nicht vorstellen.«

»Im Moment nicht, ich auch nicht, aber ich muss dich nicht daran erinnern, dass Löwen, wenn sie müssen, ihre eigenen Jungen fressen.«

»Ich dachte, das wäre ein Mythos.«

»Nein. Wenn das Futter knapp ist, frisst ein Löwe seine Jungen, um zu überleben. Menschen tun das nicht wegen des Essens, von extrem seltenen Fällen abgesehen; sie tun es, um sich selbst zu schützen, um ein Geheimnis geheim zu halten. Aber genug davon. Hier gibt es eine Firma, die vor einem Monat dichtgemacht hat. Der Partner ist Robert Freidman. Der Name klingelt bei mir, aber ich kann ihn nicht zuordnen.«

»Ist das nicht der Typ, der diese Infomercials gemacht hat?«

»Scheiße, du hast recht. Es gab doch einen Haufen Vorwürfe, dass sie nicht die Produkte verschickt haben, die sie beworben hatten, richtig?«

»Ich erinnere mich nicht mehr genau, aber auf mich wirkte er wie ein Schwindler.«

»Vielleicht hat Gerey uns ja doch nicht nur Steine in den Weg gelegt. Es musste einen Grund geben, warum er Firmen, die geschlossen sind, auf die Liste gesetzt hat. Vielleicht versucht er, uns ein Zeichen zu geben.«

# 10

FRIEDMAN WAR MITGLIED IM QUAIL CREEK COUNTRY CLUB UND wollte sich dort mit mir treffen. Ich war überrascht, wie viel im Clubhaus los war. Es gab zwei Jungs vom Parkservice für die Autos und eine lange Schlange von Golfwagen säumte die Auffahrt.

Das Restaurant im Clubhaus sah voll aus. Vom Duft gebratenen Fleisches lief mir das Wasser im Mund zusammen. Die Empfangsdame deutete auf Robert Friedman, der in einem weißen Pullover an einem Fenster saß und Zeitung las. Ich ging an einer Reihe von Tranchierstationen vorbei und klopfte mit dem Knöchel auf seinen Tisch. Wir schüttelten uns die Hände und ich setzte mich.

Robert Friedman war einer dieser Männer, die an ihrem Gesicht etwas hatten machen lassen, um ein jugendliches Aussehen zu bewahren. Ich wollte damit kein Urteil fällen, aber was mich verwirrte, war, dass er genug Sonne abbekam, um tief gebräunt zu sein. Ein weiterer Widerspruch waren seine Haare und sein Schnurrbart. Sie waren vier Nuancen zu dunkel für seine siebenundsechzig Jahre auf diesem Planeten.

Sah er denn nicht, wie unzählige andere Männer auch, dass es unnatürlich aussah und sein wahres Alter erst recht verriet?

Für mich war es noch nicht so weit, aber ich hoffte, dass ich den Verstand besitzen würde, so würdevoll zu altern, wie mein Ego es zuließ. Ich war mir sicher, mit zunehmenden Jahren würde es zu einem Tauziehen kommen. Ich war ohnehin schon spät dran mit dem Vaterwerden und wollte nicht, dass Jessie sich Sorgen machte, weil ihr Dad älter war als die Eltern der anderen Kinder.

»Hier ist ja ordentlich was los.«

»Sind Sie zum ersten Mal hier?«

»Ja.«

»Es ist ein sehr aktiver Club. Die meisten Mitglieder wohnen nicht einmal hier. Das Personal ist wunderbar. Das Golfen ist großartig und alle reden immer über das Tennisprogramm. Ich habe gehört, dass sie gerade den Profi von Pelican Marsh eingestellt haben.«

»Wie lange sind Sie schon Mitglied?«

»Mindestens zehn Jahre. Früher war ich im Imperial, aber das war mir dort zu hochnäsig, wenn Sie verstehen, was ich meine.«

Eine Kellnerin kam herüber, und Friedman bestellte einen Gin Tonic. Ich bat um eine Cola Light.

»Der Imperial Club – haben Sie dort Elby Salter kennengelernt?«

»Ich wusste nicht, dass Elby dort Mitglied war.«

Ich auch nicht. »Wo haben Sie ihn kennengelernt?«

»Wir haben uns durch John Heights kennengelernt, einen Freund von mir, der mit Ron Weaver befreundet war. Wie Sie wahrscheinlich wissen, sind Ronnie und Elby, äh, waren, gute Freunde.«

»John Heights? Der Name sagt mir nichts.«

»Er leitet Krafttrainingsprogramme für ein paar Major-

League-Teams, und ich weiß, dass er auch mal bei den Cowboys involviert war.«

»Hat er eines dieser Abnehm- und Muskelaufbau-Dinger entwickelt, die Sie im Fernsehen verkauft haben?«

Er schob die Zeitung vom Tisch auf einen Stuhl. »Wir führten eine Menge Produkte, die gut ankamen.«

Die Kellnerin brachte unsere Getränke. »Bitte sehr, Mr. Friedman. Sind die Herren bereit zu bestellen?«

Friedman sagte: »Ich nehme den Thunfischsalat. Sagen Sie Andre, er soll sparsam mit dem Dressing sein.«

»Absolut. Und Sie, mein Herr?«

»Einen Burger, rosa.«

»Pommes oder Obst?«

»Äh, ich nehme die Pommes, aber verraten Sie es nicht meiner Frau.«

»Keine Sorge, mein Herr. Ich hoffe, Sie nehmen es mir nicht übel, aber wissen Sie, Sie sehen aus wie George Clooney.«

»Das habe ich schon öfter gehört. Danke.«

Die Kellnerin ging und Friedman sagte: »Sie hat recht. Sie sehen ihm wirklich ähnlich.«

»Es wäre schön, sein Geld zu haben. Erzählen Sie mir jetzt von Power Supplements Ltd. Sie und Elby Salter waren Partner. Wie kam es, dass Sie gemeinsam ins Geschäft eingestiegen sind?«

»Das Geschäft mit Nahrungsergänzungsmitteln ist eine riesige Branche. Letztes Jahr wurden über hundertdreißig Milliarden Dollar Umsatz gemacht, und es wächst um fast zehn Prozent pro Jahr. Elby gefielen die Größe und das Wachstum des Marktes. Auch die Tatsache, dass er weitgehend unreguliert ist, war für ihn attraktiv.«

»Was war Power Supplements?«

»Nun, wir hatten die Vision eines integrierten Unternehmens. Wir wollten uns darauf konzentrieren, die neueste Welle zu erwischen, ein Produkt zu optimieren und es vor den großen Anbietern auf den Markt zu bringen.«

»Ich kann Ihnen nicht ganz folgen.«

»Nehmen wir zum Beispiel Kalziumpräparate. Die meisten unterscheiden sich nur durch die Dosierung. Was wir taten, war, einen neu entdeckten Nutzen hinzuzufügen. So etwas wie einen Pilzextrakt, der neurologische Vorteile hat.«

Das klang für mich wie ein Multivitaminpräparat. »Also würde jemand eine Pille nehmen und zwei Vorteile bekommen.«

»Genau. Es gibt eine Grenze dafür, wie viele Pillen die Leute schlucken wollen. Aber der Schlüssel war die Nutzung sich entwickelnder medizinischer Praktiken, die Einführung modernster therapeutischer Wirkstoffe, bevor sie zum Mainstream wurden.«

»Oh, Sie hatten Leute, die neue Wirkstoffe erforscht haben ...«

»Nein. Es wird schon genug geforscht. Es gibt keinen Grund, diese Bemühungen zu wiederholen. Wir wollten die Firma sein, die sie als Erste zu den Leuten brachte. Es ging nur um die schnelle Markteinführung.«

»Ich verstehe. Was ist passiert?«

»Nun, wir hatten einen anständigen Start. Wir haben die Großen erwischt, als sie auf ihren Ärschen saßen. Sie wachten auf und stiegen ein. Sie kamen schneller, als unser Geschäftsplan es vorsah. Wir wussten, dass sie irgendwann kommen würden, aber wir glaubten, dass wir zu dem Zeitpunkt unsere eigenen Produktionsanlagen in Betrieb haben würden.«

»Sie haben die Produktion ausgelagert?«

»Wir hatten einen Vorsprung. Wir konnten nicht warten, bis die Anlagen gebaut waren; das hätte zu lange gedauert. Wir hätten unseren Vorteil verloren. Wir hatten genug Produktionskapazität organisiert, um uns zwei Jahre über Wasser zu halten, bevor unser Werk gebaut sein würde. Das hat uns mehr gekostet, und wir haben deshalb Geld verloren, aber Elby wusste, dass wir rote Zahlen schreiben würden, bis wir unsere eigenen Fabriken hatten.«

»Was ist passiert?«

»Er hatte zwei Grundstücke in Collier: eines draußen in Harker an der 29, das andere in Sunniland, und ein Ersatzgrundstück in Lee County, gleich hinter Lehigh Acres, das für Produktionsanlagen reserviert war. Wir reichten Pläne ein, und sie wurden acht- oder neunmal zurückgewiesen. Wir verloren ein Jahr damit, uns mit Ingenieuren und Architekten herumzuschlagen, um die Genehmigung zu bekommen. Es war verdammt frustrierend. Collier lehnte es ab, obwohl wir zweihundert hochbezahlte Arbeitsplätze geschaffen hätten. Sie behaupteten, sie hätten Bedenken wegen chemischer Abwässer. Wir entschieden uns, in Lee zu bauen und begannen den ganzen Prozess von vorn.«

»Wie lange hat das jetzt schon gedauert?«

»Achtzehn bis zwanzig Monate.«

»Und Sie haben jeden Monat Geld verloren?«

Er nickte. »Einhundertfünfzigtausend im Monat, plus all das Geld, das wir für Berater, Ingenieure und verdammte Anwälte ausgaben. Aber Elby schien das am Anfang nichts auszumachen. Er hat tiefe Taschen, wie Sie wissen. Außerdem hatten wir einen Geschäftsplan. Wir hatten ihn zusammen ausgearbeitet. Er zeigte, dass wir drei bis vier Millionen verlieren würden, bevor wir unsere eigenen Anlagen bauten. Wir lagen sogar dem Zeitplan voraus, nicht viel, aber wir waren vorn.«

»Mr. Salter hat den Stecker gezogen?«

Er nickte. »Er schaltete von heiß auf kalt um, wie ein verdammter Wasserhahn. Er ließ nicht mit sich reden; man konnte nicht mit ihm sprechen. Hören Sie, ich habe nicht das investiert, was er investiert hat, aber ich hatte eine halbe Million da drin.«

»Verlor er das Interesse? Oder hatte er das Gefühl, dass der Plan, den Sie ausgearbeitet hatten, nicht funktionieren würde?«

»Er hätte funktioniert. Ich habe ihn einer Reihe von Leuten gezeigt, Investoren und so. Wissen Sie, ich spreche gerade mit ein paar Leuten, die daran interessiert sind, weiterzumachen. Nur nicht hier unten.«

»In Florida?«

»Nein, der Staat ist in Ordnung, nur nicht Südwest-Florida. Einer meiner Leute ist interessiert. Er hat Einfluss in Alabama und glaubt, wir würden sogar Steuergutschriften bekommen, die uns beim Bau dort helfen. Er garantiert, dass es keine Probleme bei der Einholung von Genehmigungen geben würde.«

»Was hat Mr. Salters Meinung geändert?«

»Ich wünschte, ich wüsste es. Wie gesagt, wir lagen im Zeitplan, und von einem Moment auf den anderen war er raus.«

»Das muss ärgerlich gewesen sein.«

»Und wie! Der Scheißkerl, äh, Entschuldigung, es war verwirrend. Wir lagen auf Kurs, und ich habe daran geglaubt. Verstehen Sie?«

Was ich verstand, war, dass wir untersuchen mussten, was Elby zu dieser Kehrtwende bewogen hatte. War es etwas, das er über Friedman herausgefunden hatte? Oder etwas anderes? Oder einfach nur die Langeweile eines reichen Mannes?

Ich aß meinen Burger auf, der vielleicht der Grund war, warum das Restaurant so voll war, und ging. Auf dem Weg zu meinem Auto kam eine SMS von Derrick an: *Ruf mich an, wenn du kannst. Wir haben was!*

# 11

ALS ICH DARÜBER NACHDACHTE, WAS DERRICK MIR ERZÄHLT hatte, kam mir eine Reihe von Ideen. Sobald ich das Büro betrat, sagte ich zu ihm: »Das Erste, was wir tun müssen, ist, alle verfügbaren Videoaufnahmen zu überprüfen.«

»Ich habe bei der Chase-Filiale nachgefragt. Es ist ein Drive-in-Geldautomat im Freien. Ich habe Sanchez gebeten, hinzufahren und sich das Video zu holen.«

»Die Abhebung von dreitausend Dollar ergibt keinen Sinn. Ich habe noch nie von einem so hohen Limit gehört. Mein Limit für Abhebungen liegt, glaube ich, bei achthundert pro Tag.«

»Meins ist bei tausend gedeckelt.«

»Ruf bei der Bank an, frag den Filialleiter danach. Vielleicht ist da was dran.«

»Meinst du, es war ein Raubüberfall? Dass man ihn gezwungen hat, das Geld am Automaten abzuheben, und ihn dann umgebracht hat? Wie ein schiefgegangenes Carjacking? Oder ein Süchtiger, der in Panik geraten ist?«

»Das glaube ich nicht. Das war keine Panik, das war

geplant. Die Hände gefesselt, ein Schuss in den Hinterkopf und die Leiche entsorgt.«

»Du hast recht, ein Junkie würde vielleicht für dreitausend Dollar töten, aber nicht auf diese Weise.«

»Wenn es keine erzwungene Abhebung war, wofür brauchte er dann dreitausend? Das ist eine Menge Geld, selbst für jemanden mit seinen Mitteln.«

»Jeder benutzt Kreditkarten, PayPal oder Schecks. Bargeld stirbt aus.«

»Außer wenn man etwas verbergen oder die Steuern für etwas sparen will. Aber die Mehrwertsteuer auf dreitausend Dollar beträgt hundertachtzig Dollar. Ich glaube nicht, dass er die sparen muss.«

»Du wärst überrascht, Frank. Einige der reichsten Leute sind die geizigsten.«

»So sind sie überhaupt erst reich geworden.«

»Gib nicht mehr aus, als du einnimmst. Das funktioniert für jeden.«

Niemand würde Derrick von seiner Position als oberster Moralapostel stürzen.

»Amen. Lass uns das mal durchkauen. Warum sollte er so viel Bargeld brauchen? Die naheliegendste Antwort ist, um Drogen zu kaufen.«

»Meinst du, er hat Drogen genommen?«

»Tatsache ist, ich habe nie daran gedacht, jemanden, mit dem wir gesprochen haben, danach zu fragen. Dem müssen wir nachgehen.«

»Ich werde mich mit seiner Frau, seiner Freundin und seinem Bruder in Verbindung setzen.«

»Danke. Die Autopsie hat keine illegalen Drogen in Elbys Körper nachgewiesen. Wenn er Drogen nahm, dann nicht, bevor er ermordet wurde. Vielleicht wollte er etwas kaufen oder einer Freundin das Geld für einen Kauf geben.«

»Vielleicht wollte er ein Schmuckstück für eine Frau kaufen und keine Spuren hinterlassen.«

»Annabelle wirkt auf mich nicht wie der Typ Frau, der Kreditkartenabrechnungen durchforstet. Wahrscheinlich haben sie ein Family Office, das sich um all ihre Rechnungen kümmert. Lassen wir das erst mal sacken und gehen der Sache mit der Bank und den Drogen nach.«

»Klingt gut.«

»Vielleicht später heute oder morgen würde ich gerne mit dir über etwas reden, etwas Persönliches.«

»Sicher, Frank. Wann immer du willst.«

»Es ist nichts Schlimmes, alles gut. Machen wir uns an die Arbeit.«

***

Die Abhebung erfolgte um 17:43 Uhr in der Chase-Filiale in Estero, an der Corkscrew Road. Unter der Annahme, dass ihn niemand gezwungen hatte, zu einem Geldautomaten zu fahren, fragte ich mich, ob Elby Salter auf dem Weg nach Norden zu seinem Treffen in Fort Myers war, oder ob ihn etwas anderes an die Ecke Tamiami Trail und Corkscrew Road geführt hatte?

Derrick steckte den USB-Stick von der Bank ein. Ich wollte sehen, ob vor der Abhebung etwas Verdächtiges passierte, und sagte ihm, er solle bis zu einem Zeitstempel von 17:20 Uhr vorspulen.

Er drückte auf Play. »So, los geht's.«

Für einen Drive-in-Geldautomaten waren die Bilder klar. Wir sahen zu, wie neun Autos in die Geldautomatenspur fuhren und Transaktionen abschlossen. Aus Gewohnheit notierte ich mir die Kennzeichen, als es auf 17:43 Uhr zuging.

Ein weißer Ford Explorer, der zu dem auf Elby Salter zugelassenen passte, kam ins Bild.

»Halt an und überprüf das Kennzeichen.«

Derrick stoppte das Band und überprüfte die Nummern. »Es ist seiner.«

»Sieht aus, als säße jemand auf dem Beifahrersitz.«

Der SUV wartete hinter einem Porsche 911. Sobald der Sportwagen seine Transaktion beendet hatte, fuhr Elby Salters Wagen an den Geldautomaten heran. Elby saß am Steuer. Er drehte sich zum Geldautomaten. Er schob seine Karte hinein. Ich hatte ihn nie getroffen, aber seine Gesichtszüge wirkten nicht angespannt.

Er tippte ein paar Mal auf die Tastatur und sah sich nach beiden Seiten um. Ein paar Sekunden später griff er nach seiner Karte und dann nach dem Geld. Er verlangte keinen Beleg, was ich seltsam fand. Aber bevor er losfuhr, streckte er die Hand aus und wischte mit den Fingern über die Tastatur.

»Pause. Genau da: Er verwischt seine Fingerabdrücke auf den Tasten, für den Fall, dass jemand entweder seine Fingerbewegungen liest oder seine Fingerspuren verfolgen will.«

»Es ist kein Geldautomaten-Überfall.«

»Das stimmt.«

»Also hat derjenige, der ihn getötet hat, einen Bonus bekommen, mit dem er wahrscheinlich nicht gerechnet hat.«

»Wenn es ein Auftragsmord war, haben sie ihm gesagt, er sollte Geld und Ausweis mitnehmen, um es wie einen Raubüberfall aussehen zu lassen. Aber bei dreitausend Dollar würde er diesen Teil sicher für sich behalten. Lass weiterlaufen.«

Als der Explorer wegfuhr, sagte ich: »Es sieht so aus, als könnte jemand auf dem Beifahrersitz sitzen.«

»Ich weiß nicht. Wenn ja, sieht es nicht nach einem Mann aus. Vielleicht ein Kind oder eine Frau.«

»Die Kopfstützen sind heutzutage verdammt groß. Lass es noch mal laufen, in Zeitlupe.«

Wir sahen es uns noch zweimal an, konnten aber nichts weiter erkennen. Was wir erfuhren, war, dass es keine erzwungene Abhebung war, sowie ein Ort und eine Zeit, wo Elby war, und ein bisschen was über ihn. Er war vorsichtig, zumindest mit Geld. Elby hatte sich umgesehen, während die Transaktion lief, und er hatte versucht zu verhindern, dass jemand seine PIN-Nummer ablesen konnte.

## 12

―――――

»MORGEN, FRANK. ICH HABE MIT DEM FILIALLEITER VON CHASE gesprochen. Er sagte, Salter hatte ein Tageslimit von fünftausend Dollar.«

Ich nahm den Kaffee, den Derrick mir immer mitbrachte. »Fünftausend? Das ist eine Menge Geld.« Ich nahm einen Schluck, und er war perfekt.

»Ich weiß.«

»Na ja, er hat das Limit nicht ausgeschöpft. Ich werde darüber nachdenken müssen, was das zu bedeuten hat.«

»Annabelle Salter hat mich heute Morgen zurückgerufen.«

Ich sah auf meine Uhr. Es war erst Viertel vor neun. »Jetzt schon?«

»Jep, hat pünktlich um halb neun angerufen.«

»Du warst heute Morgen ja schon fleißig.«

»Sie hat behauptet, nicht zu wissen, ob Elby Drogen genommen hat.«

»Für mich heißt das Nein. Eine Ehefrau würde wissen, ob ihr Mann Drogen nimmt, genauso wie sie wusste, dass er sie betrogen hat.«

»Es sei denn, er hat es nur mit seiner Freundin getan.«

»Eine entfernte Möglichkeit. Ich weiß, es gibt viele Leute, die von sich behaupten, Gelegenheitskonsumenten zu sein, aber ihre Definition von ›gelegentlich‹ ist viel weiter gefasst als meine.«

»Vielleicht war das Geld für einen Kauf für seine Freundin.«

»Könnte sein. Annabelle hat um halb neun angerufen?«

»Ja, das habe ich doch gesagt.«

»Warum? Das ist für jeden recht früh. Das wirkt wie ein Versuch zu beweisen, dass sie kooperativ ist.«

»Es könnte auch ernst gemeint sein, Frank. Es *war* ihr Mann.«

»Wir müssen wissen, ob es eine Lebensversicherung gibt, bei der sie die Begünstigte ist und wie ein eventueller Ehevertrag aussah. Gab es einen finanziellen Vorteil für sie, ihren Mann umbringen zu lassen?«

»Meinst du, sie war es?«

»Ich fälle keine Urteile, ich gehe nur die Möglichkeiten durch.«

»Wen sollen wir fragen? Ihren Anwalt?«

»Nein, fangen wir mit Chadwick an. Vielleicht verrät er uns etwas, aber bevor wir gehen, möchte ich mit dir reden.«

»Klar, was gibt's?«

Ich schloss die Tür zu unserem Büro.

»Mary Ann und ich haben gestern Abend darüber gesprochen und wir möchten dich fragen, ob du Jessicas Patenonkel sein willst.«

»Was? Oh mein Gott. Natürlich. Es wäre mir eine Ehre.«

Er stand auf und umarmte mich.

»Großartig.« Ich wand mich aus seiner Umarmung. »Wir haben uns noch nicht für eine Patentante entschieden, aber wir planen die Taufe in St. Agnes in drei Wochen.«

»Oh. Was muss ich tun?«

»Da gibt es etwas Papierkram von der Kirche. Ich bringe ihn morgen mit. Ich wollte nur sichergehen, dass du damit einverstanden bist.«

»Ich bin mehr als einverstanden.« Er drückte meine Schulter. »Es ist ein Privileg. Ich liebe Jessica und ich werde der beste Patenonkel sein, der ich sein kann, Frank.«

»Ich weiß, dass du das sein wirst, deshalb wollte ich dich. Sie wird in ihrem Leben die Unterstützung von guten Menschen wie dir brauchen. Eltern können nicht alles allein schaffen.«

---

»BIEG HIER EIN, DAS IST DAS GEBÄUDE.«

»Hier hat Chadwick Salter sein Büro?«

»Wie ich schon sagte, die Reichen werden so, indem sie ein Auge darauf haben, was zur Tür hinausgeht.«

Derrick fuhr in eine Parklücke. »Aber die sind weit mehr als nur reich. Die könnten Hundert-Dollar-Scheine verbrennen, wenn sie im Januar Wärme brauchen.«

»Sie sind eine traditionsreiche Familie. Niemand, der in diese Familie hineingeboren wird, muss arbeiten, aber es sieht so aus, als ob es die Anforderung gibt, etwas zu tun und nicht nur auf seinem Arsch zu sitzen. Mir gefiel, wie Warren Buffett es ausgedrückt hat, so was wie, er würde seinen Kindern genug Geld geben, damit sie alles tun können, aber nicht genug, damit sie nichts tun können.«

»Das ist großartig ausgedrückt.«

Während wir um die Rückseite des Gebäudes gingen, sagte ich: »Wir spielen nicht in der Liga dieser Leute, aber wir werden Jessie nicht verziehen. Wenn sie etwas will, bekommt sie es nicht automatisch. Ich erinnere mich, dass ich ein Moped wollte, wie all die anderen Kinder es hatten, aber obwohl mein Vater eines hätte kaufen können, sagte er nein. Wenn ich eines wollte, musste ich dafür arbeiten. Und rat mal? In der darauffolgenden Woche trug ich Zeitungen aus.«

»Dein Vater war ein weiser Mann.«

»Hör zu, wenn Mary Ann und mir etwas passiert, verwöhn Jessica nicht, auch wenn sie dir leidtut.«

»Wovon redest du da, Frank? Dir wird nichts zustoßen.«

»Wollen wir es hoffen.«

»Gibt es keinen Aufzug?«

»Nö.«

Im Büro war mehr los als bei meinem letzten Besuch. Chadwick stand in der Tür seines Büros und sprach mit einem älteren Mann. Seine Schultern sackten zusammen, als er uns sah. Wir warteten auf ihn, während der Duft von frisch gebrühtem Kaffee das Büro erfüllte. Ich könnte eine Tasse vertragen, und wenn sie mir angeboten würde, würde ich eine nehmen.

Der grauhaarige Mann kam auf uns zu und Chadwick zog sich in sein Büro zurück. Wir standen kurz davor, mit einem fingierten Konflikt abgewimmelt zu werden. Dieser Mann, der seine Brille abnahm, sah aus, als sei er es gewohnt, Hausierer zu verscheuchen.

»Mr. Salter ist äußerst beschäftigt, meine Herren, aber er hat ein paar Minuten für Sie. Fassen Sie sich also bitte kurz.«

Derrick sagte: »Absolut.«

»Gut. Gehen Sie durch, er wartet.«

Chadwick stand auf und begrüßte uns. Seine Barry-White-Stimme überraschte mich immer noch. Jeder, der mit ihm am Telefon sprach, würde ihn sich niemals persönlich vorstellen können.

Derrick sagte: »Danke, dass Sie uns noch dazwischenschieben. Wir haben ein paar kurze Fragen.«

»Alles, was ich tun kann, um zu helfen.«

Kaffee wurde uns nicht angeboten. Ich sagte: »Hat Ihr Bruder Drogen genommen?«

»Nein. Das glaube ich nicht.«

»Hat er als Jugendlicher jemals Drogen genommen?«

»Er hat früher mal ein wenig Marihuana geraucht, aber wer hat das nicht? Elby mochte seinen Wodka, als er aufwuchs, normalerweise mit Cranberrysaft. Er trinkt ihn immer noch, heutzutage allerdings mit Diät-Cranberrysaft.«

Sein Lächeln verblasste, als ich fragte: »Ich nehme an, Ihr Bruder hatte eine beträchtliche Lebensversicherung. Wer war der Begünstigte?«

»Das ist eine private Angelegenheit.«

»Es ist ein mögliches Tatmotiv. Wer würde von seinem Tod profitieren?«

»Mir ist nicht bekannt, ob Elby zusätzliche Policen hatte, aber das Familienprotokoll verlangt, dass die Erlöse aus Versicherungen auf das Leben derjenigen, die als Salters auf die Welt kamen, dem Salter-Familientrust zugutekommen.«

Mir fiel auf, dass Chadwick kein einziges Mal auf seine Uhr geschaut hatte.

Derrick sagte: »Verstanden. Aber was die Unterscheidung zwischen denen, die als Salters geboren wurden, und denen, die in die Familie einheiraten, betrifft, bedeutet das, dass jemand wie Annabelle keine Begünstigte des Trusts wäre?«

»Meine Herren, wir dringen schon wieder in Bereiche vor, die praktisch jeder als privat ansehen würde. Alles, was ich zu diesem Zeitpunkt zu sagen bereit bin, ist, dass für einen Ehepartner im Todes- oder Scheidungsfall reichlich Vorsorge getroffen wird.«

»Hatten Ihr Bruder und seine Frau einen Ehevertrag?«

»Ja.«

Ich erinnerte mich an einen früheren Fall, bei dem es um eine wohlhabende Familie ging, die denselben Anwalt hatte, und sagte: »Ich nehme an, dass der Trust einen solchen verlangt, um Leistungen zu beziehen. Ist das richtig?«

»Ja.«

Ich war neugierig auf die Kinder, die Salter-Frauen zur Welt brachten. Wenn sie den Namen des Vaters annehmen würden, kämen sie nicht als Salters auf die Welt. Ich wollte fragen, wusste aber, dass sie das geregelt hatten. Stattdessen fragte ich: »Ich verstehe den Aspekt der Privatsphäre und respektiere das, aber könnten Sie uns zumindest einen Hinweis darauf geben, was ein Ehepartner bei einer Scheidung von einem Salter oder bei dessen Tod erhalten würde?«

»Sagen wir einfach, etwas, um eine bürgerliche Existenz zu ergänzen. Sie müssten für sich selbst sorgen, aber ein gewisses Sicherheitsnetz wäre vorhanden.«

»Ungeachtet einer langen, glücklichen Ehe?«

»Elbys Ehe war weder lang noch glücklich.«

Derrick sagte: »Wie gut kannten Sie Cindy Baylor?«

»Ich weiß von Ms. Baylor.«

»Genug, um zu wissen, ob sie Drogen nahm?«

»Es scheint eine Besessenheit mit dem Drogenkonsum zu geben. Gibt es etwas, das ich wissen sollte?«

»Wir stellen hier die Fragen, Mr. Salter. Haben Sie irgendeine Kenntnis davon, dass Ms. Baylor Drogen konsumiert?«

»Nein. Meine Herren, ich wünschte, ich hätte mehr Zeit für Sie, aber ich muss gehen. Ich habe in zwanzig Minuten einen Termin und darf nicht zu spät kommen.«

Wir verließen das Büro, und als wir den Außengang zur Treppe entlanggingen, sagte Derrick: »Tut mir leid, ich hätte diese Bemerkung, wer hier die Fragen stellt, nicht machen sollen.«

»Spielt keine Rolle. Wir haben eine Menge Informationen bekommen.«

»Ich schätze, die Ehefrau ist aus dem Schneider, wenn sie keinen großen Batzen Geld bekommt.«

Als ich die Treppe hinunterging, sagte ich: »Irgendetwas an Chadwick gefällt mir nicht. Ich kann noch nicht genau sagen, was es ist. Ich würde gerne auf dem Parkplatz warten und sehen, ob er wirklich einen Termin hat.«

»Willst du das wirklich?«

»Nee, was würde das beweisen? Wir sind unangemeldet gekommen. Er hat vielleicht keinen Termin, aber ich bin sicher, er hat Dinge zu tun, genau wie wir.«

## 13

RIESIGE EISENTORE SCHWANGEN AUF UND ICH FUHR NACH TALIS Park hinein. Es war eine der exklusivsten Wohnanlagen, die man sich vorstellen konnte. Ich hatte gehört, dass sie sogar noch exklusiver gewesen war, bevor der Bauträger pleite ging und sie eine Reihe niedriger Gebäude und Apartments bauen mussten, damit die Rechnung wieder aufging.

Ich wartete darauf, dass die gepflasterte Einfahrt endete, doch sie mündete in eine ebenfalls gepflasterte Hauptstraße. Ich fuhr an einem großen See vorbei; dann kam eine Brücke in Sicht, auf die die Toskana stolz gewesen wäre. Ich fuhr über die Brücke auf eine runde Grünfläche zu, in deren Mitte ein Obelisk thronte, der an das Washington Monument erinnerte.

Das Schild für den Parkservice war geradeaus. Ich fuhr eine Runde, um einen Parkplatz zu suchen, und zwängte mich in eine Lücke, obwohl darauf *Nur für Golf-Carts* stand. Ich konnte es nicht ausstehen, einem Jungen Trinkgeld zu geben, wenn ein Parkplatz nur wenige Schritte entfernt war. Ein oder zwei Dollar waren in Ordnung, aber heutzutage wurden mindestens fünf Dollar erwartet. Ich war Polizistin, keine Investment-bankerin.

Eine elegante Lobby mündete in einen schlichten
Innenhof, der zu den gastronomischen Einrichtungen
führte, die für die Verhältnisse in Naples klein, aber
geschmackvoll gestaltet waren. An der Bar war kein
einziger Platz frei. Ich ließ den Blick durch den Raum
schweifen und eine Frau kam auf mich zu und führte mich
zu einer Terrasse im Freien, wo meine Verabredung
wartete.

Ich erkannte ihn von den Fotos, die ich gesehen hatte, und
winkte. Ronald Weaver erhob sich von seinem Stuhl und
bewegte sich wie der Athlet, der er einmal gewesen war. Er war
zweiundfünfzig, hatte sich aber eine jungenhafte Figur
bewahrt. Er war gut eins achtzig groß; sein braunes Haar
wurde lichter, aber er war schlank, und sein Golfshirt spannte
sich über seinen Bizeps, was ihn wie Anfang vierzig aussehen
ließ.

Seine Hand umschloss meine. Ich mochte es, wenn ein
Mann mir beim Händeschütteln in die Augen sah.

»Hören Sie, es tut mir wirklich leid, dass ich in Phoenix
war. Ich wäre nicht gefahren, wenn ich gewusst hätte, was mit
Elby los war.«

»Ich verstehe. Kein Problem.«

»Wollen Sie etwas trinken? Wie wäre es mit einem Bier?«

Ich begehrte den halb aufgegessenen Hamburger auf
seinem Teller. »Eine Cola Light, bitte.«

»Geht klar.«

Ich nahm die Aussicht in mich auf. Es gab einen Unterschied in der Farbe der Grüns und der Fairways. Es sah aus, als
wäre es mit einer Schere maniküüt worden. Zur Rechten
säumten Häuser, so groß wie das Clubhaus, eine durch ein Tor
geschützte Straße. Beverly Hills wäre neidisch geworden.

»An diese Aussicht könnte ich mich gewöhnen. Ich bin zum
ersten Mal hier drin.«

»Ich bin hier einer der ursprünglichen Siedler. Wenn Sie

mal eine Runde Golf spielen wollen, lassen Sie es mich wissen.«

»Klingt gut, aber ich spiele nicht.«

»Ist vielleicht auch besser so. Das Spiel kann verdammt frustrierend sein.«

»Wie sind Sie hier gelandet?«

»Es hat schon immer Sportler angezogen. Einer der ersten hier war Rocco Mediate, ein Profigolfer, und ein paar Jungs von den Sox haben hier Häuser gekauft.«

»Ich habe gehört, Elby Salter war ein großer Red-Sox-Fan.«

»Oh ja. Ein riesiger. Wir waren bei dem Spiel an dem Tag, als er verschwand.«

»Waren Sie die ganze Zeit bei ihm?«

Eine Kellnerin goss meine Cola aus der Dose in ein Glas.

»Nicht die ganze Zeit. Wir kannten beide einen Haufen Leute, und Sie wissen ja, wie das ist: Man bewegt sich während des Spiels, quatscht mit diesem oder jenem.«

»Sind Sie zusammen zum Spiel gegangen?«

»Nein. Elby hat mich dort oben getroffen. Ich arbeite immer noch für das Team, hauptsächlich im Scouting; deshalb war ich auch für die Sox in Phoenix.«

»Ich hatte gehört, Sie wären der General Manager.«

»Nee, mein Titel ist stellvertretender GM, aber das Team hat noch zwei andere. Ich bin für die Talentsuche zuständig, beurteile die Spieler. Mache Empfehlungen, wen wir unter Vertrag nehmen sollten. Es ist viel komplizierter als früher. Es geht nicht nur um die Fähigkeiten des Spielers. Jetzt müssen wir auch abwägen, was sie bezahlt bekommen.«

»Nur aus reiner Neugier: Waren Sie an der Peters-Entscheidung beteiligt?«

Weaver verdrehte die Augen. »Jep, und man könnte meinen, ich hätte jemandes Neugeborenes in ein anderes Land geschickt. Sie können sich nicht vorstellen, was für Hassbriefe wir bekommen haben. Sie kommen immer noch an. Ich brauchte zwei Wochen lang Security, um zu meinem Auto zu kommen.«

»Wegen eines Spielers? Manche Leute nehmen diese Sportsache ein bisschen zu ernst.«

»Das war eine leichte Entscheidung. Der Kerl war überbezahlt; er wollte über zwanzig Millionen im Jahr. Wir haben diesen Jungen, Sanchez, in der Triple-A; der ist eine Klasse für sich. Ich glaube, er wird bis zur All-Star-Pause für die erste Liga bereit sein.«

»Klingt vielversprechend. Wann sind Sie an dem Tag im Stadion angekommen?«

»Ich war an dem Morgen gegen elf im Stadion.«

»Sind Sie zusammen gegangen?«

»Nein, ich musste früher weg. Ich weiß nicht mehr, ob es so im sechsten Inning war oder so; ich musste mir einen jungen Spieler ansehen, der für die Twins spielt.«

»Um wie viel Uhr war das?«

»Das war wahrscheinlich so gegen halb drei oder drei.«

»Haben Sie zusammen zu Mittag gegessen?«

»Nee, wir hatten nur ein Bier und Erdnüsse.«

»Elby hat ein Bier getrunken?«

»Nicht das Ganze. Hören Sie, verstehen Sie das nicht falsch. Ich mochte Elby. Wir waren gute Freunde, aber er war anders.«

»Sagen Sie mir, was Sie damit meinen.«

»Er wollte hier dazugehören. Deshalb hat er den Deal gemacht, um das Team umzusiedeln.«

»Um dazuzugehören?«

»Hören Sie, ich wusste, dass er kein Bier mochte. Er hat jedes Mal ein halbes Glas getrunken, aber anstatt nein zu sagen, wollte er wie die anderen Jungs sein. Er hat sogar ab und zu geflucht. Sehen Sie, das macht ihn nicht zu einem schlechten Kerl. Er hätte mir sein letztes Hemd gegeben, wenn ich gefragt hätte, und er liebte das Spiel. Für einen Jungen, der

Lacrosse oder was auch immer gespielt hat, kannte er sich im Baseball bestens aus.«

»Haben Sie eine Ahnung, wer das getan haben könnte? Hatte Elby Feinde, von denen Sie wissen?«

Weaver malte Striche in das Kondenswasser, das sich an seinem Glas bildete. »Die kurze Antwort ist Nein. Aber habe ich verrückte Ideen, wer es getan haben könnte? Ja, die habe ich.«

»Nichts ist verrückt. Sagen Sie mir, was Sie denken.«

»Also, zum einen ist Cindy Baylor eine Goldgräberin, okay. Ich weiß, das macht sie nicht zu einer Mörderin, aber ihr ging es ums Geld.«

»Aber ich dachte, es wäre eine symbiotische Beziehung. Elby bekam, was er wollte, vielleicht Sex, Gesellschaft, und sie bekam etwas Geld.«

»Er hat sich darüber beschwert, dass sie immer Geld für dies oder das wollte. Er konnte sich alles leisten, aber es gefiel ihm nicht, das ist alles. Es ist wahrscheinlich nichts weiter als das, was hier und an einer Million anderer Orte jeden Tag passiert.« Er machte eine ausladende Geste.

So sehr ich auch gerne etwas Klatsch gehört hätte, sagte ich: »Was ist mit ihrem Ex-Mann?«

»Oh ja, den hätte ich fast vergessen. Er ist auf Elby losgegangen, als Elby anfing, mit seiner Frau zu vögeln. Elby hat das ernst genommen und die Sache mit ihr sogar für eine Weile etwas abkühlen lassen.«

»Auf ihn losgegangen? Was hat er getan?«

»Der Kerl ist Elby mit seinem Auto gefolgt. Er hat versucht, ihn einzuschüchtern. Eines Tages ist er sogar zum Stadion gekommen.«

»Er hat Salter gestalkt?«

»Ich schätze, so könnte man das nennen.«

»Was ist aus ihm geworden?«

»Ich weiß es nicht genau. Vielleicht hat er endlich kapiert, dass seine Frau eine Schlampe war.«

»Vielleicht.«

»Wissen Sie, wenn wir gerade von Stalking reden: Elby war mit dieser Französin zusammen, Marie irgendwas.«

»Redoux?«

»Ja, das ist sie. Sie wissen also von ihr?«

Ich nickte. »Erzählen Sie mir, was Sie wissen.«

»Als Elby mit ihr Schluss gemacht hat, wollte sie nicht loslassen. Sie hat ihm nachgestellt, ihn zu jeder Tages- und Nachtzeit angerufen. Sie hat sogar Annabelle angerufen.«

»Hat sie irgendwelche Drohungen ausgesprochen, von denen Sie wissen?«

Er schüttelte den Kopf. »Nein, nur, dass sie die Trennung sehr schlecht verkraftet hat.«

»Verstanden. Und sonst jemand?«

»Friedman ging Elby maßlos auf die Nerven. Ich meine, der ist noch so ein Blutsauger. Er hat Elby so lange genervt, bis der das Geld für das Nahrungsergänzungsmittel-Geschäft locker-gemacht hat. Der Kerl war nichts als ein Hochstapler.«

»Hat Elby jemals etwas über ihn gesagt?«

»Oh ja, ständig. Er war stinksauer über den ständigen Strom von Schwachsinn, den er von Friedman zu hören bekam.«

»Hat er deswegen das Geschäft am Ende dichtgemacht?«

»Ich weiß nicht. Elby hat nie viel darüber geredet. Ich weiß, er hatte irgendwelche Probleme mit dem Bezirk, aber ich bin mir nicht sicher. Ich war nur froh, dass er diesen Blutsauger los war.«

»Er hat Friedman durch Sie kennengelernt, nicht wahr?«

»Auf keinen Fall. Johnny Heights und ich waren befreundet, nicht wirklich dicke, aber wir haben uns ab und zu gesehen. Er kannte Friedman. Wie er mit Friedman rumhängen konnte, ist mir ein Rätsel. Aber so ist Elby an ihn geraten.«

»Okay. Ich verstehe, Elby hat seine Frau gern betrogen. Was ist mit anderen Frauen?«

»Sein Problem war, dass es immer verheiratete Frauen waren. Ich weiß nicht, vielleicht fühlte es sich für ihn sicherer an. Es war eine neue Frau im Spiel. Ich glaube, sie hieß Sue. Er wollte sie in der Nacht besuchen, in der ich nach Phoenix flog.«

»An dem Tag, an dem er verschwand?«

»Ja.«

»Aber Cindy Baylor sagte, sie hätte an dem Abend eine Verabredung mit ihm gehabt.«

»Das hat er mir erzählt. Vielleicht wollte er Cindy versetzen.«

»Und sie war verheiratet?«

»Jep. Wie üblich.«

»Und es war nicht sein erstes Rendezvous mit ihr?«

»Nein, er hatte sie schon vorher getroffen.«

»Können Sie mir noch etwas über diese Frau sagen?«

»Ich wünschte, ich könnte es, aber ich weiß nichts weiter über sie, außer dass er ziemlich verrückt nach ihr zu sein schien.«

»War das ungewöhnlich?«

»Ja, Elby war wie ein Oberschüler, als er mir von ihr erzählte.«

»Und sie war definitiv verheiratet?«

»Jep. Das war seine Masche.«

Es fiel mir schwer, eine solch himmlische Aussicht zu verlassen, aber ich musste dem nachgehen, was Weaver mir erzählt hatte. Vielleicht würde ich Weavers Golfangebot eines Tages annehmen.

## 14

SCHON DEN DRITTEN TAG IN FOLGE SCHLIEF JESSICA, ALS ICH nach Hause kam. Ich schlich Mary Ann zuliebe auf Zehenspitzen zum Stubenwagen. Sie war wunderschön. Ich streichelte ihr über die Wange, und sie regte sich. Ich bewegte ihre Hand, und sie öffnete die Augen. Sie lächelte mich an. Ich beugte mich hinein und hob sie hoch, als Mary Ann ins Zimmer kam.

»Was machst du da?«

»Sie war wach.«

»Nein, war sie nicht. Ich habe auf dem Monitor gesehen, wie du sie aufgeweckt hast.«

Ich hielt sie über meinem Kopf. »Schau, sie lächelt.«

»Dann bring du sie mal wieder ins Bett. Viel Glück.«

Mary Ann verließ den Raum, und ich legte Jessie auf unser Bett. Ich legte mich neben sie und spielte gut zwanzig Minuten mit ihr, bevor ich sie zurück in den Stubenwagen legte. Als ich meine Arbeitskleidung auszog, fing sie an zu weinen.

Ich hob sie wieder hoch, und fünf Minuten später schlief sie tief und fest. Ich schlich aus dem Schlafzimmer.

»Schläft wie ein Stein.«

»Das glaube ich nicht. Das macht sie sonst nie.«

»Was soll ich sagen? Das ist Papas Magie.«

»Ja, genau. Mach den Grill an.«

Während ich darauf wartete, dass der Grill heiß wurde, nahm ich die *Naples Daily News* zur Hand. Darin war ein Foto von drei Männern beim Spatenstich für ein neues Krankenhaus in East Naples. Sie kamen mir bekannt vor, aber ich konnte die Gesichter nicht zuordnen.

Ich legte die Zeitung weg und sah nach dem Grill. Dann fiel es mir ein. Das waren dieselben Männer wie auf den Fotos in Chadwick Salters Büro. Ich las ihre Namen: Robert Hamlet, Michael West und Marshall Bingham. Ich las den Artikel. Die Männer waren wohlhabende Einwohner von Naples, die das Projekt zu günstigen Konditionen finanzierten, weil sie glaubten, dass die Gemeinde eine weitere medizinische Einrichtung brauchte.

Es war ein Wohlfühlartikel über Mitglieder der Gemeinschaft mit den nötigen Mitteln, die einsprangen, um eine Lücke zu füllen, als die Banker zu viel verlangten, um das Projekt zu finanzieren. Ich war dankbar, an einem so guten Ort zu leben, um Jessie großzuziehen.

---

CINDY BAYLOR TAT BEI MEINEM BESUCH ÜBERRASCHT, ERINNERTE sich aber an meinen Namen. Sie trug Jeans, Flip-Flops und eine weiße Bluse, die ihr Dekolleté erahnen ließ. Sie war ein wahrer Männermagnet.

»Oh, Detective Luca, ist etwas nicht in Ordnung?«

Ja, Ihr Freund wurde mit einer Kugel im Gehirn tot aufgefunden.

»Ich habe noch ein paar Fragen.«

Als sie zur Seite trat, bemerkte ich einen großen Diamanten, der an ihrem Ohr baumelte. In der Luft lag ein Zimtduft, der mich an Eierpunsch denken ließ. Wir ließen uns in denselben niedrigen Sesseln nieder, die ihren Lucite-Couchtisch umgaben.

»Soweit ich weiß, war Ihr Ex-Mann wegen Ihrer Affäre mit Elby Salter verärgert.«

»Ist das nicht eine übliche Reaktion?«

»Wahrscheinlich, aber was weniger üblich ist, sind Drohungen.«

»Fred ist impulsiv. Er hat die Beherrschung verloren und einfach etwas Dampf abgelassen. Das war alles.«

»Ich weiß, dass er Mr. Salter nachgestellt hat. Was wissen Sie darüber?«

Sie ließ einen Flip-Flop vom Fuß gleiten. »Elby hat mir erzählt, dass er dachte, Fred würde ihn verfolgen, aber ich habe ihm gesagt, dass er sich das nur einbildet. Elby war wegen der ganzen Sache einfach paranoid.«

»Ich habe einen Zeugen, der bestätigt, dass Ihr Ex-Mann ihm nachgestellt hat.«

»Was? Sie denken, Fred hat Elby getötet?«

»Wir sehen uns alle Beziehungen von Mr. Salter an.«

Sie schlug die Beine übereinander. »Ich nehme an, das schließt mich mit ein?«

»Bei unserem letzten Treffen sagten Sie, Sie hätten das Geld aus der Scheidungsvereinbarung verwendet, um das Haus in Mercato zu kaufen. Aber das stimmte nicht, oder? Salter hat Ihnen das Geld gegeben, damit Sie es kaufen konnten, nicht wahr?«

Ihr Gesicht rötete sich. »Ich habe nicht gelogen. Die Scheidung hat sich zu lange hingezogen, also hat Elby mir das Geld geliehen.«

»Oh, so etwas wie ein Überbrückungskredit?«

»Ja, ein Überbrückungskredit.«

»Haben Sie Mr. Salters Darlehen jemals zurückgezahlt?«

»Äh, ich wollte es, aber Elby sagte, ich solle mir keine Sorgen machen.«

Sie wurde bei den Befragungen besser und gab eine Antwort, die sich nicht überprüfen ließ.

»Hat er Ihnen etwas versprochen, falls ihm etwas zustoßen sollte?«

Sie beugte sich vor. »Wer hat Ihnen das erzählt? Chadwick?«

»Hat Mr. Salter irgendwelche Versprechungen gemacht?«

»Elby hat viele Dinge gesagt, aber nichts von dem, was Sie andeuten wollen.«

»Was wissen Sie über Robert Friedman?«

Sie verdrehte die Augen. »Wie der es je ins Fernsehen geschafft hat, ist mir ein Rätsel. Seinen Scheiß konnte man meilenweit riechen.«

»Er ist ein guter Verkäufer. Er hat es Elby schmackhaft gemacht, mit ihm ins Geschäft zu kommen.«

»Elby hat kaum über Geschäfte geredet. Wir haben Friedman einmal in einem Restaurant getroffen; das war das einzige Mal, dass ich ihn gesehen habe. Er nannte Elby ständig ›Partner‹, und Elby mochte das nicht.«

»Salter war so erfolgreich, wie man nur sein kann, und doch ist das Geschäft, das er und Friedman zusammen hatten, gescheitert. Wissen Sie, warum?«

»Wie gesagt, mit mir hat er nicht über Geschäfte geredet. Er sagte nur, dass er an jedem Fünfzehnten im Monat zu einem Geschäftsessen müsse. Er konnte nie etwas mit mir unternehmen, weil er zu diesem Treffen musste.«

»Er hat nie irgendwelche Probleme mit Friedman erwähnt?«

»Keine, von denen ich wüsste.«

»Wussten Sie, dass Salter eine andere Frau traf?«

Die Farbe wich aus ihrem Gesicht. Deutete das darauf hin, dass sie keine Goldgräberin war?

»Ich, ich weiß nicht. Sind Sie sicher?«

»Ihr Name war Sue.«

»Wie lange lief das schon?«

»Mehrere Wochen, bevor er ermordet wurde.«

Ihre Schultern sackten in sich zusammen. »Es war wahrscheinlich nur eine Affäre ...«

»Lassen Sie mich Sie fragen, hatten Sie selbst irgendwelche Affären?«

»Für was für eine Frau halten Sie mich?«

Ich war dabei, mir ein Bild von ihr zu machen, aber ob das Gemälde ins Düstere abdriften würde, war die Frage, die ich mit aller Macht zu beantworten versuchte.

## 15

ICH GING ZURÜCK IN MEIN BÜRO, NACHDEM ICH SHERIFF Chester auf den neuesten Stand im Fall Salter gebracht hatte. Er war genauso verblüfft wie ich, dass die Presse die Sache nicht größer aufbauschte. Der Sheriff wollte den Fall gelöst haben, bevor die Familie anfing, Druck auszuüben.

Er machte unmissverständlich klar, dass wir einen Zahn zulegen und den Mörder schnell finden mussten. In zwei Jahren stand Chesters Wiederwahl an, und ich wusste, dass er keine einflussreiche Familie gebrauchen konnte, die negative Stimmung verbreitete.

Als ich die Treppe hinunterging, kehrte der Schmerz in meiner Magengegend zurück. Er war leicht, aber dennoch beunruhigend. War der Druck, den Chester auf mich ausübte, dafür verantwortlich? Vielleicht war es auch nur ein Magengeschwür. Lieber ein Haufen Magengeschwüre als Krebs. Ich betrat unser Büro und Derrick sagte: »Frank, ich habe Marie Redoux endlich erreicht. Sie war verreist.«

»Und sie hat ihr Telefon nicht mitgenommen?«

»Sie war in Frankreich und hat ihre Familie besucht.«

»Okay. Wir müssen mit ihr reden. Fahren wir los.«

»Sie arbeitet. Wir fahren dorthin.«

Das Auberge war ein traditionelles französisches Restaurant am Imperial Golf Course Boulevard. Als wir in die Ladenzeile einbogen, in der sich das Lokal befand, fragte ich mich, ob Elby Salter Mitglied des exklusiven Golfclubs war und sie kennengelernt hatte, als er sich zum Mittagessen einen Happen zu essen holte.

An einem Tisch im Freien saß ein einzelner Gast bei einem späten Mittagessen. Derrick hielt mir die Tür auf und ich betrat einen schlicht eingerichteten Raum. Mary Ann und ich waren in Paris gewesen, und der Ort erinnerte mich an ein Bistro, in dem wir an dem Tag gegessen hatten, als wir nach Versailles gefahren waren.

Ich fragte mich, wie die Moules hier wohl wären, als Derrick einen Kellner bat, Marie zu holen. Ich hatte früher nie Muscheln gemocht, aber in Frankreich standen sie auf jeder Speisekarte, die wir sahen, und am Ende schmeckten sie sogar gut. Das Problem war nur, dass ich einen ganzen Laib Brot brauchte, um satt zu werden.

Eine Theke zu meiner Linken erregte meine Aufmerksamkeit. Sie war voll mit Gebäck und bunten Haufen von Macarons. Rechts stand ein Weinregal, und ich schaute mir gerade die Etiketten an, als ich Schritte hörte, die sich näherten.

Marie Redoux war groß und bewegte sich mit jenem Selbstvertrauen, das ich bei den Menschen in Paris beobachtet hatte. Sie trug ein ländliches französisches Kleid, das ihre kurvigen Hüften betonte. Wenn sie Make-up aufgetragen hatte, dann fiel es nicht auf. Redoux war nicht umwerfend, aber attraktiv und hatte ein nettes Lächeln.

Sie sagte etwas auf Französisch zu einem Kellner, bevor sie mich mit akzentuierter Stimme begrüßte.

»Setzen wir uns dorthin.« Redoux zeigte auf einen Ecktisch am Fenster. »Darf ich Ihnen etwas bringen? Einen *Café*?«

Wir lehnten ab und setzten uns auf hölzerne Bistrostühle.

Ich sagte: »Ich habe gehört, Sie waren in Frankreich. Wie war Ihre Reise?«

»Sehr schön, aber das Wetter war kühl. Es ist gut, wieder zurück zu sein.«

Ich hätte ihr den ganzen Tag lang zuhören können. Ob mir das nach einer Weile auf die Nerven gehen würde?

»Sie sind in Frankreich geboren?«

»Ja, in Fécamp, an der Nordküste am Meer. Vielleicht kennen Sie Le Havre? Das ist ganz in der Nähe.«

Ich entschied, dass ihre Stimme mir niemals auf die Nerven gehen würde. »War nur einmal dort, hauptsächlich im Pariser Raum.«

»Frankreich ist ein wunderschönes Land, aber die politische Situation ermüdet mich. Es ist nicht der beste Ort, um meine Tochter großzuziehen.«

Ich konnte verstehen, weshalb Elby Salter ihrem Lächeln verfallen war. »Ich fürchte, darüber weiß ich nicht viel. Soweit ich weiß, hatten Sie eine Beziehung mit Elby Salter.«

Sie nickte.

»Wie haben Sie ihn kennengelernt?«

Sie lächelte. »Er hatte eine Verabredung, genau hier, an eben diesem Tisch.«

Derrick sagte: »Er war mit einer anderen Frau hier, und er hat Sie angesprochen, vor ihren Augen?«

»Elby war diskret. Er hatte Fragen zur Weinkarte. Wir haben nur französische Weine. Ich kam zum Tisch und gab eine Empfehlung ab, die er annahm. Er bat den Kellner, mich vorbeizuschicken. Elby schwärmte vom Wein, aber ich wusste, dass er an mir interessiert war, und als er zur Toilette ging, bat er um meine Nummer.«

Nachdem Derrick etwas darüber gemurmelt hatte, dass Salter echt Eier in der Hose hatte, fragte er: »Wie lange ist das her?«

»Eineinhalb Jahre.«

Ich sagte: »Wir haben gehört, dass er die Beziehung beendet hat und Sie darüber unglücklich gewesen sind.«

»Nein, nein. Es war Zeit, sie zu beenden. Alles hat seine Zeit, und unsere war vorüber.«

Derrick sagte: »Warum haben Sie ihn am Tag vor seinem Tod dreimal angerufen?«

»Weil ich eine Flasche genau von dem Wein hatte, den ich in der Nacht unseres ersten Treffens empfohlen hatte. Ich war ein wenig betrunken und fühlte mich melancholisch.«

Ihre Antwort kam zu schnell; sie wirkte einstudiert. Ich fragte, welcher Wein es war, teils um zu sehen, ob sie log, teils um zu sehen, ob ich eine Flasche zum Probieren finden könnte.

»Chêne Bleu, ihr 2012er Abelard.«

Ich wollte wissen, aus welcher Region in Frankreich er kam, fragte aber stattdessen: »Wir haben mit Leuten gesprochen, die von Ihnen und Mr. Salter wussten, und sie sagen, dass Sie die Trennung schwer genommen haben. Dass Sie Mr. Salter ständig angerufen und sogar seine Frau angerufen haben.«

»Nun, das klingt nach etwas, das sein Bruder sagen würde.«

»Es war nicht Chadwick Salter. Nun, haben Sie Elby Salter angerufen, nachdem die Beziehung beendet war?«

»Das wird langsam albern. Was ich verärgert über die Härte, die Elby mir gegenüber zeigte? Ja. Es hat ein paar Wochen gedauert, aber ich bin darüber hinweggekommen.«

»Ich verstehe. Wissen Sie, wer Elby das angetan haben könnte?«

»Nun, ich war es nicht. Ich war zu der Zeit in Frankreich.«

Mir kam ein altes französisches Sprichwort in den Sinn: Wer sich entschuldigt, klagt sich an. War ihre Reise nach Frankreich das perfekte Alibi?

# 16

FRED BAYLOR WOLLTE SICH NICHT SCHON WIEDER IN SEINEM
Büro treffen. Ich verstand das und willigte ein, mich mit ihm
bei Grouper and Chips zu treffen. Ein Mann muss schließlich
essen. Das Einkaufszentrum, in dem sich das beliebte Lokal
befand, lag auf der anderen Straßenseite von NCH Downtown.

Baylor wartete an der Eingangstür. Wir beschlossen, uns
unser Mittagessen zu holen und uns an einen Tisch im Freien
zu setzen. Der Laden war voll. Die meisten Tische waren mit
Leuten in OP-Kleidung besetzt. Sie waren wegen des Essens
hier, nicht wegen der Einrichtung.

Die Wände waren in einem leuchtenden Rosa gestrichen,
das zu einem roten Boden und einer neongrünen Theke passte,
an der wir unsere Bestellung aufgaben. Mary Ann war
nirgends zu sehen, also bestellte ich einen Korb mit frittiertem
Zackenbarsch mit einer Portion Pommes und einer Cola Light.
Baylor entschied sich für eine geschwärzte Zackenbarschplatte.

Wir ließen uns auf Plastikstühlen am entferntesten Tisch
nieder. Während wir aßen, unterhielten wir uns über das
Wetter (es war heiß), Baseball (das Frühlingstraining lief) und

die Gerüchte, dass eine große Hotelkette einen weiteren Turm gegenüber dem historischen Tin City bauen würde.

Baylors Erwähnung von Tin City war interessant. Es war ein weiteres Beispiel für den Einfluss der Salters. Die blechgedeckten Gebäude von Tin City waren in den 1920er Jahren das Zentrum des Handels und des Verkehrs gewesen. Es war das Herz der Fischereiindustrie von Naples mit Fischverarbeitungsbetrieben und Bootsbaueinrichtungen.

Als sich die wirtschaftliche Struktur der Gegend von der Fischerei weg verlagerte, war die Gefahr real, dass Tin City durch Wohneinheiten ersetzt werden würde. Da sie das historische Viertel erhalten wollten, griffen die Salters ein und bewahrten seinen alten Florida-Charme, während sie es in eine Mischung aus Geschäften, Restaurants und Wasseraktivitäten umwandelten.

ES WAR EINFACH UNSCHLAGBAR. ICH SCHÄTZE, DESHALB WAREN Fish and Chips in England so beliebt. Ich klappte meine leere Schachtel mit einem leichten Schuldgefühl zu. Am nächsten Tag hatte ich einen Arzttermin und er wollte, dass ich mich gesund ernähre. Sobald Baylor sein Mittagessen beendet hatte, sagte ich: »Ich habe noch ein paar Fragen zu Ihnen und Elby Salter.«

Er sah mich an, sagte aber nichts.

»Sie haben zugegeben, ihn bedroht zu haben. Ich glaube, Sie sagten, es sei aus Frustration wegen der Affäre gewesen, die Ihre Ex-Frau hatte, aber das war alles.«

»Ja, das stimmt.«

»Warum haben Sie mir nicht erzählt, dass Sie Elby Salter gestalkt haben?«

»Das war kein Stalking. Das ist verrückt.«

»Was war es dann?«

»Ich bin ihm nur ein bisschen gefolgt, das ist alles. Wissen

Sie, in meinem Auto. Ich bin herumgefahren, habe dafür gesorgt, dass er mich sieht.«

»Sind Sie ihm nicht auch ins JetBlue Stadium gefolgt?«

Er atmete aus. »Das war dumm. Ich habe einen Fehler gemacht. Ich war stinksauer, das ist alles.«

»Sind Sie sicher, dass das alles war?«

»Ja, natürlich. Ich komme mir vor wie ein Idiot. Ich meine, Cindy war es nicht einmal wert. Sie hat ihn auch betrogen.«

»Ihre Ex-Frau hatte eine weitere Affäre, während sie mit Elby zusammen war?«

»Jep, können Sie das glauben? Ich sage Ihnen, so war sie überhaupt nicht, als wir geheiratet haben. Ich weiß nicht, was zum Teufel mit ihr passiert ist, aber sie ist nicht die Frau, die ich geheiratet habe.«

»Wenn es Ihnen nichts ausmacht, dass ich frage: Wer war der Mann, mit dem sie Elby betrogen hat?«

»Ich kenne den Nachnamen nicht, aber ich habe sie eines Tages am Telefon mit einem Typen namens Chad reden hören.«

Ein Stück frittierter Zackenbarsch stieg mir die Kehle hoch. Konnte es Chadwick Salter sein? Ich musste die Möglichkeiten durchgehen, aber es gab noch die wichtigste Frage zu stellen: »Wo waren Sie in der Nacht des zwanzigsten Februar?«

Er versteifte sich. »Sie glauben doch nicht, dass ich irgendetwas mit dem zu tun hatte, was diesem Kerl passiert ist, oder?«

»Beantworten Sie bitte die Frage. Wo waren Sie in dieser Nacht?«

»Welcher Wochentag war das?«

»Ein Dienstag.«

»Ich war an diesem Abend zu Hause.«

»Sind Sie sicher?«

»Jep, kein Zweifel. Montags gehe ich mit ein paar Kumpels bowlen. Wir sind in einer Liga, und na ja, wir neigen dazu, es mit dem Trinken zu übertreiben. Dienstags halte ich mir frei, um mich zu erholen. Ich stecke das nicht mehr so weg wie früher.«

Ich wusste genau, was er damit meinte. Mein Gummiband in Sachen Trinken war ebenfalls ziemlich ausgeleiert.

»Sie waren die ganze Nacht zu Hause?«

»Ja.«

»Kam jemand vorbei, der für Sie bürgen kann?«

»Nein. Ich war allein und habe nur in die Röhre geglotzt.«

Warum wollte ich ihm glauben? War es, weil seine Frau ihn zum Deppen gemacht hatte und er mir leidtat? Er war nicht ehrlich zu mir gewesen und hatte seine Belästigung von Salter verschwiegen, aber war das ein Zeichen dafür, dass er ein Mörder war?

---

Ich hatte Jessie auf dem Schoß, und sie saß ohne viel Halt aufrecht. »Sieh dir das an. Bald wird sie laufen können.«

»So wie die Zeit vergeht, hast du wahrscheinlich recht. Ich kann immer noch nicht glauben, dass sie nächste Woche fünf Monate alt wird.«

»Es ist verrückt. Weißt du, wenn du bei Jessie zu Hause bleiben willst, können wir das noch für weitere sechs Monate hinkriegen, wenn du möchtest.«

»Ich will nicht weiter unsere Ersparnisse aufbrauchen, Frank. Uns wird nichts mehr bleiben, wenn ich nicht bald wieder arbeiten gehe.«

»Es wäre schön, ein Jahr bezahlten Urlaub zu bekommen statt der drei Monate, die du hattest. Aber ich schätze, das würde viel zu viel kosten.«

»Wir müssen entscheiden, was wichtig ist. Ich könnte mir nicht vorstellen, Jessica nach nur drei Monaten allein zu lassen.

Ich wäre ein Wrack und würde mir bei der Arbeit Sorgen um sie machen.«

»Ich möchte, dass du so lange wie möglich bei ihr zu Hause bist. Wir schaffen das, und je älter sie wird, desto einfacher wird es sein, sie bei jemandem zu lassen. Vielleicht kannst du es langsam angehen lassen, sagen wir, anfangs drei Tage die Woche.«

»Ich weiß nicht. So wie sie wächst, denke ich, dass es in Ordnung sein wird, wieder arbeiten zu gehen, wenn sie sechs Monate alt ist.«

Das war in etwa fünf Wochen. Ich hoffte, es sei genug Zeit, nicht nur für Jessie, den Übergang zu schaffen, sondern auch reichlich Zeit, um zu klären, was auch immer in meinem Inneren vor sich ging. Wenn sie wieder zur Arbeit ginge, während ich an der Seitenlinie stünde, würde das unseren Finanzen nicht viel nützen, ganz zu schweigen von meinem seelischen Zustand.

## 17

---

Das Wartezimmer von Dr. Brown war gerammelt voll. Ich meldete mich an und bemerkte jemanden, der eine dieser dünnen Kordelkrawatten trug, die wie Schnürsenkel aussahen. Es war Frank Morgan, der kurzzeitig als Sheriff eingesprungen war, als Joe Liberi krank geworden war.

Morgan war in Naples geboren und aufgewachsen und mochte viele der Veränderungen nicht, die er in seiner Heimatstadt mitansehen musste. Ich war ein relativer Neuling in Südwestflorida, als er als Sheriff aushalf, und er machte mir das Leben schwer, da er mich als Außenseiter betrachtete. Es war seltsam, ihn hier zu sehen, nicht nur, weil es so unerwartet kam, sondern auch, weil es in dem Mordfall, den ich gelöst hatte, als er das Sagen hatte, um die Boggs ging, eine weitere reiche Familie.

Morgan starrte auf seine Cowboystiefel, als ich sagte: »Sheriff Morgan. Wie geht's dir?«

»Luca? Wie geht es dir, mein Junge?«

»Gut, Sheriff. Und dir?«

»Ich werde verdammt noch mal alt – das ist es. Was machst du hier?«

Hatte er meinen Blasenkrebs vergessen? »Ich komme alle sechs Monate. Sie müssen ein Auge auf mich haben.«

»Ach du meine Güte. Tut mir leid, ich hab deine Probleme ganz vergessen.«

»Und du?«

»Die verdammte Prostata macht Ärger. Ich kann keine Stunde schlafen, ohne verdammt noch mal pissen zu müssen.«

»Das tut mir leid.«

»Mach dir nichts draus. Arbeitest du am Mordfall Salter?«

»Ja. Aber nichts geht so richtig voran.«

»Die Salters sind eine alteingesessene Familie. Die sind schon länger hier als meine.«

»Ich habe gehört, sie waren von Anfang an hier, seit es den Staat gibt.«

»Und ich sag dir eins, wenn die nicht gewesen wären, sähen diese Stadt hier und die gesamte Südwestküste nicht so aus, wie sie es tun. Sie haben dafür gesorgt, dass wir nicht zu einem weiteren verdammten Miami wurden.«

»Wie haben sie das denn geschafft?«

»Sie haben mit anderen Bauträgern und Grundbesitzern zusammengearbeitet, um sicherzustellen, dass es einen Generalbebauungsplan gab. Sie haben die Hochhäuser begrenzt und dafür gesorgt, dass die Infrastruktur dem Bau voraus war.«

»Tja, sie scheinen dabei aber auch eine Menge Geld verdient zu haben.«

»Ja, eine Menge Geld, aber es gab auch Herzschmerz.«

»Es ist eine Schande; er war erst dreiundfünfzig.«

»Ich rede nicht von Elby. Ich meine den alten Prescott; seine Schwester Florence ist verschwunden, als ich ein Teenager war.«

»Wow. Das wusste ich nicht. Was ist mit ihr passiert?«

»Sie haben sie nie gefunden. Wenn du mich fragst, lag es daran, dass die Salters nie mit der Polizei kooperiert haben.«

»Warum sollten sie das tun?«

»Keine Ahnung. Sie kamen mit diesem Privatsphäre-Ding an, aber für mich ergab das keinen Sinn.«

»Glaubst du, sie waren irgendwie verwickelt?«

»Ich weiß es nicht wirklich. Nachdem ich eine Weile bei der Polizei war, habe ich mir die Fallakte angesehen, aber da war nichts drin.«

»Sie war leer?«

»Nein, nur nichts Wesentliches.«

Die Sprechstundenhilfe rief Morgans Namen auf und wir verabschiedeten uns. Die zwanzig Minuten zu warten, bis ich aufgerufen wurde, war ein Leichtes, während ich über das, was Morgan gesagt hatte, nachdachte. Gab es eine Verbindung zwischen Elbys Ermordung und dem Verschwinden sowie dem vermuteten Tod seiner Tante? Wie standen die Chancen, dass zwei Familienmitglieder auf unerklärliche Weise ums Leben kamen?

Ich wollte mich eingehend mit der Familiengeschichte der Salters befassen. Aber was konnte ich von früheren Generationen ihres Clans lernen? Es wäre interessant, aber wahrscheinlich Zeitverschwendung.

Dr. Brown wirkte ernst. Wusste er etwas, das ich nicht wusste?

»Was plagt Sie, Frank?«

»Ich habe leichte Schmerzen im Bauch.«

»Zeigen Sie mir, wo.«

Ich berührte die schmerzende Stelle. »Hier in der Gegend. Glauben Sie, es hat etwas mit meinen neuen Innereien zu tun?«

»Ziehen Sie Ihr Hemd aus und legen Sie sich auf die Liege.«

Das Papier, das die Liege bedeckte, klebte sofort an meinem Rücken.

»Knöpfen Sie Ihre Hose oben auf.«

Ich wusste, dass er Arzt war, aber der Klang einer männlichen Stimme, die diesen Befehl gab, war unangenehm. Ich drückte mein Kinn auf die Brust und sah zu, wie er zwei Finger in meinen Bauch drückte.

»Sagen Sie mir, wenn Sie etwas spüren.«

Ich spürte ein leichtes Ziehen, aber keinen wirklichen Schmerz. Er wanderte zu meinem Unterbauch.

»Aua. Das tut weh.«

Er drückte erneut. »Hier?«

»Ja.«

Vornübergebeugt tastete Dr. Brown schweigend die Stelle ab. Dann richtete er sich auf und griff nach einem Paar Handschuhe.

»Runter von der Liege und lassen Sie die Hosen runter, Frank.«

»Was ist los?«

»Ich möchte etwas überprüfen.«

Wenn er mir sagen würde, ich solle meine Ellbogen auf das Bett legen, würde ich von hier abhauen. Ich ließ meine Hose herunter und er sagte mir, ich solle meinen Kopf nach rechts drehen und husten. Er legte eine behandschuhte Hand auf meine Hoden. Ich hustete.

»Husten Sie noch mal.«

Ich gehorchte.

»Drehen Sie sich nach links und husten Sie.«

Er befühlte wieder meine Hoden, dann zog er die Handschuhe aus. »Sie können sich jetzt wieder anziehen.«

Ich griff nach meiner Unterhose. »Was ist los, Doc? Macht die neue Blase schlapp?«

»Nein. Sie haben einen Leistenbruch.«

»Einen Leistenbruch?«

»Ja. Es sieht so aus, als hätten Sie einen Narbenbruch. Wenn Sie sich erinnern, habe ich Ihnen gesagt, dass Sie nach der Operation die Bauchmuskulatur trainieren müssen, um die Muskeln wieder aufzubauen. Das haben Sie nicht ausreichend getan, und an der Stelle, an der der Chirurg den Schnitt gemacht hat, hat sich ein Bruch entwickelt.«

Obwohl er meinen körperlichen Zustand kritisierte, wollte ich ihn küssen, jetzt, da ich angezogen war.

»Das ist eine große Erleichterung.«

»Brüche sind häufig, aber Ihrer wäre vermeidbar gewesen, wenn Sie die postoperativen Anweisungen befolgt hätten.«

Ich überhörte die Predigt; schließlich war es ein Bruch, kein Krebs. »Was ist der nächste Schritt?«

»Eine Operation, um den Riss zu reparieren. Das wird normalerweise mit einem Laparoskop gemacht. Es ist nicht allzu invasiv.«

»Wie lange, bis ich wieder auf den Beinen bin?«

»Höchstens ein paar Tage. Sie werden die ersten zwei oder drei Tage Schmerzen haben, aber Sie werden sich bewegen können.«

»Ich arbeite gerade an einem Fall; kann ich mit dem Eingriff noch warten?«

»Ich würde es nicht ignorieren; diese Risse können sich vergrößern und dann haben Sie ein viel größeres Problem.«

Misstraute er mir, weil ich ein paar Tage im Fitnessstudio geschwänzt hatte? »Ich werde es nicht ignorieren. Ich wollte nur wissen, ob ich die Operation um ein paar Wochen oder so verschieben kann.«

»Es gibt bei jeder notwendigen Prozedur ein Risiko, wenn man sie aufschiebt, aber wenn Sie meinen, dass es sein muss, würde ich es nicht länger als sechs Wochen aufschieben.«

Er gab mir den Namen eines Chirurgen, sagte mir aber, ich solle mich bei dem Ärzteteam erkundigen, das meine Blase entfernt und meine neuen Innereien gemacht hatte.

Ich verließ die Praxis mit einem guten Gefühl. Es war nichts Ernstes und ich würde noch da sein, um Jessie aufwachsen zu sehen.

## 18

ICH STARRTE AUF DAS WHITEBOARD ZUM FALL SALTER, ALS MEIN unterer Rücken zu schmerzen begann. Es brachte mich einfach nicht weiter. Ich sagte zu Derrick: »Eines der nützlichsten Dinge, die du bei einer Mordermittlung tun kannst, und es ist ganz einfach, eine Bestandsaufnahme zu machen, wo du stehst und was du hast, besonders in Fällen, in denen es mehrere Spuren und keinen wirklichen Hauptansatzpunkt gibt.«

»Ich erinnere mich daran, dass du mir das in der ersten Woche, als ich hier ankam, gesagt hast. Machen wir das jetzt bei Salter?«

»Jep.« Ich tippte auf Elby Salters Foto. »Ein dreiundfünfzigjähriger Mann aus einer der ältesten und reichsten Familien des Countys wurde nach Mafia-Art getötet. Verheiratet, keine Kinder. Er hatte Affären, manchmal zwei auf einmal. War wohltätig. Mochte Baseball und hatte Beteiligungen an so vielen Unternehmen, dass man sie nicht zählen konnte. Hatte einen zwielichtigen Partner. Das ist Friedman gegenüber wahrscheinlich nicht fair; nennen wir ihn aalglatt. Ihn müssen wir uns genauer ansehen.«

»Ich werde mich in ihn reinknien.«

»Gut. Nun könnte es einen Zusammenhang zwischen seinem Mord und seinen Frauengeschichten geben. Etwas, das aus Leidenschaft oder finanzieller Gier geschah.«

»Cindy Baylor. Sie hat das Geld von Salter bekommen, um das Mercato-Haus zu kaufen. Das ist ein Motiv im Wert von einer Million Dollar.«

»Aber Salter schien das Geld nicht zurückhaben zu wollen. Vielleicht hat er es als Eintrittspreis betrachtet.«

»Ja, aber er hatte diese neue Frau. Vielleicht wollte er Baylor abservieren und sein Geld zurück.«

»Diese Leute sind milliardenschwer. Ich kann mir nicht vorstellen, dass er sich mit ihr wegen des Geldes für das Haus anlegt. Es muss um mehr gehen, um viel mehr. Niemand in diesem Fall ist der Typ, der wegen Geldes tötet, es sei denn, es geht um Unsummen. Eine hohe Versicherungssumme oder, so verrückt es klingt, Zugang zu einem Bankkonto oder so etwas für sie, falls er stirbt.«

»Ich sehe nicht, wie sie Geld aus seinem Tod schlagen könnte. Sie brauchte ihn, um ihren Lebensstil zu finanzieren.«

»Du hast recht. Aber es besteht die winzigste Chance, dass er etwas für sie geregelt hat, um sie abzusichern.«

»Meinst du?«

»Ich bezweifle es, aber wir müssen die Augen offen halten.«

»Was ist mit ihrem Mann?«

»Weißt du, bevor er mir erzählt hat, dass sie Elby betrogen hat, stand er mit der Stalking-Sache ganz oben auf der Liste. Aber jetzt glaube ich nicht, dass er mehr getan hat als jeder andere verletzte Mann auch tun würde.«

»Ich nicht. Wenn meine Frau mich betrügt, ist es aus. Ich würde sie in einer Sekunde aus meinem Leben löschen.«

Derrick war zu jung, um zu verstehen, wie das Leben Menschen auf den Kopf stellen kann. »Es ist nicht so einfach, wie du denkst. Ich stimme dir zu, aber es ist viel komplizierter als das.«

»Was ist an einer Frau, die fremdgeht, so kompliziert?«

»Ich sage nicht, dass es akzeptabel ist und dass man ihr verzeihen sollte, aber man muss das Gesamtbild betrachten. Das ist alles, was ich sage. Lassen wir uns hier nicht ablenken. Wir müssen nachhaken und sehen, ob wir irgendwelche Beweise dafür finden können, dass Fred Baylor in dieser Nacht außerhalb seines Hauses gesehen wurde.«

»Wir sollten seine Nachbarschaft abklappern. Sehen, was wir ausgraben können.«

»Gib das an die Fußsoldaten weiter. Geh zu McQuire. Sag ihm, was wir brauchen.«

»Jetzt?«

»Nein. Wir sind noch nicht fertig damit, das alles durchzugehen. Irgendetwas ist an dieser Familie. Ich bin Sheriff Morgan begegnet; er ist ein alter Hase, hier geboren. Er hat mir etwas über die Familie Salter erzählt. Vor Jahren ist eine Schwester von Elbys Vater verschwunden und nie wieder aufgetaucht.«

»Wirklich? Meinst du, das hängt damit zusammen?«

»Es wäre verrückt, wenn es so wäre, und ich sehe nicht, wie. Aber irgendetwas ist mit dieser Familie. Sie scheinen ganz nette Leute zu sein, aber ich kann es nicht in Worte fassen ...«

»Die sind steinreich. Ich habe Lynn ein bisschen über den Fall erzählt, nachdem wir herausgefunden hatten, wer er war, und sie meinte, sie habe sie aus ihrer Zeit in Orlando gekannt. Sie besitzen dort einen Haufen Grundstücke, Tausende von Hektar Zuckerrohrfarmen und eine Menge Bauprojekte. Weißt du, sie sagte, sie hätten sogar das Land gestiftet, auf dem das Kennedy Space Center gebaut wurde.«

»Willst du mich auf den Arm nehmen? Das Space Center?«

Das Telefon klingelte, und Derrick ging ran. Er stand auf, schüttelte den Kopf und legte auf.

»Wir haben noch eine Leiche.«

»Wo?«

»Naples Dock. Irgendein Typ wollte mit seiner Familie rausfahren, und als er unter Deck ging, lag da eine Leiche.«

---

DER HAUPTANLEGER WAR MIT GELBEM BAND ABGESPERRT. EINE Menge von Bootsbesitzern und Touristen tummelte sich herum. Wir schlüpften unter dem Band durch, trugen uns ein und gingen auf eine Gruppe von Beamten zu, die fünfzig Meter entfernt standen. Der Geruch von Diesel lag in der Luft.

Es war das erste Mal, dass ich seit dem Serenity-Fall wieder hier war. Es gab einen hauchdünnen Faden, der die Fälle verband – reiche Leute und Boote. Aber so funktionierte mein Verstand. Ich verwarf den Gedanken, als wir am Heck des Bootes ankamen, wo die Leiche lag.

Es war eine Fünfundzwanzig-Fuß-Viking mit einer kleinen Kabine. Ein schönes Boot, aber nichts, was auch nur annähernd an die der Leute auf Keewaydin herankam. Ein Mann mit schütterem Haar in Shorts und Segelschuhen sprach mit den Beamten. Wir mussten uns den Tatort ansehen, bevor wir mit jemandem sprachen.

Wir zogen Handschuhe an. Derrick sprang an Bord und bot mir seine Hand an. Ich lehnte ab. Als ich an der Festmacherleine zog, um das Boot näher heranzuholen, schoss der Schmerz in meinem Bauch hoch. Dachte er, ich würde zu alt, um so zu springen wie er? Oder dachte er an meinen Leistenbruch?

Ich zog den Riegel an der Teakholztür, die nach unten führte. Ein Paar Füße in schwarzen Schuhen war sichtbar. Die Edelstahltreppe war steiler als der K2. Beim Hinabsteigen hielt ich mich an beiden Handläufen fest. Die Schuhe gehörten zu Beinen in schwarzen Hosen. Ich machte einen weiteren Schritt. Der Taillenbereich war zu sehen. Die Hände der Leiche waren gefesselt.

Eine Blutlache um den Kopf des Opfers hatte einen dunkleren Schimmer. Sie breitete sich nicht mehr aus. Es schien ein Schuss in den Schädelansatz gewesen zu sein, genau wie bei Salter. Ich setzte meinen anderen Fuß auf den Boden und trat auf die Leiche zu. War dies eine weitere Hinrichtung eines reichen Mannes?

Derrick kletterte die Treppe hinunter in den winzigen Raum. »Heilige Scheiße. Das ist genau wie bei Salter.«

Ich kauerte neben dem Kopf nieder und sagte: »Nicht ganz. Diesem armen Schwein haben sie einen Lappen in den Hals gestopft.«

Derrick umrundete mich. »Er sieht fast aus wie der Typ auf dem Phantombild, oder?«

Er hatte recht. Der Tote sah dem Mann, den der Zeichner am Tatort des Mordes an Elby Salter gezeichnet hatte, ähnlich. Konnte es derselbe Mann sein? Wenn ja, wer zum Teufel war er?

## 19

»Ich bade sie mal schnell«, sagte Mary Ann.

»Jetzt? Sie ist doch schon quengelig.«

»Jeder hat sie heute auf dem Arm gehabt. Und etwas von dem Tauföl ist ihr in den Nacken getropft. Gott sei Dank ist nichts auf das Kleid gekommen.«

»Sie hat in ihrem Taufkleid umwerfend ausgesehen.«

»Es liegt auf dem Bett. Häng es bitte auf. Ich will es aufbewahren lassen.«

Plante sie etwa schon ein zweites Kind? »Wofür?«

»Damit sie es hat, wenn sie älter ist. Vielleicht wird es eines ihrer Kinder mal tragen.«

Jessica ist noch nicht mal ein halbes Jahr alt, und Mary Ann redet davon, dass sie ein Baby bekommt?

Ich hängte das Spitzenkleid auf und bewunderte es. Es war wunderschön: weißer Satin mit gestickten Spitzenverzierungen. Der Preis und die Länge hatten mich anfangs geärgert, aber ich konnte mir Jessie in nichts anderem vorstellen.

Ich zog mir Shorts und ein T-Shirt an und hörte, wie Mary Ann Jessie küsste. Sie kam ins Schlafzimmer. Jessica war in ein Handtuch gewickelt. Sie roch wunderbar. Ich stahl mir einen

Kuss, als Mary Ann ihr einen Schlafanzug anzog, der mit dem Alphabet bedruckt war. Jessies Augen waren nur noch Schlitze. Mary Ann legte sie hin, und Sekunden später schlief sie.

Mary Ann ließ sich im Wohnzimmer in einen Sessel fallen, und ich streckte mich auf der Couch aus.

»Sie ist ein Engel, Frank.«

»Ich weiß. Sie hat nicht einmal geweint wie die anderen Kinder, als der Priester sie gesalbt hat. Die Kleine hat ein tolles Gemüt. Kommt ganz nach ihrem Vater.«

»Von wegen. Mr. Moody.«

»Man nennt das eine vielschichtige Persönlichkeit.«

»Du bist unmöglich.«

»Was ist mit Derrick? Er ist großartig mit Jessie, nicht wahr?«

»Er ist ein guter Kerl. Und ich mag Lynn wirklich. Sie will Mutter werden. Ich wette, sie bekommen sofort ein Kind.«

»Wann heiraten sie?«

»Nächstes Jahr. Ich glaube, im April.«

»Das ist schön.«

»Jetzt, wo Jessica getauft ist, hast du keine Ausrede mehr.«

»Eine Ausrede wofür?«

»Um deinen Leistenbruch operieren zu lassen.«

Ugh.

---

Ich kam zu spät zur Arbeit und betrat langsam das Büro.

»Alles in Ordnung mit dir?« fragte Derrick.

»Ja.«

»Du gehst, als hättest du einen Stock im Arsch.«

»Der verdammte Chirurg war bei der Untersuchung ziemlich grob.«

»Manche Ärzte sind so, was?«

»Warum? Das werde ich nie verstehen.«

»Was hat er gesagt?«

»Es ist eine Sie. Die Hernien-OP ist in zwei Wochen angesetzt.«

»Ich weiß nicht, ob ich eine Ärztin da unten rumfummeln lassen könnte.«

Ich ließ mich auf einen Stuhl sinken. »Nach dem, was ich mit dem Blasenkrebs durchgemacht habe, kann mir nichts mehr peinlich sein.«

»Da hast du recht. Hör zu, die Zeugin, die bei dem Phantombild geholfen hat, kommt vorbei, um sich die Leiche anzusehen, die auf dem Boot gefunden wurde.«

»Gut. Aber wir werden immer noch eine Identifizierung brauchen.«

»Ich weiß. Hey, ich habe heute Morgen ein paar Anrufe wegen Friedman gemacht, und es sieht so aus, als ob er in finanziellen Schwierigkeiten stecken könnte.«

»Interessant. Wie jemand das ganze Geld durchbringen kann, das er mit diesen Infomercials verdient haben muss, ist mir unbegreiflich.«

»Wenn er überhaupt Geld damit verdient hat. Ich habe gehört, dass mindestens die Hälfte dieser Produkte nie genug verkauft wird, um auch nur die Produktion zu decken.«

»Vielleicht hätten sie eine Chance, die Kosten wieder reinzuholen, wenn sie sie zu einer vernünftigen Zeit ausstrahlen würden.«

Derrick griff nach seiner Jacke. »Ich bin dann mal weg. Wirst du dich ruhig verhalten?«

»Nein. Ich fahre zu Chadwick.«

---

DAS HAUS VON ELBYS BRUDER WAR NICHT SO GROSS ODER GUT instand gehalten. Es hatte jedoch eine Veranda, die das Haus zu umgeben schien. In einem langen, rechteckigen Pool befanden

sich vier bogenförmige Wasserstrahlen, die mich an unterge-
tauchte Schleifen erinnerten. Ich mochte Springbrunnen nie,
aber dieser war schön.

Als ich neben einem blauen Mustang parkte, bemerkte ich
jemanden, der auf der Veranda saß. Es war Chadwick. Es
schien, als würde ich nicht nur nicht ins Haus kommen,
sondern nicht einmal auf den Golf blicken können, während
wir redeten.

Das Knirschen des Kieses unter meinen Füßen vermischte
sich mit dem Geräusch des Springbrunnens. Ich beäugte die
Stufen; es waren nur drei. Ich würde das Unbehagen einfach
runterschlucken. Das Geländer war rau. Bevor ich die zweite
Stufe erreichte, kam Chadwick herüber.

Wir schüttelten uns die Hände und er sagte: »Setzen wir
uns hierher.«

Ich folgte ihm zu zwei Sofas mit geblümten Kissen. Auf
dem Korbtisch mit Glasplatte, der die Sitzgelegenheit trennte,
standen eine Schale mit Obst, ein Teller mit verschiedenen
Sandwiches, ein Krug mit Limonade und einer mit Wasser. Es
war erst elf Uhr morgens. Hatte Chadwick sich Gedanken über
meinen Besuch gemacht, oder lebten die Salters besser, als ich
es mir vorgestellt hatte?

Ich sank auf ein Sofa, und das Geräusch des Wassers
versetzte mich in eine Mini-Trance. »Das ist ein schöner Ort,
den Sie hier haben.«

»Seit Jahren im Familienbesitz. Mein Großvater hat hier
gewohnt.«

»Und seinen Bruder direkt nebenan zu haben, muss schön
gewesen sein.«

»Das war es.«

Die Art, wie er es sagte, bedeutete, dass es das nicht war.

Er überspielte es mit den Worten: »Übrigens, wenn Sie
hungrig sind, bedienen Sie sich ruhig.«

»Danke.«

»Was kann ich für Sie tun, Detective?«

Ich beugte mich vor. »Haben Sie eine Affäre mit Cindy Baylor?«

Chadwick drehte den Kopf zum Fenster hinter sich. Es war geschlossen. Er senkte die Stimme. »Detective Luca, das hier ist mein Zuhause. Ihre Frage ist nicht nur unangebracht, sie hat auch keine Relevanz für den Mord an meinem Bruder.«

Ich flüsterte: »Sie haben mich angelogen. Warum?«

Bei geringer Lautstärke konnte man die Schallwellen in seiner tiefen Bassstimme spüren. »Da muss ich widersprechen. Ich glaube, ich war ehrlich; ich sehe jedoch nicht den Sinn darin, private Angelegenheiten zu besprechen.«

»Sie haben eine Affäre mit derselben Frau wie Ihr ermordeter Bruder.«

Er stach mit einer Gabel in die Obstschale und spießte eine Melonenkugel auf. Er aß sie und legte das Besteck wieder hin.

»Werden Sie das zugeben?«

»Solange Sie keinen Beweis haben, dass es mit dem Tod meines Bruders zusammenhängt, werde ich mich nicht zu einer privaten Angelegenheit äußern.«

»Schön und gut.«

Ich griff nach meiner Limonade und versuchte, die Situation zu verstehen. Ich konnte mir nicht vorstellen, dass ein erwachsener Bruder den anderen wegen einer Affäre umbringen würde. Sich mit der Ehefrau eines anderen Mannes herumzutreiben, war eine andere Geschichte. Ich stellte mir vor, dass es für die Salter-Brüder eine reichliche Auswahl an Frauen gab. Warum Cindy Baylor? Sie war kein schlechter Fang, aber sie war auch keine Marilyn Monroe. War es der wahnwitzige Drang nach Privatsphäre, der sie dazu brachte, sich eine Freundin zu teilen?

»Lassen Sie mich eine verwandte Frage stellen. Hat Fred Baylor Sie jemals verfolgt oder gestalkt, als er von Ihnen und Cindy erfahren hat?«

»Eine Zeit lang hat er das getan. Ich habe ihn zuerst nicht bemerkt, aber Cindy hat ihn einmal entdeckt, und da wusste ich, dass ich vorsichtig sein musste.«

»Hat er Sie jemals bedroht?«

»Nicht direkt, aber zu wissen, dass er da draußen war, war, gelinde gesagt, unangenehm.«

Also war es ihm unangenehm, weil er beobachtet wurde, und nicht, weil er sich mit der Frau eines anderen einließ?

»Lassen Sie mich nach den Interessen Ihres Bruders fragen.«

»Sie meinen außer den Red Sox?«

»Er war ein großer Fan, nicht wahr?«

»Er hat versucht, sie nach Collier zu holen.«

»Ich dachte, sie würden hier ein neues Stadion bauen.«

»Ich glaube nicht, dass das jemals passieren wird.«

»Warum nicht?«

»Nur so ein Gefühl.«

»Was Elbys Geschäftsinteressen betrifft: Ich weiß, wir haben schon über Robert Friedman gesprochen, aber gibt es noch jemanden, mit dem er Geschäfte gemacht hat, den Sie für suspekt halten?«

»Ich bin sicher, solche gab es. Ich habe mich nicht in seine Geschäfte eingemischt, aber Friedman ist ein Blutsauger.«

Er konnte nichts Konkretes beisteuern, nur Stimmungsmache. Ich verließ Chadwick mit dem Wissen, dass ich mir Friedman genauer ansehen musste. Aber die eigentliche Erkenntnis war, herauszufinden, wer log: Fred Baylor oder Chadwick? Und warum?

## 20

Jetzt, da ich Vater war, hatte sich mein Mitgefühl für Eltern mit kranken Kindern vertieft. Ich konnte mir nicht vorstellen, was mit denen geschah, die ein Kind verloren hatten. Wie konnten sie den Verlust überwinden? Es war wohl eher so, dass man einen Weg finden musste, mit der Trauer zu leben, anstatt sie hinter sich zu lassen.

Elby Salters Vater hatte den Tod seines Sohnes schwer genommen, so wurde uns gesagt. Ich verstand das vollkommen und hatte ihm Zeit gelassen, bevor ich mit ihm sprach.

Ich bog von der Crayton Road in die Mermaids Bight ein, eine kurvige Straße, die an die Doctors Bay grenzte. Ich dachte, wie cool es sein musste, in einer Straße mit einem so tollen Namen zu wohnen, und erhaschte einen Blick auf das Wasser zwischen den monströsen Häusern, die die Straße säumten.

Nahe dem Ende der Straße stand das einzige einstöckige Gebäude des ganzen Blocks. Dort wohnte Prescott Salter. Ich fuhr in die Einfahrt, und die Haustür öffnete sich. War es ein Dienstmädchen oder eine Krankenschwester?

»Sie müssen Detective Luca sein. Ich bin Emma. Ich kümmere mich um Mr. Salter.«

»Schön, Sie kennenzulernen, Emma.«

»Folgen Sie mir. Mr. S ist hinten draußen.«

Sie führte mich über einen gepflasterten Weg am Haus entlang. Ich kniff die Augen zusammen und fragte mich, was in der Salter-DNA steckte, das das Innere ihrer Häuser zu einem Tabu machte. Die Bucht glitzerte. Es war nicht das größte Haus im Block, aber ich konnte mir keins mit einer weitreichenderen Aussicht vorstellen.

Links von mir fuhr ein Boot unter der Harbor Drive hindurch. Links lag Venetian Village. Die Dachterrassenbar im Bayside war leer. Ich fragte mich gerade, ob man von hier aus ihre Musik hören konnte, als ich hörte, wie sich eine Schiebetür öffnete.

Eine Gehhilfe landete vor Prescott Salter auf den Terrassendielen. Emma stand in seiner Nähe, bot ihm aber keine Hilfe an.

Er richtete seine schmächtige Gestalt auf und streckte eine mit Leberflecken übersäte Hand aus.

»Prescott Salter, junger Mann. Sie sind Detective, nicht wahr?«

»Ja, Sir. Mordkommission. Mein Name ist Frank Luca.«

»Nehmen Sie Platz, wo immer Sie wollen, Mr. Luca, nur nicht auf diesem hier.«

Emma zog einen Stuhl direkt in die Sonne, und Prescott Salter ließ sich hineinsinken.

»Danke, Emma. Ich nehme an, Mr. Luca möchte gern unter vier Augen mit mir sprechen.« Er zwinkerte mir zu.

Die Pflegerin trat zur Tür. »Ich lasse euch Jungs dann mal hier draußen. Sagen Sie Bescheid, wenn Sie mich brauchen, Mr. S.«

Prescott fummelte an den Knöpfen seiner Strickjacke herum, als eine sanfte Brise aufkam.

»Sie sind wegen meines Sohnes hier, nicht wahr?«

»Ja, und ich möchte Ihnen mein Beileid zu Ihrem Verlust aussprechen, Sir.«

»Angenommen. Und jetzt kommen Sie mal zu dem, was Sie eigentlich wollen.«

»Bei einer Ermittlung sprechen wir gerne mit denen, die das Opfer am besten kannten. Ich wäre schon früher gekommen, aber mir ist klar, wie schwierig das für Sie ist, und ich wollte Ihnen so viel Zeit wie möglich geben.«

»Das Leben ist voller Schwierigkeiten. Wenn man in mein Alter kommt, ist schon der Gang zur Toilette eine Herausforderung.«

Wenn er nur meine Geschichte kennen würde. »Sie scheinen sich aber ziemlich gut zu schlagen.«

Ein leises Klopfen ertönte, und eine Schiebetür öffnete sich. Emma trug ein Tablett mit einem Krug Eistee. Sie stellte es auf den Tisch und schenkte uns Gläser ein. Sie sah mich an. »Er ist ungesüßt. In der Schale ist Zucker.«

Sie verschwand im Haus, und Prescott griff nach der Schale und schaufelte einen Löffel voll in sein Glas.

»Und jetzt ran an die Arbeit, Detective, bevor sie versucht, mich zu einem Nickerchen zu überreden.«

Ich nahm einen Schluck und stellte das Glas ab. »Sie scheinen ein Mann zu sein, der gerne auf den Punkt kommt.«

»In der Tat, das bin ich. Ich habe nie so recht verstanden, warum die Leute immer so um den heißen Brei herumreden müssen, um zu sagen, was sie eigentlich sagen wollen.«

Detective zu sein wäre für ihn frustrierend. »Wer, glauben Sie, könnte Ihren Sohn ermordet haben?«

Er wischte einen Tropfen Kondenswasser weg, der von seinem Glas auf seine Strickjacke getropft war. »Ich bin dreiundachtzig Jahre alt, Detective. Woher sollte ich das wissen?«

»Ich hatte gehofft, Sie hätten einige Einblicke in seine Geschäftsinteressen.«

»Mein Sohn war ein erwachsener Mann. Er hat seine eigenen Entscheidungen getroffen.«

»Waren Sie mit diesen Entscheidungen einverstanden?«

Seine haselnussbraunen Augen blitzten auf. »Sie scheinen ein intelligenter Mensch zu sein, Detective. Sie sollten wissen, dass sich keine zwei Menschen in allem einig sein können.«

Ein intelligenter Mensch? »Mr. Salter, ich bin sicher, ein Mann Ihres Intellekts versteht die Bedeutung meiner Frage.«

»Touché, Detective.«

»Gab es bestimmte Geschäftsentscheidungen, mit denen Sie nicht einverstanden waren?«

»Die Familie Salter hat umfangreiche Beteiligungen im gesamten Südosten und in Florida, wo wir seit der Gründung dieses großartigen Staates ansässig sind. Meine Söhne machen Fehler, genau wie die Söhne meiner Vorväter. So einfach ist das. Er ist ein erwachsener Mann, und wie wir alle muss er mit den Konsequenzen leben.«

Das schien im Widerspruch zu dem Mann und der Familie zu stehen, die einen Trust mit festen Regeln aufgesetzt hatten. Aber er war ein alter Mann, der mit dem Verlust seines Sohnes fertigwerden musste. Vielleicht war es seine Art, mit dem Schmerz umzugehen.

»Ich habe erfahren, dass Sie vor Jahren eine Schwester verloren haben.«

Er blinzelte zweimal. »Ist der Zweck Ihres Besuchs, den Namen Salter in den Schmutz zu ziehen?«

»Absolut nicht, Sir. Ich bin ein Mordermittler, der den Mord an Ihrem Sohn untersucht. Ich würde meine Arbeit nicht machen, wenn ich nicht jeder Verbindung in einem Fall nachgehen würde.«

»Florence ist vor über vierzig Jahren verschwunden. So viel zu Ihrer Verbindung, Detective.«

Emma kam aus dem Haus. »Entschuldigen Sie, Mr. S, es ist Zeit für Ihre Tabletten.«

Sie gab ihm eine Handvoll Medikamente und sah zu, wie er sie hinunterschluckte, bevor sie wieder hineinging.

»Werden Sie nicht alt, mein Junge.«

»Gibt es irgendetwas, von dem Sie denken, dass wir es uns ansehen sollten? Eine Person oder ein Geschäftsinteresse, das etwas mit dem Mord an Ihrem Sohn zu tun haben könnte?«

»Ich habe mir darüber mehr Gedanken gemacht als über alles andere in meinem Leben. Es war sinnlos. Elby war ein guter Sohn, nicht perfekt, aber wer zum Teufel ist das schon?«

»Ich weiß Ihre Zeit zu schätzen, Mr. Salter. Wir werden diesen Mordfall lösen.«

Er streckte eine Hand aus. »Vorzugsweise schnell und leise.«

## 21

MARY ANN KAM AUS DEM SCHLAFZIMMER, SIE HATTE IHR HAAR und Jessica in Handtücher gewickelt. Ich saß auf der Couch und sagte: »Bring mal die kleine Maus rüber.«

Mary Ann legte Jessie in meine Arme. Ich atmete tief ein. Der Geruch eines frisch gebadeten Babys war lebensbejahend. Jessies Augen waren schwer.

»Sag Papa gute Nacht.«

Ich küsste meine Tochter und gab sie Mary Ann zurück, die fragte: »Was schaust du dir an?«

»Oh, das hier ist gut. Es ist eine Dokumentation über eine geheime Gruppe namens Bilderberg-Konferenz. Du kennst mich ja, ich halte nichts von Verschwörungstheorien, aber diese Gruppe gibt es schon seit den frühen Fünfzigern.«

»Was machen die?«

»Dem hier zufolge sind sie tief in die Weltpolitik verstrickt. Sie treffen Entscheidungen, die jeden betreffen.«

»Warum haben wir noch nie von ihnen gehört?«

»Sie sind total auf Geheimhaltung versessen.«

»Was ist mit deinem Spruch, dass zwei Menschen ein

Geheimnis nur bewahren können, wenn einer von ihnen tot ist?«

»Sehr witzig, Mary Ann. Schau es dir an. Du wirst sehen, was ich meine. Diese Leute haben bewaffnete Wachen bei ihren Treffen und Flugzeuge, die darüber kreisen, um alles abzusichern. Sie wollen keinerlei Presseberichterstattung.«

»Ach, komm schon, Frank. Das glaubst du doch nicht wirklich?«

»Es ist echt. Da sind alle möglichen mächtigen Leute drin.«

»Wer zum Beispiel?«

»Viele Geschäftsleute und einflussreiche Familien. Sogar Regierungsvertreter wie Ben Bernanke, der Typ, der Chef der Federal Reserve war. Er war Mitglied.«

»Wirklich? Was machen die bei diesen Treffen?«

»Niemand weiß es genau, aber es heißt, dass sie zusammenkommen, um zu besprechen, was sie weltweit durchsetzen wollen, Dinge wie eine gemeinsame Regierung oder die Einführung einer Einheitswährung. So ähnlich wie sie es in Europa versuchen.«

»Wie könnten sie das tun?«

»Das sind mächtige Leute, Mary Ann. Wenn ein Typ wie Bernanke beschließt, etwas an Amerikas Geldpolitik zu ändern, wird es gemacht, und die Welt wird folgen. Glaub mir. Und sagen wir mal, wenn sich alle Geschäftsleute darauf einigen, in die Umwandlung von Meerwasser in Trinkwasser zu investieren oder mehr oder weniger Parks zu bauen, dann passiert es.«

Ein Bild des alten Salter tauchte in meinem Kopf auf – und ich erinnerte mich daran, was Sheriff Morgan darüber gesagt hatte, dass die Salters daran gearbeitet hatten, diesen Ort zu dem zu machen, was er war.

»Ich muss sie ins Bett bringen.«

»Gute Nacht, Jessie.«

Ich wandte mich wieder dem Fernseher zu. Dass Gruppen wie diese existierten, faszinierte mich.

---

AUF MEINEM SCHREIBTISCH STAND EINE TASSE KAFFEE, ABER Derrick war nicht im Büro. Ich nahm die Tasse hoch, und sie war warm. Während ich am Kaffee nippte, scrollte ich durch meinen Posteingang, suchte nach etwas von der Forensik und fragte mich, ob die Salters Teil einer Geheimorganisation waren.

Nichts. Wir hatten immer noch keine Identifizierung der Leiche aus dem Yachthafen. Es sah immer mehr so aus, als wäre der Tote ein illegaler Einwanderer. Wer war dieser Mann? Der einzige Hinweis, den wir hatten, war ein Tattoo mit dem Wort *Libertad*: das spanische Wort für Freiheit. Keine große Hilfe, um herauszufinden, wer er war oder warum er getötet wurde.

Die einzige Spur in dem Mordfall, wenn man sie so nennen konnte, war die Sichtung eines Bootes, das spät in der Nacht, bevor die Leiche entdeckt wurde, in den Yachthafen eingelaufen war. Es hatte nur seine Positionslichter an und war gesehen worden, als es den Dockbereich verließ, wo die Leiche gefunden wurde. Das war alles, was wir hatten. So gut wie nichts.

Derrick kam ins Büro geschwungen und wedelte mit einer Handvoll Papiere.

»Friedman steckt bis über beide Ohren in Schulden. Sein Haus steht kurz vor der Zwangsversteigerung.«

»Interessant.«

»Interessant? Willst du wissen, was interessant ist?«

»Komm zur Sache, Derrick.«

»Er hat Klage gegen niemanden Geringeren als Elby Salter eingereicht.«

»Was? Wann war das?«

»Zwei Wochen, bevor er ermordet wurde.«

»Was war die Grundlage dafür?«

»Das hier ist eine Zusammenfassung, die ich aus den Gerichtsakten habe. Er behauptete, Salter habe das Versprechen gebrochen, Friedman eine Abfindung zu zahlen, falls sie die Partnerschaft beenden würden.«

»Stand das in einem Vertrag oder so?«

»Nö. Alles nur mündlich, laut Friedman.«

»Klingt, als wäre er ein Blutsauger gewesen, der darauf gewettet hätte, dass Salter zahlt, nur um ihn loszuwerden.«

»Und es hat nicht funktioniert, also hat er ihn umgebracht.«

»Ich weiß nicht, ob er direkt von einer Klage zum Mord übergegangen ist, aber es ist eine Spur, der wir nachgehen müssen. Irgendetwas muss passiert sein, das Friedman dazu bewogen hat, nicht nur zu versuchen, Geld aus ihm herauszupressen, sondern ihn zu ermorden.«

»Er brauchte Geld. Was für einen Grund brauchst du noch?«

Er hatte recht. Ich hatte schon eine ganze Reihe habgieriger Mörder hinter Gitter gebracht. »Amen. Wir müssen Friedman in die Mangel nehmen. Warum hat er uns nicht erzählt, dass er Salter verklagt hatte?«

»Weil er wusste, wie das aussehen würde.«

»Ich weiß nicht. Also, er verklagt Salter, und wir nehmen an, es lief nicht zu seinen Gunsten. Friedman bekommt nichts oder, aus seiner Sicht, nicht genug und ist so stinksauer, dass er jemanden anheuert, um Salter zu töten. Das ist schon vorgekommen. Jemand geht den Rechtsweg, um ein vermeintliches Unrecht zu korrigieren, und wenn das Ergebnis nicht seinen Erwartungen entspricht, nimmt er das Gesetz in die eigene Hand.«

»Das ist mehr als plausibel. Außerdem ist Friedman ein aalglatter Typ.«

»Er müsste schon verzweifelt sein, um vom schmierigen Geschäftemacher zum Mörder zu werden. Das ist ein gewaltiger Sprung. Wir müssen so tief wie möglich graben und sehen, ob es in seiner Vergangenheit Beweise für Gewalttaten gibt. Wenn da etwas ist, dann wird daraus ein mögliches Szenario.«

»Ich bin dran, Frank. Ich schaue nach, was es da gibt.«

»Wir müssen immer noch etwas über Elbys neue Freundin, Sue, herausfinden.«

»Hast du eine Idee, wie wir sie aufspüren können?«

»Ich habe noch nie eine Frau getroffen, die nicht wusste, wer ihre Rivalin war.«

»Amen. Lynn fängt auch heute noch ab und zu an, von Valeria zu reden.«

»Ich denke, wir fangen damit an, Elbys Frau, Cindy Baylor, und die Französin nach ihr zu fragen.«

»Vielleicht kennt Weaver noch andere, mit denen er ausgegangen ist.«

## 22

Derrick las gerade Zeitung, als ich hereinkam. Er steckte sie in eine Schublade.

»Morgen, Frank.«

»Morgen. Liest du die Zeitung, um Trübsal zu blasen?«

»Ich bleibe gern auf dem Laufenden, was hier so passiert. Hey, wusstest du schon, dass der Deal für das neue Red-Sox-Stadion geplatzt ist?«

Ich nahm einen Schluck Kaffee. »Nein. Was ist passiert?«

»Irgendwas mit den Bauträgern und dem Vertrag für das Grundstück.«

»Wann ist das passiert?«

»Laut dem Artikel von gestern.«

»Weißt du, als ich bei Chadwick Salter war, hat er gesagt, dass das nichts wird. Aber das war vor über einer Woche. Woher konnte er das wissen?«

»Die haben ihre Beziehungen, das weißt du doch.«

Das wusste ich nur zu gut. »Ich will, dass du mal nachforschst; finde heraus, wer dahintersteckt, dass der Deal gekippt wurde. Wer beteiligt war, wie sie eine scheinbar beschlossene Sache zu Fall gebracht haben und warum. Ich wette, die Salters stecken mit drin.«

»Könnte sein, aber wenn ja, welche Bedeutung hat das?«

»Wenn ich das wüsste, wären wir da schon längst dran. Mal sehen, was du herausfindest.«

Es war möglich, dass die Sache mit dem Stadion damit zusammenhing. Elby war ein riesiger Fan der Red Sox. Er wollte das Team und die Spieler, die er liebte, näher bei sich haben. Außerdem hätte er sein Ansehen beim Team verbessert, indem er einen Deal für ein neues Stadion voller Annehmlichkeiten eingefädelt hätte.

War er jemandem auf die Füße getreten? Mächtige Geschäftsinteressen, die gegen einen Wegzug des Teams aus Fort Myers waren, würden Widerstand leisten. Es konnte einer von ihnen sein. Und dann gab es da noch die Leute, die gegen die Ansiedlung des Teams in Collier waren.

Wurde der Deal von Elbys eigener Familie wegen ihrer Interessen abgelehnt und mit Elbys Tod dann endgültig gekippt? Es ging um Hunderte Millionen Dollar. Am Ende des Tages war Sport ein großes Geschäft. Sport und Teamloyalität nahmen bei einem guten Teil der Bevölkerung ungesunde, obsessive Züge an. Konnte der Umzug eines Teams einen labilen Fan zum Mord verleiten? Für die meisten Leute schien das weit hergeholt, aber nicht für einen Mordermittler.

---

DERRICK KAM KOPFSCHÜTTELND INS BÜRO.

»Nichts zu machen. Der Typ konnte die Leiche aus dem Yachthafen nicht als den Mann identifizieren, den er in der Nacht von Salters Ermordung gesehen hat.«

»Verdammt. Ich hatte gehofft, wir kriegen eine Spur von ihm. Wie zum Teufel sollen wir das aufklären, wenn wir nicht mal wissen, wer er ist?«

»Keine Ahnung.«

»Wenn es nichts mit dem Salter-Fall zu tun hat, dann legen wir es auf Eis. Früher oder später wird jemand nach diesem Kerl suchen. Sag Sally, sie soll eine landesweite Fahndung mit den Merkmalen herausgeben, die wir von der Leiche haben. Vielleicht hat jemand eine Vermisstenanzeige aufgegeben, die auf unsere Leiche passt.«

---

Im Speisesaal von Quail Creek war reges Treiben und es war lauter, als ich es in Erinnerung hatte. Ich ging zu demselben Tisch, an dem Friedman das letzte Mal gesessen hatte, und musste beinahe meine Sonnenbrille aufsetzen. In seinem gelben Sakko sah Friedman aus wie ein Kanarienvogel. Seine Porzellanverblendungen blitzten LED-weiß, während er mit einer Kellnerin plauderte.

Er setzte ein Glas mit einer braunen Flüssigkeit und einer Kirsche darin ab, als er mich sah.

»Wie geht es uns denn heute?«

»Alles bestens, Mr. Friedman.«

»Setzen Sie sich. Möchten Sie etwas?«

»Nein, danke.«

»Was gibt es Neues im Fall Elby?«

»Ich habe ein paar Fragen an Sie.«

Er nippte an seinem Drink. »Schießen Sie los.«

»Warum haben Sie mir nie gesagt, dass Sie eine Klage gegen Elby Salter eingereicht haben?«

»Was ist die große Sache dabei? Lassen Sie mich Ihnen sagen: Er war der Beklagte in vielen Verfahren.«

Darauf würde ich zurückkommen müssen. »Bleiben wir bei der, die Sie eingereicht haben.«

»Übersehe ich hier etwas, Detective? Wir waren Geschäfts-partner und ich habe ihn verklagt. Leider ist das keine ungewöhnliche Entwicklung zwischen Partnern.«

»Sie haben die Klage zwei Wochen vor seiner Ermordung eingereicht.«

»Woher sollte ich wissen, dass ihn jemand umbringen würde? Es hat meiner Sache nicht gerade geholfen, dass er aus dem Spiel war.«

»Haben Sie versucht, Geld von ihm zu erpressen?«

»Erpressen? Das ist doch verrückt. Ich habe eine Klage eingereicht, um unsere Differenzen beizulegen.«

»Meine Quellen sagen mir, dass es eine schikanöse Klage war, die darauf abzielte, Salter zu einem Vergleich zu bewegen.«

Friedmans Augen verengten sich. »Schikanös? Haben Sie eine Ahnung, was er mir alles versprochen hat?«

»Soweit ich weiß, behaupten Sie, diese Zusicherungen seien mündlich gemacht worden.«

»Das macht sie nicht weniger gültig. Gerichte befassen sich ständig mit mündlichen Verträgen.«

»Sie brauchten das Geld, nicht wahr?«

»Natürlich brauchte ich es. Ich bin fünfundsechzig. Warum sonst sollte ich mich auf einen Gerichtsprozess einlassen, wenn ich nicht müsste?«

Er war siebenundsechzig, aber ich ließ es durchgehen; die kleine Lüge passte zu seinem aufpolierten Äußeren. »Ich habe gehört, Sie stecken in finanziellen Schwierigkeiten.«

»Das Leben hat seine Höhen und Tiefen. Im Moment durchlebe ich eine Durststrecke, aber ich komme wieder auf die Beine. Das tue ich immer.«

»Ihr Haus steht kurz vor der Zwangsvollstreckung.«

»Es ist nur ein Haus, das ist alles. In meiner Lebensphase mache ich mir keine Sorgen um materielle Dinge.«

Ich wollte ihn fragen, ob er je daran gedacht hatte, etwas von dem Geld, das er verdient hatte, zu sparen. »Haben Sie versucht, Ihre Meinungsverschiedenheit beizulegen, bevor Sie vor Gericht gezogen sind?«

»Natürlich habe ich das. Er wollte nichts davon hören. Wir waren Freunde, nicht eng, aber dennoch Freunde. Er kam mir dann immer mit der Leier ›Geschäft ist Geschäft‹ und meinte, er müsse die Dinge getrennt halten.«

»Das muss Sie wütend gemacht haben.«

»Natürlich hat es das.«

»Wütend genug, um sich zu rächen?«

»Hören Sie, ich bin mit meinem Anliegen zu einem Anwalt gegangen und wir haben geklagt. Das ist alles, was ich getan habe.«

Friedman war nicht der Typ, der Salter selbst erschossen hätte, aber hätte er jemanden damit beauftragen können?

»Sie hatten in Ihrer Karriere mit ein paar zwielichtigen Gestalten zu tun.«

Er seufzte. »Sie wollen doch nicht das Fulfillment-Geschäft zur Sprache bringen? Das war vor zwanzig Jahren.«

»Sie waren Partner der Salido-Brüder, von denen einer eine lebenslange Haftstrafe wegen Totschlags verbüßt.«

»Oh, kommen Sie. Ich brauchte Lager- und Kommissionierungsdienste in New Jersey. Das wird alles von der Gewerkschaft kontrolliert; ohne die ging gar nichts.«

»Haben Sie die Salidos gebeten, für Sie eine Rechnung zu begleichen?«

Seine Schultern sackten in sich zusammen. »Nein, das ist doch verrückt. Ich bin ein alter Mann; wie viel Zeit, glauben Sie, habe ich noch?«

Die Zeit verging schnell, aber Friedman trat aufs Gaspedal. »Erzählen Sie mir von einigen der anderen Klagen, die gegen Elby Salter eingereicht wurden.«

Seine Tatkraft kehrte zurück. »Ich kenne nicht viele Details, aber Elby, er hatte die Angewohnheit, den Leuten Dinge zu versprechen, so wie er es bei mir getan hat. Das hat die Leute angepisst.« Er hielt inne, bevor er sagte: »Ich habe gehört, dass er das auch bei den Frauen so gemacht hat.«

»Haben Sie da irgendwelche genauen Informationen?«

## 23

DERRICK KAM INS BÜRO GERAUSCHT, ALS ICH GERADE AUFLEGTE.

»Ist wohl keine Überraschung, dass Chadwick der Nachlassverwalter seines Bruders ist.«

»Hätte auch der Alte sein können.«

»Nee, Leute wie die Salters sind Meisterplaner. Prescott war es wahrscheinlich mal, aber er hat es weitergegeben. Das ergibt Sinn.«

»Was hat Chadwick gesagt?«

»Unterm Strich sind alle Vermögenswerte von Elby entweder in den Familientrust der Salters geflossen oder auf dem Weg dorthin. Annabelle bekommt zwar etwas, aber er wollte nicht näher darauf eingehen. Sie hatten einen Ehevertrag und Elby hatte ein Testament.«

»Kann sie das nicht anfechten? Sie waren um die zwanzig Jahre verheiratet. Das ist eine lange Zeit.«

»Könnte sie, aber es wäre eine Verschwendung von Zeit und Geld für Anwälte.«

»Was ist mit der Friedman-Klage? Hat er dazu etwas gesagt?«

»Nichts Konkretes, aber er hat etwas Interessantes gesagt,

als ich es erwähnte. Er meinte, alle anhängigen Gerichtsverfahren würden entweder abgewiesen oder beigelegt, sofern eine rechtliche Grundlage dafür besteht.«

»Anhängig? In wie viele Klagen könnten die denn verwickelt sein?«

»Genau das habe ich mir auch gedacht. Wir dürfen nicht vergessen, dass diese Leute in eine Menge Geschäfte verwickelt sind, und da sind Meinungsverschiedenheiten vorprogrammiert. Wie tiefgreifend und emotional diese Differenzen sind, ist das, was ich herausfinden möchte.«

»Sollen wir eine Recherche durchführen?«

Ich wollte ihm nicht sagen, dass wir das schon längst hätten tun sollen. »Ja, ich will sehen, was es da draußen gibt, sowohl zivil- als auch strafrechtlich.«

## 24

ICH VERSCHRÄNKTE DIE ARME VOR DER BRUST UND GING IN DIE Ecke des Zimmers. Das dünne Kittelchen bot der Klimaanlage kaum Paroli. Ich redete mir immer wieder ein, dass es nur ein kleiner Eingriff war, aber in Anbetracht meines Kampfes mit dem Krebs war ein verdorbener Magen ein Grund zur Sorge. Wenn ich hier das Sagen hätte, würde ich dafür sorgen, dass man ein Valium bekommt, bevor man den Papierkram erledigt.

Es war schwierig, mich während des Wartens abzulenken. Die Konzentration auf Jessica hielt nur ein paar Minuten an. Ich verlagerte mein Gewicht und dachte über den Fall Salter nach. Die Tatsache, dass Elby Salter hinter dem Grundstücksgeschäft für das Stadion gesteckt hatte, musste ein wichtiger Hinweis sein. Es war etwas, für das er brannte, und es wurde nur wenige Wochen nach seinem Tod rückgängig gemacht.

Mächtige Kräfte hatten sich gegen den Deal verbündet, einschließlich seiner eigenen Familie. Wie weit würden sie gehen, um ihn zu verhindern? An Ressourcen, die ihnen zur Verfügung standen, mangelte es nicht, aber gehörte auch ein Auftragskiller zu ihrem Repertoire?

Der Satz, den Michael Corleone in *Der Pate* zu Kate über

ihre Naivität bezüglich der Politiker, die Morde in Auftrag geben, sagte, kam mir in den Sinn, als eine Krankenschwester den Kopf zur Tür hereinsteckte.

»Kommen Sie mit, Mr. Luca. Man ist jetzt so weit.«

Man mochte vielleicht so weit sein, aber ich war es nicht. Ich trottete hinter ihr in einen hell erleuchteten Raum und schwang mich auf eine fahrbare Liege. Sie legten mir einen Tropf an, und das Letzte, woran ich mich erinnerte, war das Bild von Michael Corleone, der neben einem schwarzen Cadillac aus den 1950er-Jahren stand.

---

»MARY ANN! MARY ANN!«

Sie kam mit Jessie auf dem Arm ins Schlafzimmer. »Was ist los?«

»Ich komme nicht aus dem Bett.«

»Was?«

»Jedes Mal, wenn ich mich bewege, habe ich dieses stechende Gefühl, als würde mir jemand ein Messer in den Bauch rammen.«

»Das ist völlig normal. Erinnerst du dich nicht daran, was der Arzt gesagt hat?«

Ich zuckte mit den Schultern. »Hilf mir nur, die Beine aus dem Bett zu schwingen.«

»Du musst dich bewegen. Das haben sie dir gesagt, Frank.«

»Aber es tut höllisch weh.«

»Das wird schon. Das geht vorbei. Mach dir keine Sorgen. Hast du das nicht auch gesagt, als ich in den Wehen lag?«

»Ha-ha. Weißt du was? Hilf mir nicht. Ich stehe allein auf.«

Mary Ann schüttelte den Kopf und verließ das Schlafzimmer.

Was? Hatte sie vergessen, dass man mir komplett neue Rohrleitungen verlegt hatte? Vielleicht tat es deshalb so weh.

Ich bat um ein bisschen Hilfe, und sie wurde wie ein nordko-
reanischer Drill-Instructor?

Ich schob meine Beine zentimeterweise zum Bettrand. Mit
einer Hand auf dem Nachttisch erhob ich mich so langsam wie
Unkraut. Das Zwicken war schmerzhaft, aber ich hielt den
Mund. Im Stehen fühlte es sich besser an. Ich schlurfte mit
minimalen Schmerzen ins Bad und fürchtete mich davor, mich
zum Pinkeln hinsetzen zu müssen.

Glücklicherweise war der Toilettengang nicht so schlimm,
wie ich befürchtet hatte. Ich wusch mich und ging in die
Küche.

»Hier kommt Daddy, Jessica.«

Ich wollte sie halten, aber der Arzt hatte gesagt, Heben sei
tabu. Ich gab ihr einen Kuss und schlenderte zur Kaffee-
maschine.

»Fühlst du dich gut?«

»Jep.«

»Siehst du, du musst dich nur ein bisschen bewegen, und in
ein paar Tagen bist du wieder ganz der Alte.«

Anstatt etwas zu sagen, nickte ich, legte eine Kapsel in die
Maschine und merkte mir ihre Aussage über das bisschen
Bewegen für die Zukunft.

---

ZU HAUSE ZU SEIN UND SICH NICHT GUT ZU FÜHLEN, WAR KEIN
Zuckerschlecken. Ich wäre lieber bei der Arbeit. Zumindest
würde die Zeit wie im Flug vergehen, und ich würde den Tag
sinnvoll nutzen. Mit Jessie herumzualbern machte Spaß, aber
nach einer halben Stunde langweilte ich mich. Ich sollte nicht
Auto fahren oder das Haus verlassen.

Die Veranda war der perfekte Ort für ein Nickerchen. Ich
ließ mich auf eine Chaiselongue sinken und hoffte, eine Stunde
Schlaf zu erwischen. Ich versuchte, meine Gedanken zur Ruhe

zu bringen, aber das schien nur zu klappen, wenn ich todmüde war. Noch bevor das Pochen in meinem Bauch aufhörte, dachte ich wieder an den Fall Salter.

Es gab eine Menge zu tun. Derrick war unterwegs und führte Befragungen durch, und ich lag hier auf dem Rücken. Ich bereute es, meinen Bruch operieren lassen zu haben, stand langsam auf und ging ins Arbeitszimmer. Ich verband mich mit meinem Bürocomputer, holte mir eine Telefonnummer und wählte.

»Fred Baylor? Hier ist Detective Luca.«

»Äh, ja. Wie geht es Ihnen?«

Das brauchte er nicht zu wissen. »Gut. Ich wollte Ihnen eine Frage stellen.«

»Das ist gerade wirklich ein schlechter Zeitpunkt. Ich muss zu einer Besprechung.«

»Tut mir leid. Es dauert nur einen Augenblick.«

»Okay, schießen Sie los.«

»Haben Sie Chadwick Salter verfolgt?«

»Hören Sie, ich habe Ihnen von der Beschattung von Elby erzählt. Das war dumm, aber das war alles.«

»Also haben Sie Chadwick Salter nicht gestalkt?«

Eine Pause, lang genug, um einen Turnschuh zu binden. »Nein, habe ich nicht.«

»Sind Sie sicher, dass Sie diese Antwort nicht noch einmal überdenken wollen?«

»Ich habe ihn nie gestalkt.«

»Das ist komisch, denn er sagt, Sie hätten es getan und Ihre Ex-Frau Cindy hätte davon gewusst.«

»Das war nichts in der Art von Stalking.«

Ah, die alles entscheidende Einschränkung. »Was war es dann?«

»Ich bin ihnen zweimal gefolgt, das war's. Dann wurde mir klar, was für ein Idiot ich war. Sie war nicht mehr die Frau, die ich geheiratet hatte. Ich musste verrückt sein, mich noch einen

Dreck um sie zu scheren. Einen Fehler einmal zu machen, vielleicht, aber da war sie schon wieder mit jemand anderem zusammen.«

»Ich möchte Ihnen glauben, Fred, das möchte ich wirklich, aber warum haben Sie nicht gleich reinen Tisch gemacht?«

»Wissen Sie, wie peinlich das ist?«

»Warum haben Sie es mir nicht gesagt?«

»Ich wollte es, ich schwöre es. Ich hatte einfach nur Angst, das ist alles.«

Schwüre hatten ihren Reiz verloren. »Nach all den Lügen, die Sie aufgetischt haben, sollte ich Sie wegen Behinderung der Justiz verhaften.«

»Nein, bitte. Ich schwöre, ich hatte nichts mit dem zu tun, was mit Elby Salter passiert ist.«

»Wenn ich herausfinde, dass Sie schon wieder gelogen haben, werde ich Ihnen hart zusetzen.«

Die Tatsache, dass er auch Chadwick gestalkt hatte, ließ ihn auf der Leiter der Verdächtigen eine Stufe nach unten rutschen. Baylor war einer dieser Kerle, die dachten, sie könnten die Polizei anlügen und damit durchkommen. In Wirklichkeit entwertete das jedes andere Wort, das sie von sich gaben.

## 25

ICH ERZÄHLTE DERRICK VON DEM ANONYMEN ANRUF, DER gerade eingegangen war.

»Warum hat der Kerl das gemeldet, Frank?«

»Ich weiß es nicht. Vielleicht dürfen sie einen Teil des Geldes behalten, wenn sie keine Leistung auszahlen müssen.«

»Das wird es wohl sein.«

»Ist mir egal. Ich bin froh, dass er es getan hat.«

»Sie bekommt zehn Millionen?«

»Ja, die Versicherungssumme betrug fünf Millionen, und Mord zählt als Unfalltod. Dafür hatten sie eine Deckung, und die Leistung hat sich verdoppelt.«

»Das klingt nach einem starken Motiv, aber fünf Millionen sind für Leute wie sie nicht viel.«

»Zweifellos, aber vergiss nicht, was für eine Ehe sie führten. Der Kerl hat alles flachgelegt, was er kriegen konnte. Annabelle wusste es und konnte nichts dagegen tun. Vielleicht fühlte sie sich in die Enge getrieben.«

»Ja, wenn sie sich von ihm hätte scheiden lassen, hätte sie sicher alles verloren, was sie ihr gegeben hatten.«

»Wer hat die Prämie dafür bezahlt? Die muss teuer gewesen sein.«

»War es eine Police auf den zweiten Todesfall? Viele verheiratete Leute haben so etwas.«

Ich war jetzt verheiratet und hatte keine Lebensversicherung. Ich fürchtete, meine Krebsvorgeschichte würde sie unerschwinglich machen, aber falls mir oder uns beiden etwas zustoßen sollte, würde Jessie Geld brauchen. Das war etwas, worum ich mich kümmern musste.

»Nein, sie lief nur auf ihn. Vielleicht hatte der Trust genug Lebensversicherungen auf ihn abgeschlossen.«

»Es ist sinnvoll, eine Lebensversicherung zu haben, wenn man verheiratet ist. Hat sie die Police damals abgeschlossen, als sie geheiratet haben?«

»Nein, die Police wurde vor sechs Jahren ausgestellt.«

»Was war der Anlass dafür?«

»Das ist eine der Fragen, die ich habe.«

---

Es war ein weiterer Ort, von dem ich noch nie gehört hatte, das Naples Depot Museum. Das alte Bahnhofsdepot war im mediterranen Stil gehalten, obwohl es die Aufgabe hatte, über die Geschehnisse der wilden Zwanziger aufzuklären.

Als ich den Kopf hineinsteckte, sah ich Annabelle. Sie sprach mit einer anderen Freiwilligen vor einem restaurierten Maultierkarren. Das Holzgefährt sah neu aus. Ich ging etwas zu schnell hinein und spürte ein Ziehen im Bauch. Eine kleine Gruppe von Kindern hatte sich vor einer interaktiven Ausstellung versammelt. Ihre Begeisterung weckte in mir den Wunsch, Jessie hierher mitzubringen.

Annabelle winkte.

»Das ist ein cooler Ort. Ich wusste gar nicht, dass er existiert.«

»Ich weiß. Die meisten Leute wissen nichts über all die Museen, die wir in Collier haben. Es ist ein toller Ort, um ehrenamtlich zu arbeiten.«

»Den Kindern scheint es zu gefallen.«

»Wir haben hinten einen wunderschön restaurierten Eisenbahnwaggon. Man bekommt ein gutes Bild davon, wie sich Naples von einem verschlafenen Dorf in den 1880er-Jahren zu dem entwickelt hat, was es heute ist.«

»Wenn meine Tochter etwas älter ist, werden wir mit ihr hierherkommen.«

»Sagen Sie mir Bescheid. Ich werde ihr die VIP-Behandlung geben.«

Sie war ein anderer Mensch als die Frau, die ich in ihrem Haus am Meer getroffen hatte. »Danke. Reden wir doch draußen.«

»Danke, dass Sie mich hier getroffen haben. Mit all den Kisten steht das Haus auf dem Kopf.«

»Sie ziehen um?«

»Ja. Das Haus gehört auf den Namen des Trusts.«

»Wer zieht ein?«

»Ich weiß es nicht genau. Aber Chad hat das Haus immer geliebt.«

»Aber er wohnt doch direkt nebenan.«

»Ja, aber dieses Haus ist das Kronjuwel der Salters. Chads Anwesen ist, nun ja, sagen wir einfach, es ist nicht so repräsentativ.«

»Ist Chadwick der eifersüchtige Typ?«

»Ehrgeizig würde ihn wohl besser beschreiben.«

Interessant. »Verstehe. War Chadwick gegen Elbys Engagement, die Red Sox nach Collier zu holen?«

»Am Anfang hat Elby mal erwähnt, dass er ihm das Leben schwer macht, aber das war nichts im Vergleich zu den anderen Verrückten, die aus allen Löchern gekrochen kamen.«

»Was meinen Sie damit?«

»Elby hat zwei oder drei Briefe mit Drohungen wegen des Umzugs des Teams erhalten.«

»Haben Sie die Briefe?«

»Nein. Elby hat sie weggeworfen. Er hat sie nicht ernst genommen.«

»Und Sie?«

»Nicht wirklich. Er hat mir einen gezeigt, und es sah aus, als hätte ihn ein Kind geschrieben. Er meinte, das Team bekäme alle möglichen Briefe von Fans, die über dies oder das verärgert sind.«

»Die Leute nehmen ihren Sport wirklich ernst.«

»Sehr wahr, und das auf Kosten der Kunst.«

»Ich wollte Sie nach der Lebensversicherung Ihres Mannes fragen.«

Sie ließ sich nichts anmerken. »Was ist damit?«

»Es scheint ungewöhnlich für die Familie Salter, eine Versicherung außerhalb des Trusts zu haben.«

»Was ist so ungewöhnlich daran, dass eine Ehefrau die Begünstigte einer Police auf ihren Mann ist?«

Das war eine gute Frage, aber ich hatte die Dienstmarke. »Ich habe verstanden, dass Sie mit der Unfallklausel zehn Millionen Dollar kassieren werden.«

»Ja, das ist richtig.«

»Wann haben Sie die Police abgeschlossen?«

»Vor ungefähr sieben Jahren.«

»Und Sie waren ungefähr dreiundzwanzig Jahre verheiratet, richtig?«

»Vierundzwanzig.«

»Warum haben Sie siebzehn Jahre gewartet, um eine Lebensversicherung abzuschließen? Sie muss doch billiger gewesen sein, als er jünger war.«

»Es ist kein Geheimnis, dass wir nicht die beste Ehe hatten. Die Zeit verging, und ich fühlte mich ungesichert, besonders ohne Kinder. Ohne jemanden, der den« – sie malte Anführungszeichen in die Luft – »Salter-Namen weiterführt, hat mich die Familie nicht für voll genommen.«

»Aber ich habe verstanden, dass es im Trust Vorkehrungen gibt, um für Sie zu sorgen, falls Elby etwas zustoßen sollte.«

»Sehen Sie, ich habe Jahre meines Lebens verschwendet. Das ist nicht fair. Am Anfang war alles gut. Aber als klar wurde, dass ich ihm keine Kinder gebären konnte, fing alles an, den Bach runterzugehen.«

»Und Sie haben ihn gedrängt, für Ihre Sicherheit zu sorgen?«

»So könnte man es sagen. Ich würde es aber eher so formulieren, dass ich es mir verdient habe.«

»Warum haben Sie sich nicht einfach von ihm scheiden lassen?«

»Ich wünschte, ich könnte das beantworten.«

»Hatten Sie etwas mit dem Tod Ihres Mannes zu tun?«

»Absolut nicht.«

»Was, glauben Sie, ist ihm zugestoßen?«

»Elby hatte Eigenschaften, die ihn zwangsläufig in Schwierigkeiten bringen mussten.«

»Sie meinen seine diversen Affären?«

Sie wollte gerade Nein sagen, zögerte dann aber. »Das war ein Teil davon.«

»Was wollten Sie gerade sagen?«

»Nichts. Ich habe nichts weiter zu sagen.«

»Kommen Sie schon, Mrs. Salter. Wir untersuchen den Mord an Ihrem Mann. Jeder noch so kleine Informationsfetzen ist wichtig.«

»Elby war ein guter Mann, aber er hatte seine Fehler, wie wir alle.«

»Waren es Drogen oder Alkohol?«

»Nein.«

»Spielsucht?«

»Nein, Elby hatte zu viel Respekt vor Geld.«

»Pornografie?«

Sie schüttelte den Kopf. »Nein.«

Sie verbarg etwas. Was war es?

»Was wissen Sie über das Verschwinden von Elbys Tante Florence?«

»Nicht viel. Die Familie hat kaum über sie gesprochen.«

»Welche Vermutungen gab es darüber, was mit ihr passiert ist?«

»Ich weiß es nicht, aber Prescott hat angedeutet, dass sie psychisch nicht stabil war und in Schwierigkeiten geraten war.«

»Irgendeine Ahnung, um welche Art von Schwierigkeiten es sich handelte?«

»Keine.«

»Okay. Sind Sie sicher, dass Sie nichts mehr über Elby zu sagen haben?«

Sie wandte den Blick ab und schüttelte den Kopf.

Sie verheimlichte etwas, aber die Frage war, ob es dem Fall helfen würde oder ob es eine persönliche Angelegenheit war.

## 26

DERRICK UND ICH SPRANGEN IN DEN CHEROKEE. BEVOR ICH überhaupt die Gelegenheit hatte, das Gespräch mit Annabelle zu verarbeiten, tat sich bereits eine klaffende Lücke in Fred Baylors Geschichte auf.

»Wie fühlt sich der Leistenbruch an?«

»Ich spüre ihn kaum. Ich weiß, dass er da ist, aber er stört mich nicht mehr wirklich.«

»Großartig. So, erzähl mir, was Salters Frau gesagt hat.«

»Da ist irgendetwas. Annabelle hat etwas verborgen.«

»Was hat sie gesagt?«

»Es ist das, was sie nicht gesagt hat. Das und ihre Körpersprache.«

»Das könnte alles Mögliche sein. Vielleicht stand der Kerl auf versauten Sex und sie hat da nicht mitgemacht.«

»Könnte sein. Daran habe ich gar nicht gedacht. Ich habe nach Pornografie gefragt und sie hat es verneint, aber die Art, wie sie den Kopf geschüttelt hat – vielleicht war es so etwas in der Art, wie du sagst.«

»Du glaubst also nicht, dass an der Sache mit der Lebensversicherung was dran ist?«

»Nee, dafür war sie viel zu sachlich. Und wenn man mal darüber nachdenkt, ist das eigentlich ziemlich normal, besonders weil es einen Ehevertrag und die Beschränkungen im Treuhandfonds gab.«

»Aber es sind zehn Millionen Dollar. Und der Zeitpunkt.«

»Vielleicht liegt es einfach an ihrem Alter. Du bist ein paar Jahre jünger als ich. Ich denke heutzutage anders. Aber was meiner Meinung nach eine Untersuchung wert sein könnte, ist alles, was wir aus der Zeit finden können, als die Police abgeschlossen wurde.«

»Das war vor sieben Jahren.«

»Also, rechne mal die Zeit für den Antrag, die Risikoprüfung, die Gesundheitsuntersuchungen ein. Ich würde sagen: von vor sieben Jahren bis zu sechs Monaten, nachdem sie in Kraft getreten ist.«

»Wonach sollen wir deiner Meinung nach suchen?«

»Nach allem, was finanziell heraussticht. Ich weiß nicht, was wir in der Hinsicht in Erfahrung bringen können, aber wir müssen da mal ein bisschen herumschnüffeln. Das und alles Wesentliche in Elby Salters Leben und auch in dem der Familie. Der alte Herr und sein Bruder.«

Derrick parkte auf einem Platz vor Fred Baylors Bürogebäude.

»Ich kümmere mich darum, sobald wir hier fertig sind.«

Ich hielt den Atem an, als ich an den Rauchern vor dem Eingang vorbeiging, und stieß beinahe mit Fred Baylor zusammen. Mit gesenktem Kopf tippte er auf seinem Handy, während er aus dem Aufzug kam.

Wenn jemand aussah, als müsste er sich gleich übergeben, dann war er es.

»Äh, was ist los?«

Derrick sagte: »Wir müssen mit Ihnen sprechen.«

»Äh, das geht nicht. Ich bin auf dem Weg zu, äh, zu einem Klienten.«

»Können wir hoch in Ihr Büro gehen?«

»Nein, nein. Das klappt nicht.«

»Es gibt ein Starbucks im Waterside. Da können wir hingehen.«

»Lieber nicht. Wie gesagt, ich muss zu einem Treffen.«

Derrick sagte: »Wir können das auch im Präsidium machen, wenn Sie möchten, in einem Vernehmungsraum.«

Baylor wurde kreidebleich. »Das ist nicht fair. Ich habe nichts getan.«

Ich zeigte auf einen leeren Picknicktisch. »Warum gehen wir nicht für ein kurzes Gespräch rüber? Da sind wir nicht in der Sonne.«

Derrick und ich saßen Baylor auf Betonbänken gegenüber. Es war hart für meinen Hintern, aber die Kühle tat gut. Baylor hielt den Kopf gesenkt.

»Ich weiß, dass ich Ihnen nicht alles erzählt habe, aber Sie müssen verstehen, wie sehr sie mich zum Narren gehalten hat.«

Ich sagte: »Genug zum Narren gehalten, um loszuziehen und Elby Salter zu töten?«

»Ich könnte so etwas nicht tun.«

Derrick sagte: »Sie haben Detective Luca erzählt, dass Sie in der Nacht zu Hause waren, in der Elby Salter eine Kugel in den Kopf bekommen hat.«

»Ja, da war ich auch.«

»Sie haben mir gesagt, dass Sie sich daran erinnern, weil es ein Dienstag war und Sie es am Abend zuvor beim Bowling mit dem Trinken übertrieben hatten.«

Er nickte.

»Und Sie waren die ganze Nacht zu Hause?«

»Ja, habe nur ein bisschen ferngesehen und bin dann ins Bed gegangen.«

Derrick sagte: »Es ist Zeit, reinen Tisch zu machen. Wo waren Sie in dieser Nacht?«

»Zu Hause. Das schwöre ich. Sie müssen mir glauben.«

»Das würden wir ja, aber wir haben da ein kleines Problem – einer Ihrer Nachbarn hat Sie in dieser Nacht wegfahren sehen.«

»Was? Wie kann das sein?«

»Sie haben nicht damit gerechnet, dass jemand, der den Müll rausbringt, Sie sehen würde, was?«

»Das war ich nicht.«

»Na, kommen Sie schon, Mr. Baylor. Wir haben einen Augenzeugen.«

»Ich kann das erklären.«

---

WIR WAREN BEI UNSEREN NACHBARN ZU EINER GRILLPARTY. Außer zur Taufe waren wir unter uns geblieben, weil wir, wie die meisten frischgebackenen Eltern, glaubten, wir müssten Jessica davor schützen, sich mit irgendetwas anzustecken. Es war eine kleine Runde, nur die kinderlosen Nachbarn und ein Elternteil von ihnen.

Ich mochte Phil und Marlene; sie waren ganz normale Leute. Phils Vater, Marty, war da. Mit zweiundneunzig war er eine Inspiration. Er hatte ein besseres Gedächtnis als ich und ging jeden Tag fast drei Kilometer zu Fuß.

Mary Ann führte Jessie vor wie die kleine Prinzessin, die sie war. Mein Herz schwoll vor Stolz, als Jessie unaufhörlich lächelte. Nachdem sie unsere Gastgeber bezaubert hatte, gingen wir zum Lanai.

Phils Vater sagte: »Frank, setzen Sie sich doch hier zu mir.«

Ich warf Mary Ann einen Blick zu. Sie nickte zustimmend. Ich ließ mich mit meinem Glas Wein auf einem gepolsterten Stuhl neben Marty nieder.

»Erzählen Sie mir mal, was im Sheriffsbüro so los ist. Ich

habe Sie nicht mehr gesehen, seit kurz bevor dieser Serien-mörder entflohen ist.«

»Das war eine knappe Kiste. Wissen Sie, sagen Sie es niemandem weiter, aber wenn diese Kerle einfach verschwinden würden, hätten sie eine bessere Chance, damit durchzukommen.«

»Wissen Sie, ich war mit einem Kerl bei der Navy, ich glaube, er hieß Bruce oder Brendan. Er war älter als ich und war ein Mord-Ermittler, wie Sie. Jedenfalls hatten wir eines Nachts zusammen Nachtwache, und er hat mir erzählt, wenn jemand in eine andere Stadt gehen und jemanden töten würde, den er nicht kennt, und es keine Zeugen gäbe, würde er damit durchkommen.«

Daran war etwas Wahres. Wir verließen uns sehr auf Verbindungen, um Mörder aufzuspüren. »Das mag sein, aber heute haben wir viel mehr Mittel zur Verfügung.«

»Zu jener Zeit wussten wir nicht, was DNA war.«

»In vielerlei Hinsicht hat das die Art und Weise, wie wir unsere Arbeit machen, komplett verändert.«

»Also, arbeiten Sie an dem Mord an diesem Salter-Jungen?«

»Ja, Elby Salter.«

»Wie läuft's?«

Ich konnte schlecht sagen, dass es furchtbar lief. »Ich fürchte, ich kann eine laufende Ermittlung nicht kommentieren.«

»Das ist eine mächtige Familie hier unten. Die hatten bei fast allem ihre Finger im Spiel.«

»Ich habe gehört, sie hatten etwas mit dem Land zu tun, auf dem das Kennedy Space Center gebaut wurde.«

»Das ist richtig. Das war in den Sechzigern, ein paar Jahre nach Kennedys Ermordung. Das war eine verrückte Zeit für das Land.«

»Es ist also wahr, dass sie beteiligt waren?«

»Oh ja, das hat ihnen eine Menge Presse und Wohlwollen

eingebracht. Danach konnte ihnen niemand mehr etwas nachsagen.«

»Ich nehme an, das haben sie sich auch verdient.«

»Das hatten sie damals mit Sicherheit nötig. Sie hatten ein Kind, das für eine Menge Ärger und Peinlichkeiten gesorgt hatte.«

»Florence, Elby Salters Tante? Die, die verschwunden ist?«

»Wenn Sie mich fragen, ist sie nicht einfach so verschwunden. Sie wurde entweder weggeschickt oder weggesperrt.«

»Wirklich? Ich habe gehört, die arme Frau hatte psychische Probleme.«

»Nennt man das heutzutage so? Für mich war sie nichts weiter als eine Pädophile.«

»Eine Pädophile? Was bringt Sie dazu, das zu sagen?«

»Mein Sohn würde mir sagen, ich soll keine Gerüchte verbreiten, aber als ich aufwuchs, stellte sich immer heraus, dass Gerüchte, wenn es ein paar davon gab, wahr waren. Sie wissen, was ich meine? Wo Rauch ist, ist auch Feuer.«

»Welche Art von Gerüchten haben Sie denn gehört?«

»Eines stammte aus der Zeit, als sie noch ein Teenager war. Sie arbeitete in einem Ferienlager für arme Kinder, und eines der Kinder sagte etwas darüber, dass sie ihn angefasst hätte. Die Salter-Tochter bestritt es, sagte, sie sei es nicht gewesen, und kurz darauf hieß es, es sei jemand anderes gewesen oder das Kind hätte sich das nur ausgedacht. Wenn Sie mich fragen, sind die Salters zu den Medien gegangen, um das zu vertuschen.«

»Das ist ja eine Geschichte.«

»Das ist es, aber es ist nicht die einzige. Die Salters haben eine ganze Menge Geld für Kinderprogramme draußen in Immokalee gespendet, und es gab einen großen Aufruhr, weil sie Sex mit einem Jungen gehabt haben soll, der nicht älter als zwölf sein konnte.«

»Wurde Anklage erhoben?«

»Sie wurde vorgeladen und befragt, aber die Sache wurde fallen gelassen. Es stand ihr Wort gegen das des Jungen, und ich erinnere mich, dass der Anwalt in der Zeitung sagte, die Familie hätte den Jungen dazu angestiftet, um Geld von den Salters zu erpressen.«

»Und nichts ist passiert?«

»Ich glaube, es war nicht mehr als ein Monat vergangen, als die Nachricht die Runde machte, dass die Salter-Tochter verschwunden war.«

»Ich habe gehört, es gab keine große Untersuchung dazu.«

»Es stand in den Zeitungen, aber dann war es wieder weg. Die Salters haben die Geschichte wahrscheinlich aus den Nachrichten gedrängt.«

»Und man hat nie wieder etwas von ihr gehört?«

»Nicht, dass ich wüsste. Deshalb sage ich ja, sie hatten irgendwie ihre Finger im Spiel. Das ist eine mächtige Sippe. Sie hätten sie finden können, wenn sie wirklich vermisst worden wäre.«

»Das mag vielleicht ein bisschen verrückt klingen, aber Sie haben hier unten viel gesehen. Glauben Sie, die Salters sind Teil irgendeiner Gruppe, die hinter den Kulissen die Fäden zieht?«

»Sie meinen einen Geheimbund wie die Illuminaten?«

»So etwas in der Art.«

»Möglich ist es. Es gibt fünf oder sechs Familien, die anscheinend überall ihre Finger im Spiel haben.«

»Wer zum Beispiel?«

»Die Hamlets, die Wests und die Binghams.«

Das waren die Männer auf den Bildern in Chadwicks Büro.

## 27

Derrick stand auf, sobald ich ins Büro zurückkam. »Du hast mir gar nicht erzählt, was Annabelle zu sagen hatte.«

»Sie meinte, es habe Gerüchte über die Tante ihres Mannes gegeben, aber das war auch alles. Immer wenn ihr Name zur Sprache kam, wurde das Thema gewechselt.«

»Das ist vierzig Jahre her. Ich sehe da keinen Zusammenhang.«

»Sofern wir nichts anderes finden, sollten wir der Möglichkeit nachgehen, dass Elby in irgendeiner Art von Geheimgruppe verwickelt war.«

»Das klingt wie aus einem Film.«

»Ich weiß, aber du solltest dir diese Doku ansehen, die ich über solche Gruppen gesehen habe. Ich kann mich nicht an den Namen erinnern, aber such mal auf Netflix danach. Du wirst deine Meinung ändern, wenn du die Namen der Leute siehst, die mit diesen Gruppen in Verbindung stehen.«

»Ich weiß ja nicht.«

»Als ich Annabelle danach gefragt habe, hat sie die Möglichkeit nicht ausgeschlossen. Tatsächlich sagte sie, dass

Elby, egal was los war, am Fünfzehnten jedes Monats zu einem Treffen gegangen ist.«

»Das hat Cindy Baylor auch gesagt, oder?«

»Ja, dem müssen wir nachgehen.«

»Wo fanden die Treffen statt?«

»Sie hatte keine Ahnung.«

»Wir müssen Chadwick deswegen in die Mangel nehmen.«

»Keine Frage. Ich habe da so eine Ahnung, was ein paar Männer angeht, die zu der Gruppe gehören könnten.«

»Wer sind das?«

»Da waren ein paar Typen auf einem Foto, das in Chadwicks Büro hing. Dieselben Männer waren vor ein paar Wochen in der Zeitung, beim Spatenstich für ein neues Krankenhaus im Osten.«

»Wer sind das?«

»Warte mal kurz.« Ich blätterte durch mein Moleskine. »Robert Hamlet, Michael West und Marshall Bingham.«

»Willst du sie aufsuchen?«

»Noch nicht. Ich werde Chadwick anrufen. Recherchier du doch mal und schau, was du über diese Herrschaften herausfindest.«

Es überraschte mich, dass Chadwick so schnell meinen Anruf entgegennahm. Ich hatte halb erwartet, dass er der Empfangsdame sagen würde, er sei in einer Besprechung.

»Ich hoffe, es geht Ihnen gut, Detective Luca.«

»Alles bestens, Herr Salter. Und Ihnen?«

»Gut, aber ich bin beschäftigt. Wie kann ich Ihnen helfen?«

»Soweit ich weiß, nahmen Elby und Sie am Fünfzehnten jedes Monats an einem Treffen teil.«

»Ich würde es kein Treffen nennen, aber wir kommen monatlich zusammen, um Poker zu spielen.«

»Poker?«

»Ja, ein paar von uns spielen Texas Hold'em. Es geht nicht um hohe Einsätze oder so etwas.«

»Seit wann gibt es diese Spiele schon?«

»Das ist eine langjährige Tradition.«

»Nimmt Ihr Vater auch teil?«

»Äh, ja, meistens, wenn er dazu in der Lage ist.«

»Wer ist sonst noch in der Gruppe?«

»Oh, wir sind ein ganzer Haufen.«

»Ich hätte gerne ein paar Namen.«

»Mir ist bewusst, dass Glücksspiel vielleicht nicht legal ist, aber es ist ein Freizeitvergnügen. Ich bin mir nicht sicher, worauf Sie hinauswollen, Detective.«

»Wären einige der anderen Leute Herr West, Herr Bingham und Herr Hamlet?«

»Nicht Herr West, aber die anderen kommen normalerweise. Woher wissen Sie das?«

»Was ist der Zweck dieser Treffen?«

»Es ist ein geselliges Beisammensein. Wir spielen Karten und unterhalten uns.«

»Wenn das alles ist, dann sagen Sie mir, warum Elby es sich zur Aufgabe gemacht hat, jeden Monat dabei zu sein, egal, wo er war. Soweit ich weiß, ist er mehrmals aus dem Urlaub zurückgeflogen, um an dem Treffen teilzunehmen.«

»Elby war Elby. Ich kann nicht für seine Beweggründe sprechen.«

»Findet das Treffen seit dem Tod Ihres Bruders immer noch statt?«

»Ja. Wie ich bereits sagte, ist es eine Tradition.«

»Wo treffen Sie sich?«

»Das ist von Monat zu Monat verschieden.«

»Nennen Sie mir ein Beispiel.«

»Es könnte bei einem der Mitglieder zu Hause oder in einem Country Club sein.«

»Mitglieder?«

»Das ist eine Redewendung, Detective.«

»Wie kommt man dazu, mitzuspielen? Ich spiele gerne Poker. Könnte ich eines Abends mitmachen?«

»Oh, ich wünschte, Sie könnten, aber wir sind im Moment voll besetzt.«

»Aber was ist mit Elbys Platz?«

»Der ist bereits besetzt. Tut mir leid, aber ich werde an Sie denken.«

Er bediente sich einer Taktik wie auf dem Schulhof. Ich dankte ihm und legte auf.

---

DIE MÄNNER, DIE DERRICK FÜR MICH ÜBERPRÜFEN SOLLTE, stammten aus Familien, die denen der Salters ähnelten. Die Hamlets besaßen ausgedehnte Molkerei- und Landwirtschaftsbetriebe in Wisconsin sowie eine Bank und Ackerland in ganz Florida. Die Binghams waren hauptsächlich im Einzelhandel tätig und hatten drei der größten Einkaufszentren südlich von Orlando errichtet. Die Familie West war im Baugewerbe tätig, sowohl gewerblich als auch privat.

Ich saß auf der Toilette und dachte über die Dinge nach, während ich versuchte, pinkeln zu können. Was war die Verbindung zwischen diesen Männern? Jeder von ihnen hatte uns die gleiche Geschichte vom monatlichen Pokerspiel aufgetischt. Es war eine plausible Begründung, aber man flog nicht aus dem Urlaub zurück, um mit seinen Kumpels Karten zu spielen. Elby war am Fünfzehnten nicht einmal seiner Frau untreu geworden. Bei diesen Zusammenkünften ging es um mehr als nur ein Kartenspiel.

Es gab Fragen, die beantwortet werden mussten. Wie viele Leute nahmen teil? Waren es alles Männer? Wie kam man in die Gruppe? War es eine geheime Geschäftsgruppe? Ihre Geschäfte in einem kleinen Kreis zu halten, ergab viel Sinn, und es gab unzählige Beispiele für Unternehmen, die sich verschworen, um Gewinne zu maximieren und Konkurrenz zu reduzieren. War es das? Oder war es etwas auf höherer Ebene, wie die Bilderberg-Gruppe, wo sie versuchten, die öffentliche Ordnung zu kontrollieren?

Wir mussten die politischen Verbindungen der Salters und der anderen überprüfen. Hatten sie Gesetzgeber beeinflusst oder bestochen? Würde das Ganze in Tallahassee oder Washington enden?

Als ich den Reißverschluss hochzog, schoss mir der Gedanke durch den Kopf, dass es sich hierbei um etwas Perverses handelte. Was es ein sexuell orientiertes Treffen? Eine Gruppe von Partnertauschern oder Leuten, die auf Sado-Maso-Praktiken standen? Oder schlimmer, Pädophilie?

Nachdem ich mir Wasser ins Gesicht gespritzt hatte, ging ich zurück ins Büro. Der Gedanke, dass eine Gruppe erfolgreicher Leute sich möglicherweise in den schlimmsten Abschaum verwandeln könnte, den die Gesellschaft je gesehen hatte, bereitete mir Übelkeit. In was für einer Welt sollte meine Tochter aufwachsen?

Derrick saß auf der Ecke seines Schreibtisches und las ein Dokument. »Das wirst du nicht glauben, aber vor sieben Jahren wurde eine Anzeige gegen Elby Salter erstattet.«

»Okay. Wirst du mir auch sagen, wofür?«

»Sex mit einer Minderjährigen.«

## 28

»WILLST DU MICH VERARSCHEN? SEX MIT EINER Minderjährigen? Was ist mit der Anzeige passiert?«

»Die Anzeige wurde zurückgezogen. Ich hab die Akte gezogen, und die Mutter sagte, ihr Kind habe über das, was passiert ist, gelogen.«

»Wie heißt die Frau?«

»Christina Matthews.«

»Und das war vor sieben Jahren?«

»Ja, der 11. Dezember 2012 stand auf der Anzeige.«

»Wir müssen mit der Frau reden. Wo wohnt sie?«

»Ich spüre sie gerade auf.«

»Was ist los, haben die Salters irgendeinen Gendefekt oder so, der sie zu Kindern hinzieht?«

»Wenn das stimmt, ist das richtig krank.«

»Ich frag mich langsam, ob die Truppe, die sich am Fünfzehnten trifft, sich um irgendeinen verdrehten Kindersex-Scheiß dreht.«

»Meinst du? Das sind viele Leute, und alle sind prominent.«

»Oben in Jersey haben wir mal einen Porno-Ring hochgenommen, in dem ein paar CEOs drin waren. Einer von denen war ständig bei CNBC und hat Ratschläge gegeben. Ich sag dir, je länger ich auf diesem Planeten bin, desto sicherer bin ich, dass man nie jemanden wirklich kennt.«

»Da hast du wohl recht, mit ein paar Ausnahmen. Ich kenne dich, Mary Ann, Lynn und meine Eltern ziemlich in- und auswendig, da bin ich mir ziemlich sicher.«

»Geh ich mit, aber oft sehen Leute beunruhigende Zeichen bei anderen und schieben's aus irgendwelchen Gründen beiseite. Deshalb haben wir mehr Amokläufe, als wir haben dürften.«

»Wir leben in einer Welt, in der alles möglich ist. Besonders in unserem Job.«

»Wie man so sagt: Das Leben ist seltsamer als jede Fiktion. Pass du weiter auf diese Matthews drauf auf. Ich fahr zu Annabelle und seh, was sie dazu zu sagen hat.«

---

ANNABELLE NAHM AN EINEM LUNCH IM NAPLES GRAND BEACH Resort teil. Das Hotel lag am Ende der Pine Ridge Road, neben dem Parkplatz für den Clam Pass Beach, wo vor ein paar Jahren eine Leiche entdeckt worden war. Die Details des Falls zogen durch meinen Kopf, bis ich mich daran erinnerte, dass man bei mir mitten in der Ermittlung Krebs diagnostiziert hatte.

Die Lobby hier wirkte schick wie ein New Yorker Laden. Mir gefiel die offene Bar mit einem Konzertflügel als Blickfang. Ich steuerte auf den Ballsaal-Bereich zu und blieb gegenüber einem Eingang stehen, auf dem Rettet unsere Schildkröten stand. Annabelle widmete ihre Zeit weniger bekannten Wohltätigkeitsorganisationen.

Ein Strom von Frauen kam aus der Veranstaltung. Annabelles rotes Kleid übersah man nicht; es war weder auffällig noch sexy, aber es schrie Entschlossenheit. Ihr Lächeln erlosch, als sie mich in einem Clubsessel sitzen sah. Sie gab der Dame, mit der sie sprach, einen flüchtigen Kuss auf die Wange und nickte Richtung Lobby.

Wir ließen uns in Stühle mit niedriger Lehne sinken, deren Bequemlichkeit knapp über dem Barfußlaufen auf glühenden Kohlen lag. Ich wollte nichts außer Wasser. Sie bestellte eine Club Soda mit Limette und sagte: »Ich habe Sie nicht so früh erwartet.«

»Man weiß nie, wie viel Verkehr auf der Pine Ridge ist. Wie war Ihr Lunch?«

»Gut. Wir sammeln Gelder, um unser Meeresschildkröten-Programm auszuweiten. Sobald man erklärt, wie wichtig die Mission ist, sind die Leute dabei.«

»Sie stellen die Gitter um die Nester der Schildkröten am Strand?«

»Ja, das ist ein guter Teil dessen, was wir tun. Außerdem organisieren wir Säuberungsaktionen an den Stränden, um Plastiktüten zu entfernen, und patrouillieren nachts, um sicherzugehen, dass nicht gewildert wird.«

Ein Kellner stellte unsere Getränke auf den Tisch zwischen uns.

Sie hatte die Zeit und das Geld, aber ich war Leuten wie ihr dankbar. Sie könnten ihre Zeit und ihr Vermögen auch mit Selbstbespaßung vergeuden, statt wehrloser Schildkröten zu helfen.

»Es ist gut von Ihnen und Ihren Freundinnen, dass Sie helfen.«

»Wir tun, was wir können.«

»Ich muss Sie zu etwas befragen, das gerade ans Licht gekommen ist.«

Sie sah mich an, während sie an ihrem Getränk nippte.

Ich senkte die Stimme. »Ende 2012 wurde eine Strafanzeige gegen Ihren Mann wegen Sex mit einer Minderjährigen gestellt. Ich nehme an, das ist Ihnen bekannt.«

»Sie wurde fallen gelassen.«

»Was wissen Sie darüber?«

»Soweit ich weiß, hat das Mädchen sich das ausgedacht, und deshalb wurde sie fallen gelassen.«

»Kannten Sie die Mutter des Mädchens, eine Christina Matthews?«

Sie nahm noch einen Schluck, um ihre Antwort abzuwägen. »Nicht wirklich.«

»Ist das ein Ja oder ein Nein?«

»Sie war eine von Elbys Liebeleien.«

»Ihr Mann wurde beschuldigt, sich sexuell an der Tochter einer seiner Freundinnen vergangen zu haben?«

Sie presste die Lippen zusammen und nickte.

»Glauben Sie, die Anzeige war Rache? So in der Art, dass Elby die Beziehung vielleicht beenden wollte und Frau Matthews das nicht akzeptieren konnte.«

Sie zuckte mit den Schultern.

»Was hat er Ihnen dazu gesagt?«

»Nicht viel, nur, dass es nicht stimmte und dass die Anwälte das klären würden.«

»Der Zeitpunkt der Anzeige liegt nahe an dem Zeitpunkt, als Sie die Versicherungspolice gekauft haben. Hängt das zusammen?«

»Sie meinen, die Lebensversicherung stand im Zusammenhang mit der Matthews-Anzeige?«

»Ja.«

»Nein.«

»Was können Sie mir über Christina Matthews sagen?«

»Darüber, über sie oder die Affäre mit Elby, würde ich wirklich lieber nicht sprechen. Es ist lange her, und ich kannte sie nicht, außer dass sie mit meinem Mann geschlafen hat.«

»Verstehe. Darf ich Sie fragen, ob Sie eine Bekannte Ihres Mannes namens Sue oder Susan kannten?«

»Haben Sie ihren Nachnamen?«

»Leider nein.«

»Wenn es eine neuere Beziehung von Elby wäre, wüsste ich nicht, wer sie ist. Ich habe es irgendwann aufgegeben, mich an dem, was er tat, abzuarbeiten, und beschlossen, dass er sich nicht ändern würde und es Zeit war, mein eigenes Leben zu leben.«

»Verstehe.«

»Das glaube ich nicht. Niemand versteht, wie »challenging« es war, mit ihm verheiratet zu sein. Wenn das alle Fragen sind, würde ich gern los. Ich muss in weniger als einer Stunde im Museum sein.«

Die Art, wie sie »challenging« sagte, ließ erkennen, dass ihn mehr als nur seine Freundinnen aus der Fassung brachten. Was war es?

»Ich habe nur noch einen Fragenkomplex. Wie ich gehört habe, hat Elby gern Poker gespielt.«

»Poker? Nicht, dass ich wüsste.«

»Ich dachte, er hat am fünfzehnten jedes Monats mit ein paar Männern gespielt.«

»Das wäre nicht möglich, denn Elby hatte an diesen Abenden immer eine geschäftliche Besprechung.«

»Worum ging es geschäftlich?«

»Er hat mit mir nicht viel über die Arbeit geredet, aber einmal hat er mir gesagt, es seien Master-Planning-Sitzungen gewesen.«

»Master-Planning?«

»Ja, wichtiges, hochkarätiges Zeug.«

»Und Sie sind sicher, dass er kein Poker gespielt hat?«

»Ich kenne ihn seit fast dreißig Jahren, und ich habe ihn nie spielen sehen oder Interesse an Karten – oder überhaupt an irgendwelchem Glücksspiel – zeigen sehen.«

# 29

CHESTERS GESICHT WAR AUFGEDUNSEN. »WIE WAR IHR URLAUB, Sir?«

»Oh, er war großartig, Frank. Waren Sie schon mal in Italien?«

Der Sheriff war entspannt. »Nur einmal und nur in Rom.«

Er tätschelte seinen Bauch. »Tolles Land. Wir haben uns den Weg quer durchs Land gefuttert und getrunken. Es war unglaublich. Ich hab zwar nicht verstanden, was alle an Venedig finden, aber Florenz, Rom und die Amalfiküste, meine Güte, viel schöner als dort wird es nicht.«

»Klingt nach einer wundervollen Zeit.«

»Das war es. Aber alles Gute hat ein Ende, wie man so schön sagt. Also, bringen Sie mich bei Salter auf den neuesten Stand.«

»Wir verfolgen ein paar Spuren. Wir haben endlich die Frau ausfindig gemacht, die die Anzeige wegen Sex mit einer Minderjährigen gegen Salter erstattet hatte.«

»Die wurde aber zurückgezogen, also seien Sie damit vorsichtig.«

»Ja, Sir. Sie ist draußen in Kalifornien: Newport Beach.« Ich sagte ihm nicht, dass sie nicht verheiratet war, was nicht zu dem passte, was wir über Elbys Seitensprünge wussten.

»Seien Sie einfach vorsichtig. Die Salters haben bisher keinen Druck gemacht, und ich will nicht, dass sie damit anfangen.«

»Es scheint ungewöhnlich, dass sie nicht auf eine Aufklärung drängen.«

»Sie wollen die Öffentlichkeit nicht. Sie erwähnten etwas von ein paar Zivilklagen.«

»Ja, wir haben eine Reihe von Zivilklagen gegen Elby Salter entdeckt, die beigelegt und versiegelt wurden.«

»Interessant, aber eine Vereinbarung zu versiegeln, könnte auch nur der Versuch der Familie sein, lästige Klagen zu unterbinden.«

Die beigelegten Klagen sahen für mich wie Schikaneklagen aus, aber darauf wollte ich mich mit ihm an dieser Stelle nicht einlassen. »Könnte sein. Wir werden ein wenig nachforschen und sehen, was wir herausfinden.«

»Seien Sie diskret, Frank.«

»Das mag seltsam klingen, Sir, aber haben Sie schon einmal von einer Gruppe mächtiger, wohlhabender Familien wie den Salters gehört, die zusammenarbeiten?«

»Zusammenarbeiten woran? Geschäftsinteressen decken sich ständig.«

»Ich kann es nicht genau benennen, aber ich spreche von einer geheimen Gruppe, die sich hinter den Kulissen verschwört.«

»Kommen Sie mir nicht mit einer Verschwörungstheorie, Luca.«

»Es ist nur so, dass sich zweifellos eine Gruppe mächtiger Männer, darunter Elby und sein Bruder Chadwick, monatlich trifft und versucht, es als Pokerrunde zu tarnen. Wenn da nichts Anrüchiges dran ist, warum dann lügen?«

»Was lässt Sie glauben, dass das Treffen illegal ist?«

»Im Moment nichts Konkretes.«

»Dann sorgen Sie dafür, dass Sie sich entsprechend verhalten. Hier ist es ruhig, und ich will, dass das so bleibt.«

---

»WIE WAR DER SHERIFF?«

»Abgesehen davon, dass er ein paar Pfund zugelegt hat, war er sein gewohnt vorsichtiges Ich.«

»Er hat doch nichts eingestellt, oder?«

Ich schüttelte den Kopf. »Lass uns diese Klagen noch einmal durchgehen, bevor wir versuchen, jemanden aufzusuchen.«

Derrick öffnete eine Akte und teilte die Dokumente in drei Stapel auf. »Die erste wurde am 17. Juli 2014 von einer gewissen Paula Whiting eingereicht. Sie wirft Elby Salter Rufschädigung vor und fordert fünf Millionen Dollar Schadensersatz. Sie wurde am zwölften August beigelegt und versiegelt. Das war nicht einmal einen Monat später.«

Ich blätterte durch die Whiting-Papiere. Auf einer Rolle Toilettenpapier stand mehr. »Was kommt als Nächstes?«

»Patricia Corning hat am 9. Februar 2015 gegen Salter geklagt. Sie behauptete, sich im South by Southwest, einem Restaurant, das Salter gehört, eine Lebensmittelvergiftung zugezogen zu haben. Corning gab an, sie habe ins Krankenhaus gehen müssen, und die Episode habe dazu geführt, dass sie ihren Appetit verloren habe und infolgedessen an einer Vielzahl von Ernährungsstörungen leide. Sie wollte drei Millionen.«

»Das Restaurant gibt es immer noch, oben in Fort Myers. Ich habe nie etwas Schlechtes darüber gehört. Was ist die letzte?«

»Lisa Daly hat Salter im September 2016 verklagt. Daly kaufte ein Haus in Collier Isle, einer Wohnanlage, die Salter

2015 entwickelte. Sie behauptete, das Haus habe hohe Radon-werte aufgewiesen, was bei ihr zu vorzeitiger Arthritis geführt habe und sie und ihre Tochter krebserregenden Werten ausge-setzt habe.«

»Haben sie das Haus nicht überprüfen lassen, als sie es gekauft haben?«

»Oder man könnte für etwa zweitausend Dollar ein System einbauen, um das Problem zu beheben.«

»Das sind doch reine Scheißklagen. Nichts anderes.«

»Kein Zweifel, aber glaubst du, das liegt daran, dass sie superreich sind? Und vielleicht lassen sie die Fälle versiegeln, um sie geheim zu halten, um zu verhindern, dass andere Leute versuchen zu klagen.«

»Das hat Chester auch gesagt.«

Derricks Lächeln brannte mir beinahe einen Sonnenbrand ins Gesicht. »Hat er das?«

»Jep. Bild dir bloß nichts darauf ein. Chester mag gut im Einschätzen sein, aber in der Kategorie Lösungen ist er eine absolute Niete.«

»Ich frage mich, was andere Bezirke so haben. Es könnte sich lohnen, Lee County zu überprüfen.«

»Vielleicht wäre es besser, sich einige der anderen promi-nenten Leute hier unten anzusehen. Mal schauen, welche Arten von Klagen im Vergleich gegen sie eingereicht werden.«

»Das ist eine gute Idee, Frank.«

»Mag sein, aber stattdessen sollten wir uns diese Frauen ein wenig genauer ansehen. Mal sehen, was wir finden.«

## 30

DERRICK LEGTE AUF UND STAND AUF. »FRANK, SIE HABEN ELBYS Wagen gefunden.«

»Wer hat ihn gefunden?«

»Der Zoll hat bei einer Exportkontrolle einen Container mit gepressten Autos überprüft und die Fahrgestellnummer gecheckt.«

»In welchem Hafen?«

»Tampa.«

»Haben sie ihn sichergestellt?«

»Ja, der Inspektor sagte, sie hätten einen Beschlagnahmebescheid ausgestellt.«

»Die Spurensicherung muss ihn untersuchen.«

»Mann, das ist der Durchbruch, auf den wir gewartet haben. Da finden die Techniker bestimmt etwas.«

»Hoffen wir mal, dass wir wegen der Zuständigkeit kein Zuständigkeitsgerangel mit dem Heimatschutzministerium bekommen.«

»Vielleicht sollten wir den Sheriff einschalten. Er könnte die Sache vielleicht abkürzen.«

»Ein Mordfall hat immer Vorrang. Solange das hier

nicht Teil eines riesigen Schmugglerrings ist, den die Bundesbehörden beobachten, sollten wir keine Probleme bekommen. Aber ich will keine Zeit damit verschwenden, das Ding in die Finger zu bekommen. Schalten wir Chester ein.«

»Ich gebe ihm die Details weiter.«

»Wohin sollte der Wagen gehen?«

»China. Sie haben es als eine Lieferung von Metallschrott deklariert.«

»Wer war der Versender?«

»Eine Firma namens Sunshine Scrap and Waste. Die sind aus Sarasota.«

»Geh zum Sheriff.«

Ich gab Sunshine Scrap and Waste in das Webportal des Secretary of State von Florida ein. Ich scrollte zu den Gründungsdokumenten des Unternehmens. Es war im Besitz von Liberty Enterprises LLC mit Sitz in Orlando.

Mein Herz raste, als der Eigentümer von Liberty Enterprises angezeigt wurde. Es war ein Unternehmen namens Hamlet Family Holdings. Konnte es dieselbe Hamlet-Familie sein, zu der Robert Hamlet gehörte?

---

ICH SCHOB DIE DVD, DIE WIR ENDLICH VON CVS BEKOMMEN hatten, in das Wiedergabegerät. Ich spulte bis 20:50 Uhr vor und verlangsamte dann die Wiedergabe. Ein stetiger Strom von Menschen bewegte sich in den Laden und wieder hinaus.

Um 21:04 Uhr schaute ich zweimal hin und drückte auf die Pausentaste. Ein Kerl, der aussah, als hätte er einen Stock im Arsch, näherte sich der Eingangstür. Ich zoomte heran. Er war es – Fred Baylor.

Ich drückte auf Play. Baylor ging hinein. Neun Minuten vergingen. Fred Baylor watschelte mit einer kleinen weißen

Tüte in der Hand wieder heraus. Das war alles, was ich sehen musste. Ich warf das Band aus und ging in mein Büro.

»Sieht so aus, als hätte Baylor die Wahrheit gesagt.«

»Er war bei CVS?«

»Jep. Ein paar Minuten nach neun, was zu der Zeit passt, als der Nachbar ihn weggehen sah.«

Derrick lachte. »Ich habe schon viele Ausreden gehört, aber ein juckendes Arschloch? Das ist die neue Nummer eins für mich.«

»Das ist nicht zum Lachen, wenn man einen Hämorrhoiden-Anfall hat. Ich hatte vor ein paar Jahren einen.«

»Warum hat er es nicht einfach gesagt? ›Ich musste los und mir Preparation H für meinen Hintern holen.‹ Das ist alles, was er uns hätte sagen müssen.«

»Ich habe auch lange Zeit nichts gesagt. Das ist nichts, was man mit jedem teilt.«

»Ich schätze, du hast recht.«

»Er hat uns einen Haufen Zeit gekostet. Hätte er uns von Anfang an alles gesagt, anstatt verdammt noch mal tröpfchenweise damit rauszurücken, hätte ich eine Woche freinehmen können.«

»Ist das nicht Behinderung der Justiz?«

»Nicht direkt. Keinen reinen Tisch zu machen und zu lügen sind zwei Paar Schuhe. Wenn der Staatsanwalt jeden anklagen würde, der die Polizei anlügt, müssten wir eine Trillion Gefängnisse bauen. Der Unterschied ist, ob man lügt, um sich selbst oder jemanden anderen zu schützen. Baylor hat uns an der Nase herumgeführt, aber das war's auch schon.«

»Es wäre schön, wenn an jemandem ein Exempel statuiert würde, um die Leute zum Nachdenken zu bringen.«

»Amen. Hör zu, ich gehe jetzt …«

Derricks Telefon klingelte. Er ging ran, legte eine Hand über den Hörer und flüsterte: »Es ist Christina Matthews.«

Ich sprang von meinem Stuhl auf.

»Moment, Frau Matthews. Detective Luca möchte mit Ihnen sprechen.«

Derrick reichte mir das Telefon.

»Ms. Matthews, hier ist Detective Luca. Ich habe ein paar Fragen bezüglich Elby Salters.«

»Ich habe gehört, er wurde ermordet.«

»Ja, wurde er.«

»Okay.«

Okay? Anstelle von »Das ist ja schrecklich«? »Ich nehme an, Sie und Elby Salter hatten eine Beziehung.«

»Die hatten wir.«

»Wie lange ging die?«

»Weniger als ein Jahr.«

»Sie haben eine Anzeige erstattet und behauptet, er habe eine sexuelle Handlung mit Ihrer Tochter vorgenommen.«

»Sexuell unangemessenes Verhalten, so lautete, glaube ich, der Vorwurf.«

»Okay. Sagen Sie mir, was passiert ist.«

»Das kann ich nicht.«

»Was meinen Sie mit: ›Sie können nicht‹?«

»Ich habe eine Verschwiegenheitserklärung unterzeichnet, die mir verbietet, über den Fall zu sprechen.«

»Hat er Sie bezahlt, damit Sie schweigen?«

»Ich kann nichts sagen.«

»Warum sollten Sie sich zum Schweigen verpflichten? Es geht um Ihre Tochter, um Himmels willen.«

»Sehen Sie, sie war traumatisiert von, äh, allem, und es hätte uns daran gehindert, mit unserem Leben weiter-zumachen.«

Ich wollte sie fragen, wie viel Geld es brauchte, damit sie ihre Moral über Bord warf, sagte aber: »Gibt es irgendetwas, das Sie mir über den Fall erzählen können?«

»Es tut mir leid, aber das kann ich nicht.«

»Was ist mit Elby Salter? Was können Sie mir über ihn erzählen?«

»Mir scheint, Sie wissen, was für ein Mann er ist.«

Ich stieß ein Danke hervor und legte auf.

»Salter hat sie bezahlt, damit sie den Mund hält.«

»Sie hat dir nichts gesagt?«

»Nein, sie hat eine Verschwiegenheitserklärung unterschrieben. Ich wette, deshalb ist sie in Newport Beach. Er wollte sie und ihre Tochter wahrscheinlich so weit weg wie möglich haben.«

»Dieser Vorwurf war im Raum, und die Leute müssen davon gewusst haben. Ich weiß, die Anwälte haben es unter den Teppich gekehrt, aber wenn es wahr war, kann ich mir nicht vorstellen, dass er nur dieses eine Mal über die Stränge geschlagen hat. Pädophilie ist eine Geisteskrankheit; diese Widerlinge tun das nicht nur einmal.«

»Kein Zweifel. Die Frage ist: War das eine echte Verfehlung von Salter oder eine erfundene Geschichte? Wollte die Tochter Aufmerksamkeit? Mochte sie es nicht, dass ihre Mutter mit ihm ausgegangen ist, und hat keinen Weg gefunden, die beiden auseinanderzubringen? Oder hat die Mutter die ganze Sache ausgeheckt, um Geld von ihm zu bekommen?«

»Wir sollten damit anfangen, Matthews' Hintergrund zu durchleuchten. Mal sehen, was es über sie gibt.«

»Damit fangen wir an. Sie hat etwas zu mir gesagt, als ich sie nach Elby fragte. Sie sagte, ich wisse, was für ein Mann er sei. Wollte sie mir damit sagen, dass er ein Sexualstraftäter war oder nur, dass er es mochte, durch die Gegend zu ziehen und verschiedene Frauen zu vögeln?«

»Wenn er pädophil ist, wurde er vielleicht von einem seiner Opfer oder dessen Familie getötet.«

»Könnte sein. Oder vielleicht wurde er von einem der Seinen erledigt. Jemand aus ihrer geheimen Gruppe oder seiner Familie, um eine Blamage zu vermeiden, um ihn zum Schweigen zu bringen.«

---

»Frank, schau dir dieses entzückende Kleid an, das ich heute für Jessica gekauft habe.«

Mary Ann hielt ein rosa-weißes Kleid mit Spitzenbesatz hoch.

»Es ist schön. Sieht aber zu groß aus.«

»Es ist nicht für jetzt. Wahrscheinlich für in zehn oder elf Monaten. Es war so süß, ich konnte es nicht einfach hängen lassen.«

Wie oft habe ich diesen Satz im letzten Jahr gehört? »Es gefällt mir, aber da heutzutage nur einer von uns arbeitet, müssen wir unsere Ausgaben im Auge behalten.«

»Es ist nur ein Kleid, und es war im Angebot.«

Ah, eine weitere zeitlose Rechtfertigung. »Wie war ihr Spieletreffen heute?«

»Oh, es war großartig. Jeannine hat ein kleines Planschbecken aufgestellt, und Jessica war begeistert.«

»War es frisches Wasser? Ich will nicht, dass sie sich was einfängt.«

»Du machst dir immer solche Sorgen, Frank. Glaubst du etwa, ich würde sie in schmutzigem Wasser spielen lassen?«

»Weißt du, da dieser Salter-Fall eine hässliche Wendung nimmt, müssen wir auf Jessie besonders gut aufpassen.«

»Worüber machst du dir jetzt Sorgen?«

»Es könnte sein, dass Salter getötet wurde, weil er ein Kind missbraucht hat.«

»Oh mein Gott. Diese kranken Schweine tun das nie nur einmal.«

»Ich weiß. Es gab eine Anschuldigung gegen ihn, die fallen

gelassen wurde, aber wir haben ein paar Zivilklagen gefunden, die einfach keinen Sinn ergeben.«

»Inwiefern?«

»Drei Frauen haben ihn verklagt, um an Geld zu kommen. Eine sagte, sie sei krank geworden, als sie in einem von den Salters gebauten Haus lebte, eine andere sagte, er habe ihren Ruf geschädigt, und die letzte erlitt eine Lebensmittelvergiftung in einem Lokal, das Salter gehörte. Die Fälle wurden alle beigelegt und die Akten versiegelt, also kommen wir ohne eine richterliche Anordnung nicht an die Einzelheiten heran.«

»Und du denkst, es hat mit sexuellen Übergriffen zu tun?«

»Ich weiß nicht, was ich denken soll. Aber ich will, dass wir beide sie niemals mit jemandem allein lassen, und sobald sie in der Lage ist, es zu verstehen, müssen wir sicherstellen, dass sie weiß, dass es da draußen kranke Bastarde gibt. Sie muss wissen, dass niemand sie anfassen darf und dass sie es uns sagen muss, wenn ihr etwas komisch vorkommt.«

Es war unmöglich, einzuschlafen. Der Gedanke, dass meiner Jessie etwas zustoßen könnte, machte mir eine Scheißangst. Lebten wir in einer Welt, in der eine mächtige Person ihre widerlichen Taten mit Geld, Anwälten und den Gerichten verbergen konnte? Und selbst wenn Salter nicht des Sex mit einer Minderjährigen schuldig war, gehörte er zu einer Gruppe, die anscheinend ihre eigenen Geheimnisse hatte.

Ich wusste, was die Stunde geschlagen hatte. Es war Zeit, die Samthandschuhe auszuziehen.

---

## 31

»Du musst sicher sein, dass Bingham zu Hause ist, Derrick.«

»Ist er. Ich habe es mit einem Anruf bestätigt und ihm gesagt, ich sei ein Immobiliengutachter und könne seine Steuern senken. Er hat sofort angebissen. Ich kann es ihm nicht verdenken; er zahlt achtundfünfzigtausend im Jahr.«

»Das ist der Wahnsinn.«

»Muss eine tolle Bude sein, wahrscheinlich das Penthouse.«

»Manche Wohnungen am Gulf Shore Drive sind über zehn Millionen wert.«

»Das ist verrückt – für eine Wohnung?«

»Geh Punkt elf rein. Wenn du dich verspätest, ruf mich an. Wir müssen sicherstellen, dass sie nicht miteinander reden.«

»Verstanden.«

»Schreib mir, wenn du mit ihm fertig bist.«

»Ich fahre jetzt los. Wenn ich zu früh bin, warte ich auf dem Parkplatz von Venetian Village.«

Robert Hamlet hatte versucht, einem Gespräch mit mir auszuweichen, aber die Drohung, ihn ins Präsidium kommen zu lassen, hatte wie immer gewirkt. Ich wollte nicht, dass Hamlet und Bingham wussten, dass wir mit jedem von ihnen einzeln sprachen. Mal sehen, wie ihre Geschichten ohne Vorbereitung zusammenpassten.

Die Büros der Hamlet Family Holdings befanden sich im vierten Stock eines Gebäudes unweit des Park Shore Drive. Die Annehmlichkeiten der engen Räumlichkeiten waren eine Stufe über denen von Salters Geschäftsräumen, aber keineswegs luxuriös. Das leise Summen, das von einem ganzen Stockwerk voller Menschen ausging, überdeckte fast die klassische Musik, die im Hintergrund spielte.

Ich wartete in einem Konferenzraum, dessen Fenster auf den Verkehr der Route 41 blickte. Auf dem Tisch lag eine mit Notizen übersäte Karte von Baugrundstücken. Ich versuchte zu erkennen, wo sich das Baugebiet befand, als sich die Tür hinter mir öffnete.

Hamlet war ein großer Mann mit den Anfängen einer Säufernase. Er trug keine Krawatte, dafür aber einen Ehering und ein weißes, langärmeliges Hemd. Wir schüttelten uns die Hände.

»Detective Luca, Bob Hamlet. Schön, Sie kennenzulernen.«

Sein Händedruck war weich. »Danke, dass Sie sich Zeit für mich nehmen.«

Er nahm den einzigen Sessel am Tisch, und ich setzte mich ihm gegenüber.

»Sie wollten über Elby sprechen?«

»Ja, ich habe gehört, Sie sind Teil einer Gruppe, die sich monatlich trifft.«

»Ja, ein paar von den Jungs spielen gern Poker. Ich bin kein großer Spieler, aber einige der anderen glauben, sie würden bei der World Series of Poker spielen.«

»Was ist mit Elby Salter? Gehörte er zu denen, die es ernst nahmen?«

»Allerdings. Er hat mir mehrmals erzählt, dass er versuchen wollte, professionell zu spielen.«

»Das ist eine ganz andere Liga. Wie hoch sind die Blinds, wenn Sie spielen?«

Ein Zögern. »Nichts Großes.«

»Fünf Dollar?«

»Ja, manchmal zehn.«

»Klingt nach einem netten Zeitvertreib, aber ich bin nicht hergekommen, um über Poker zu reden.«

Hamlet lächelte.

Sein Grinsen verschwand, als ich fortfuhr: »Ich wollte Sie zu Sunshine Scrap and Waste befragen.«

»Was ist damit?«

»Elby Salters Wagen wurde im Hafen von Tampa in einem Container gefunden, der für China bestimmt war.«

»Wirklich?«

»Und die Firma, die ihn Tausende von Meilen weit weg schickte, war eines Ihrer Unternehmen, Sunshine Scrap and Waste.«

»Ich verstehe nicht, was das alles mit mir zu tun hat.«

»Wie ist Elby Salters Wagen dorthin gekommen?«

»Das wüsste ich nicht. Ich könnte mein Managementteam bitten, der Sache nachzugehen.«

»Wir müssen wissen, wie und wann Sunshine Scrap in den Besitz von Salters Fahrzeug gelangt ist.«

»Ich bin sicher, dass sich alles erklären lässt. Sunshine nimmt jedes Jahr Tausende von Fahrzeugen aus einer Vielzahl von Quellen entgegen: Versicherungsgesellschaften, andere Schrotthändler, Werkstätten und Privatpersonen.«

»Was machen Sie mit den Autos?«

»Wir holen so viele Edelmetalle wie möglich aus ihnen heraus.«

»Wie die Katalysatoren?«

»Ja, das ist das Erste, was sie ausbauen, wegen des Palladiums, aber es gibt auch Edelmetalle auf den Leiterplatten, und sogar Münzen werden gefunden. Was dann übrig bleibt, wird eingeschmolzen.«

»Warum China?«

»Wir können das hier nicht machen; es ist einfach zu teuer. Wir bauen die Katalysatoren vorher aus – die sind zugänglich.«

»Wer presst die Autos?«

»Wenn sie nicht schon verdichtet sind, machen wir das.«

»Wenn jemand ein Fahrzeug bringt, welche Papiere verlangen Sie, um zu beweisen, dass es nicht gestohlen ist?«

»Wir zahlen fast nichts für diese Autos. Es gibt einfach keinen Grund, ein Auto zu stehlen und es dann an einen Schrottplatz zu verkaufen.«

»Ich habe gehört, man kann bis zu fünfhundert für ein Auto bekommen.«

»Wenn es fahrtüchtig ist, scheint das angemessen.«

»Für einen Süchtigen ist das eine Menge Geld.«

»Ich verstehe, was Sie meinen. Aber Sunshine Scrap gibt es schon seit Jahrzehnten, und fast jedes Fahrzeug kommt aus einer gewerblichen Quelle.«

»Wir werden mit demjenigen sprechen müssen, der den Wagen entgegengenommen hat.«

»Ich verstehe. Ich sorge dafür, dass die Unterlagen für Sie bereitliegen.«

»Jemand ist bereits auf dem Weg dorthin.« Ich sah auf meine Pipi-Uhr. »Sollte jede Minute da sein.«

Er rutschte auf seinem Stuhl hin und her. »Oh, wissen die, dass er kommt?«

»Es ist eine Sie, und ich habe keine Ahnung.«

»Oh. Okay.«

Das war Blödsinn, aber ich liebte es, mit ihm zu spielen. Bildete sich da eine Schweißperle auf seiner Lippe?

»Übrigens, ich möchte nicht, dass die Nachricht, dass wir

Elby Salters Wagen gefunden haben, an die Öffentlichkeit gelangt. Sie und Ihre Mitarbeiter dürfen kein Wort darüber verlieren. Verstanden?«

»Ich werde sie entsprechend anweisen.«

»Gut. Nun, Ihre Familie hat hier unten eine Menge Geschäftsinteressen, nicht wahr?«

»Oh ja. Wir sind seit Generationen hier und haben bedeutende Bestände an Ackerland und die eine oder andere Bank aufgebaut.«

*Die eine oder andere Bank.* Wie bei einem Kind, das von seiner Mutter gefragt wird, wie viele Süßigkeiten es gegessen hat: *Ich hatte eine Tootsie Roll oder zwei.*

»Arbeiten Sie partnerschaftlich mit der Familie Salter zusammen?«

»Wir haben im Laufe der Jahre an mehreren Projekten zusammengearbeitet.«

»Vielleicht erkenne ich sie wieder. Welche denn?«

»Wir sind ein privat geführtes Unternehmen und ziehen es daher vor, unsere Aktivitäten vertraulich zu behandeln.«

»Das scheint im Widerspruch zu dem Foto zu stehen, das ich in der *Naples Daily News* über den Spatenstich für das Krankenhaus gesehen habe.«

»Manchmal müssen wir die Gemeinde wissen lassen, dass wir für sie da sind. Aber abgesehen davon gibt es da draußen genug Verrückte, sodass es für uns normalerweise besser ist, wenn wir uns bedeckt halten.«

»Ich nehme an, Sie kannten Elby Salter ziemlich gut.«

Er zuckte mit den Schultern. »Nicht so gut, wie Sie vielleicht denken. Er war ziemlich verschlossen. Aber ich schätze, das sind wir alle. Oder nicht?«

»Was wissen Sie über die Anklage gegen ihn wegen Sex mit einer Minderjährigen?«

Seine rote Nase wurde fahl. »Er sagte, sie sei unbegründet,

aber ob er es getan hat oder nicht, spielt keine Rolle, da er jetzt weg ist.«

»Haben Sie Töchter?«

»Ich? Nein, drei Söhne.«

»Hab ich mir gedacht.«

»Tut mir leid. Ich verstehe nicht.«

»Der Mord an Elby Salter ist der Punkt. Ich möchte Sie daran erinnern, dass das Verheimlichen oder Fälschen von Informationen oder Beweismitteln eine Behinderung der Justiz darstellt.«

Er war gut gepflegt, aber der Gestank, der von ihm ausging, zusammen mit der Tatsache, dass mir die Fragen ausgegangen waren, bedeutete, dass es Zeit war, zu gehen. Eine Frage hatte ich aber noch.

»Waren Sie gegen Elby Salters Bemühungen, den Red Sox ein neues Stadion zu bauen?«

»Nicht direkt. Obwohl ich den Sinn nicht sah, gutes Land dafür zu verschwenden.«

»Warum wäre das Land verschwendet?«

»Trainingsgelände für das Frühjahrstraining sind ein Teilzeitgeschäft.«

»Also waren Sie dagegen?«

»Man könnte es so sagen.«

Ich öffnete die Autotür, um die Hitze entweichen zu lassen, und schaltete mein Handy ein. Ich hatte eine SMS von Derrick, in der er mich bat, ihn anzurufen.

»Was gibt's? Ich komme gerade von Hamlet.«

»Du hättest Binghams Gesicht sehen sollen, als ich meine Marke gezückt habe.«

»Was hatte er über die Treffen zu sagen?«

»Er hat eine Minute gebraucht, um sein Stottern unter Kontrolle zu bringen, aber er sagte, Elby hätte nicht wirklich gern Poker gespielt. Für ihn war es nur ein Abend mit Freunden.«

»Was ist mit den Einsatzlimits?«

»Bingham sagte, der Blind war zwanzig Dollar.«

»Hamlet sagte, dass es fünf Dollar gewesen seien und dass Elby verrückt nach Poker war. Hat sogar gesagt, er wollte professionell spielen.«

»Was zum Teufel verbergen diese Kerle?«

Das war eine ausgezeichnete Frage.

## 32

»Mary Ann! Pass auf Jessie auf. Ich muss an meinen Laptop.«

»Was ist los?«

Ich ging in das Zimmer, das früher mal ein Büro gewesen war, aber jetzt als Lager für Jessicas Spielzeug diente.

»Ich habe gerade den Bericht von der Spurensicherung über Salters Wagen bekommen. Ich kann das verdammte Ding auf meinem Handy nicht lesen.«

»Pst, Frank.«

Ich machte meinen HP an, rollte einen Stuhl an den Schreibtisch und setzte mich. Ich las die Zusammenfassung zweimal. Drei Proben unbekannter Fasern und mehrere Haare wurden sichergestellt. Blutspuren wurden entdeckt, aber es wurden keine anderen Körperflüssigkeiten gefunden.

Ich blätterte zu den Details. Das Dach des Wagens wurde abgetrennt, um Zugang zum Fahrgastraum zu erhalten. Die Sitze waren ausgebaut worden. Spuren von Bleichmittel wurden am Armaturenbrett und an den inneren Seitenverkleidungen gefunden. Die Techniker glaubten, dass das Fahrzeug mit einer Art Wischtuch, etwa von Lysol oder Clorox, gereinigt worden war, in dem Versuch, Blut und DNA zu entfernen.

Blut, das mit dem des Opfers übereinstimmte, wurde an der Mittelkonsole und am Armaturenbrett gefunden. Die geringen Blutmengen waren mit Reinigungsmitteln aus den Tüchern vermischt. An der Bedieneinheit des Radios befand sich ein winziger Tropfen unverfälschten Blutes. Er stammte ebenfalls von Elby Salter.

Im Wagen wurden einfache Baumwollfasern gefunden, wie sie typischerweise für die Herstellung von T-Shirts verwendet werden. Zwei waren rot gefärbt, eine war weiß. Man ging davon aus, dass die Fasern vom selben Kleidungsstück stammten. Eine weitere Analyse könnte ein Herkunftsland oder eine mögliche Produktionsstätte klären.

Der interessanteste Fund waren die Haare, die aus dem Innenraum des Fahrzeugs gesammelt wurden. Vier Haarproben wurden Elby Salter zugeordnet, aber es wurden auch zwei andere Proben sichergestellt. Beide Haare waren leicht gelockt und schwarz gefärbt und stimmten mit den Haaren überein, die an Salters Leiche gefunden worden waren und nicht von ihm stammten.

Auch im hinteren Teil des SUVs befanden sich einige von Salters Haaren, aber das war alles.

Weder an den vier Reifen noch am Unterboden des Fahrzeugs befanden sich Schmutzpartikel, die eine Untersuchung wert gewesen wären.

Was bedeutete das? Es stand außer Frage, dass es einen Versuch gegeben hatte, Salters Wagen zu reinigen. War es nur eine Person, die Salter entführt hatte, im Wagen gewesen war, ihn getötet und die Leiche abgelegt hatte? Oder stammten die Haare von jemandem, der nur die Leiche abgelegt hatte?

Es musste eine straff koordinierte Operation gewesen sein, wenn mehr als eine Person beteiligt war, was den Risikofaktor erhöhte. Ich hatte diese Richtung nie in Betracht gezogen, aber das hier fühlte sich nach etwas an, das eine Gruppe mächtiger Leute leicht durchziehen konnte.

Der Fundort der Leiche beunruhigte mich. Die meisten Mörder versuchen, Leichen zu verstecken, sie unter Wasser zu beschweren, sie zu vergraben oder sie an einem schwer zugänglichen Ort abzulegen. Und nicht wenige Verrückte stecken sie in Gefriertruhen.

Es war deprimierend, aber was hatte ich gehofft, würden sie finden? Dass der Mörder seine Visitenkarte dagelassen hatte?

Mary Ann kam herein. »Hast du was herausgefunden?«

»Nicht viel. Sie haben ein paar Haare gefunden, die zu denen passen, die wir an der Leiche gefunden haben. Wer auch immer es war, hat versucht, alles zu säubern, aber es gab reichlich Blut von Salter.«

»Tut mir leid.«

»Schon gut. Wir kriegen den, der das getan hat. Wo ist Jessie?«

»Sie schläft in ihrer Schaukel.«

»Sie liebt das Ding.«

»Ich weiß. Du musst Phil anrufen und ihm für den Wein danken, den er mitgebracht hat.«

»Oh ja. Ich rufe ihn jetzt an.«

---

»Hɪ, Pʜɪʟ. Wɪᴇ ɢᴇʜᴛ's ᴅɪʀ?«

»Alles gut, Frank. Was ist los?«

»Ich wollte dir für den Wein danken. Du hättest mir keine Flasche kaufen müssen.«

»Kein Problem. Uns haben die Flaschen geschmeckt, die du zum Grillen mitgebracht hast. Wir haben vorher noch nie spanische Weine getrunken, und die waren gut.«

»Freut mich, dass sie dir geschmeckt haben. Ich fand, sie

waren gut für das Geld, besonders die aus Ribera del Duero. Die sind nicht teuer.«

»Ich weiß nicht, wie gut der ist, den ich dir besorgt habe. Er ist aus Korsika.«

»Korsika? Ich wusste gar nicht, dass sie dort Wein machen.«

»Ich auch nicht, aber Marlene und ich waren in diesem kleinen französischen Lokal, dem Auberge, bei Wiggins Pass essen. Wir wussten nicht, welchen Wein wir bestellen sollten, und die Besitzerin, ich glaube, ihr Name war Marie, hat einen aus Korsika vorgeschlagen. Sie hat gesagt, dass sie von dort kommt und dass deren Weine gut sind.«

»Ich kenne das Lokal. Ich dachte, sie hätte mir erzählt, dass sie aus Nordfrankreich kommt.«

»Nein, sie ist von der Insel Korsika. Die liegt direkt neben Sardinien. Klingt nach einem tollen Reiseziel.«

»Vielleicht eines Tages.«

»Wir sollten versuchen, das zu planen.«

»Nicht mit einem Baby. Wie geht es deinem Dad?«

»Ihm geht's gut. Er ist gerade vom Landschaftsgärtner besessen, aber ihm geht's gut.«

»Er ist eine Wucht. Ich mag ihn sehr. Grüß ihn von mir und danke für den Wein. Ich bin gespannt, welche Art von Trauben sie dafür verwenden.«

Korsika? Ich versuchte, mich an das Gespräch mit Marie Redoux zu erinnern. Mein Gedächtnis war nicht mehr so gut wie vor der Chemo, aber normalerweise vergaß ich etwas komplett. Details wie etwa, woher eine Person kam, brachte ich nicht durcheinander. Oder doch?

Ich wählte eine andere Nummer.

»Derrick, hier ist Frank.«

»Hey, wie geht's dir?«

»Hör mal, erinnerst du dich an die Französin, mit der Salter ausgegangen ist, Marie Redoux?«

»Ja, die, die wir in diesem Restaurant beim Imperial gesehen haben?«

»Genau. Hat sie nicht gesagt, sie käme aus Nordfrankreich?«

»Ich glaube schon. Ja, irgendwo bei Le Havre.«

»Das dachte ich auch.«

»Was ist los?«

»Einer meiner Nachbarn hat mir erzählt, dass sie aus Korsika stammt, einer Insel vor der Südküste Frankreichs. Das ist näher an Italien als an Frankreich.«

»Vielleicht kam ihre Familie von dort.«

»Ich schätze schon, aber Europäer ziehen nicht so oft um, und Korsika ist so weit weg von dem Ort, den sie uns genannt hat.«

»Korsika. Jedes Mal, wenn ich das höre, denke ich an den Film *French Connection*.«

»Es ist nicht mehr das, was es mal war, aber es gibt immer noch kriminelle Organisationen, die ihre Wurzeln in Korsika haben.«

»Die können doch nicht darin verwickelt sein.«

»Warum nicht?«

»Was willst du damit sagen, Frank?«

»Ich sage gar nichts. Ich verarbeite nur die Informationen, die auftauchen. Ich werde Marie Redoux noch einmal einen Besuch abstatten, um zu sehen, ob sie gelogen hat und warum.«

# 33

DERRICK LAS GERADE, ALS ICH HEREINKAM.

»Frank, ich hab' ein bisschen nachgeforscht.«

»Worüber?«

»Marie Redoux. Im System gab es niemanden mit demselben Nachnamen. Na ja, doch schon, aber das war ein Kerl von der Elfenbeinküste.«

»Die Franzosen haben das Land doch früher regiert, bevor es seine Unabhängigkeit bekam.«

Er hielt die Unterlagen hoch, die er gelesen hatte. »Also habe ich mich an Interpol und die Police Nationale gewandt, und bingo, die Familie ist voller übler Gestalten. Die haben sogar ihre eigene Bande, die von einem Onkel von Marie namens Lucien Redoux angeführt wird.« Derrick schlug eine Seite um. »In diesem Bericht, den Interpol geschickt hat, steht, dass sie mit der Unione Corse in Verbindung stehen, dem Syndikat, das den Heroinhandel zwischen Marseille und Amerika kontrolliert hat.«

»Das ist die Bande, über die sie *The French Connection* gemacht haben.«

»Die sind im üblichen Geschäft: Drogen und Prostitution,

aber jetzt kommt das Interessante. Als der Drogenhandel in den Siebzigern endete, sind sie im großen Stil in die Geldwäsche, aber auch in Auftragsmorde eingestiegen.«

»Gibt es irgendwas zu ihrer Vorgehensweise?«

»Nichts, was als Markenzeichen durchgeht, aber ein Schuss in den Hinterkopf schreit für mich nach Auftragsmord.«

»Wahrscheinlich, aber es ist nun mal einfacher, jemanden von hinten zu erschießen.«

»Keine Frage, aber es gibt da draußen eine Menge eiskalter Mistkerle.«

»Gibt es irgendeine Verbindung zu einer kriminellen Organisation in den Staaten?«

»Davon wurde nichts erwähnt.«

»Wenn sie hier keine Verbindungen haben, müssten sie jemanden rüberschicken. Das ist riskant, wenn der Auftragskiller sich hier nicht auskennt, aber in Sachen Anonymität ist es ein verdammt großer Vorteil.«

»Meinst du, sie würden jemanden rüberschicken, um Elby umzubringen?«

»Weit hergeholt, aber nicht unmöglich. Hol dir eine Liste aller ihrer bekannten Komplizen und gleiche sie mit der Passkontrolle ab. Mal sehen, ob einer von ihnen in letzter Zeit eine Reise in die Staaten gemacht hat.«

»Soll ich einen Monat, bevor Salter getötet wurde, anfangen?«

»Mach zwei draus. Der Umgang mit Dwyer hat mir gezeigt, wie geduldig manche dieser Spinner sein können.«

## 34

Ich knallte den Hörer auf die Gabel.

»So ein Scheiß!«

»Was ist los?«

»Das war Chester. Er hat mir gesagt, ich soll mich von Christina Matthews fernhalten.«

»Du hast doch kaum etwas aus ihr herausbekommen.«

»Das weiß er nicht, glaube ich.«

»Woher wusste er, dass wir mit ihr gesprochen haben?«

»Salters Anwalt, Gerey. Er hat Chester angerufen und ihm gesagt, dass wir auf Informationen drängen, die durch eine Verschwiegenheitsvereinbarung geschützt sind.«

»Sie machen sich Sorgen. Das bedeutet, da ist was dran.«

»Ohne Zweifel. Aber es kotzt mich einfach maßlos an. Anstatt zu versuchen, herauszufinden, was da dran ist, will Chester uns nur verscheuchen.«

»Wir können doch bei einem Richter die Aufhebung beantragen, oder nicht?«

»Das könnten wir, aber wir bräuchten einen hinreichenden Tatverdacht dafür, dass die Informationen in der Vereinbarung für ein Verbrechen von zentraler Bedeutung sind.«

»Aber genau das ist doch der Punkt – das könnten sie sein, richtig?«

»Genau. Chester verhält sich wie alle anderen hier und beschützt die allmächtigen Salters. Das ist totaler Schwachsinn.«

»Was werden wir tun?«

»Was können wir schon tun? Wir müssen vorsichtig sein. Dieser Fall ist ein verdammtes Chaos. Das Letzte, was wir gebrauchen können, ist, dass Chester uns im Nacken sitzt.«

»Glaubst du, der Sheriff weiß etwas?«

»Ich hoffe doch sehr, dass nicht. Wenn ich herausfinde, dass er jemanden beschützt, bin ich schneller weg als die Leute, die sich bei Costco auf die Essensproben stürzen.«

»Ich bin direkt hinter dir.«

---

DAS BISTRO WAR NICHT VOLL, OBWOHL ES FÜR GÄSTE, DIE BIS sechs Uhr einen Tisch bekamen, ein Hauptgericht-Spezial für zehn Dollar gab. Redoux ließ eine Speisekarte fallen, die sie gerade von einem Tisch voller Grauköpfe eingesammelt hatte, als sie mich sah. Ich liebte meinen Job.

Sie machte einen Schritt auf mich zu.

»Bonsoir, Monsieur, ich bin sofort für Sie da.«

»Lassen Sie sich Zeit.«

Bevor ich es mir auf einem Stuhl bequem machen konnte, kam Marie aus der Küche. Sie klapperte beim Gehen mit den Absätzen ihrer Schuhe. Sammelte sie Mut oder war sie so selbstbewusst? Ein Hauch von Knoblauch und Öl wehte zu mir herüber, als sie näher kam. Escargots?

»Möchten Sie eine Speisekarte?«

»Nein, ich bin nur hier, um zu reden.«

»Wir haben viel zu tun und-«

»Setzen Sie sich.«

Sie zog einen Stuhl heraus. »Worum geht es?«

»Woher kommen Sie?«

»Aus Frankreich.«

Der Reiz ihres Akzents war wie eine Pfütze in Florida verdunstet.

»Das ist ein großes Land. Woher genau?«

»Korsika.«

»Warum haben Sie mir dann erzählt, es sei im Norden von Frankreich?«

»Habe ich das?«

»Ja, das haben Sie ganz bestimmt.«

»Die meisten Leute wissen nicht, wo Korsika liegt. Es ist einfacher zu sagen, Nordfrankreich.«

»Es ist einfacher zu lügen, das meinen Sie. Sie waren sehr spezifisch und haben uns erzählt, Sie kämen aus Fécamp. Ich weiß nicht viel über Frankreich, aber ich würde sagen, mehr Leute haben von Korsika gehört als von Fécamp.«

»Ist es in Amerika ein Verbrechen, sich über seine Herkunft zu versprechen?«

»Nein, es sei denn, Sie versuchen, eine Ermittlung in die Irre zu führen.«

»Es war ein unschuldiges Versehen.«

»Ihre Familie hat eine ziemlich bewegte Geschichte in Frankreich.«

»Ich verstehe nicht.«

»Ich glaube, das tun Sie sehr wohl. Ihr Onkel Lucien leitet ein korsisches Verbrechersyndikat. Nicht wahr?«

»Was soll das alles bedeuten?«

Ich konnte ihr nicht sagen, dass ich genau das herauszufinden versuchte.

»Ich muss ein Geschäft führen.«

»Sie haben eine Tochter, nicht wahr?«

Sie rutschte auf ihrem Stuhl hin und her. »Ja.«

»Und wie alt ist sie?«

»Fünfzehn.«

»Wussten Sie, dass Elby Salter des sexuellen Umgangs mit einer Minderjährigen beschuldigt wurde?«

Ihr Mangel an Überraschung verwirrte mich. »Nein.«

Die Eingangstür schwang auf und ein Paar kam herein.

Marie stand auf. »Es tut mir leid, aber ich muss wieder an die Arbeit.«

Ich saß im Cherokee und dachte nach. Sie hatte eine Affäre mit Elby und gab zu, dass es ihr schwer fiel, sich mit dem Ende abzufinden. Sie hatte ihn am Tag vor seinem Tod dreimal angerufen. Warum? Sie behauptete, es sei wegen einer Flasche Wein gewesen. Das passte nicht zusammen. Sie waren nicht mehr zusammen. Warum das Geld ausgeben, um einen Ex-Freund aus Frankreich anzurufen? War es die Tat einer irrationalen Liebhaberin? War sie überhaupt in Frankreich gewesen?

Wir hatten es hier mit einer Frau zu tun, die uns angelogen hatte, die womöglich so besessen von der Trennung war, dass sie über die Stränge geschlagen hatte, eine Frau mit einer Familie, die im Auftragsmordgeschäft tätig war.

Es war weit hergeholt, aber sie hatte auch eine minderjährige Tochter. Eine Tochter in der gleichen Altersgruppe wie diejenige, die die Anklage gegen Elby erhoben hatte. War ihr etwas zugestoßen?

## 35

Rosanne Roberts lebte in einer wunderschönen Seniorenresidenz namens Tuscany Villa, die in der Nähe von Lely lag und sich wie ein schöner Ort anfühlte, um seinen Lebensabend zu verbringen. Im pastellfarbenen Hauptgebäude spielte jemand auf dem Flügel in der Lobby für eine Handvoll Bewohner. Der Pianist spielte »As Time Goes By«. Ob wohl irgendjemand die Ironie bemerkte?

Man führte mich in eine Lounge mit einer richtigen Bar. Ein paar Senioren ließen sich gerade einen Nachmittagscocktail schmecken, und meine Verabredung war eine von ihnen. Roberts sprang aus ihrem Stuhl wie jemand, der halb so alt war wie ihre vierundachtzig Jahre. Sie hatte kleine Hände und ein breites Lächeln.

»Möchtest du etwas trinken? Wir nennen das Happy Hour; die Getränke sind kostenlos.«

»Nein, danke, aber greif du ruhig zu.«

»Ich habe meinen Gin Tonic schon gehabt. Einer ist mein Limit.«

In der Hoffnung, dass der Wein, den ich trank, die gleiche

konservierende Wirkung hatte wie der Gin sie anscheinend besaß, ließen wir uns an einem Kartentisch auf Stühlen nieder.

Sie nahm ihre Brille ab. »Als Journalistin bin ich neugierig, wie du mich gefunden hast.«

»Das war einfach. Ich habe alte Ausgaben der *Naples Daily News* gegoogelt und nachgesehen, wer über die Lokalnachrichten berichtete, als Florence Salter verschwand.«

»Weißt du, ich habe über die Jahre gelernt, dass ein Reporter, zumindest die guten, wie ein Ermittler vorgeht.«

»Das stimmt. Wenn man die Wahrheit herausfinden will, muss man unter die Oberfläche graben.«

Sie lächelte. »Und du willst also, dass diese alte Schaufel dir hilft, etwas Schmutz beiseitezuschaffen?«

Ich mochte diese Dame und fragte mich, ob sie und Phils Vater sich verstehen würden. »Jede Information, die du über die Familie Salter teilen kannst, wäre hilfreich.«

»Nun, da gibt es eine Menge zu erzählen. Sie waren eine von mehreren Familien, die diesen Ort, den wir Paradies nennen, geformt und dabei Gewinne gemacht haben, die mancher als obszön bezeichnen würde. Nun, bei der *News* gab es einen unausgesprochenen Maulkorb, wenn es darum ging, über sie zu schreiben. Sie hatten Freunde in der Redaktionsleitung, und der Chefredakteur machte deutlich, dass die Art und Weise, wie sie die Entwicklung der Stadt beeinflussten, eine gute Sache war.«

»Du meinst, damit aus Naples kein zweites Miami wird?«

Ihre Perlenohrringe baumelten, als sie nickte. »Kein Reporter lässt sich gern vorschreiben, worüber oder über wen er schreiben soll, aber er hatte recht. Sie hatten eine Menge Macht, aber die wurde ausschließlich hinter den Kulissen ausgeübt, was viele von uns störte. Es schien, als würden die Bezirkskommissare Projekte einfach durchwinken, trotz der Einwände aus der Öffentlichkeit.«

»Glaubst du, dass es Schmiergeldzahlungen gab?«

»Ich habe ein wenig herumgeschnüffelt, konnte aber nie irgendeine Korruption aufdecken. Es war eher so, dass die Kommissare gute, anständige Leute aus der Gegend waren, aber das Wachstum ihre Fähigkeiten überstieg. Leute wie die Salters, die erfolgreich große Geschäftsimperien leiteten, wurden als Retter in der Not angesehen. Sie wussten, wie man die Dinge am Laufen hält, und das nahm dem Bezirksrat den Druck.«

»Glaubst du, es gab eine Absprache oder Vereinbarung zwischen Familien wie den Salters, um nicht nur das Wachstum, sondern auch die Gelegenheiten zum Geldverdienen hier zu kontrollieren?«

»Ich bin sicher, es gab so etwas – um sich den Kuchen zu teilen, den sie backten.«

»Glaubst du, die Zusammenarbeit erstreckte sich auch auf illegale Machenschaften?«

»Ich verstehe die Frage nicht ganz. Ihre Geschäftsinteressen schienen sauber zu sein.«

»Wie sah es mit dem Beseitigen eines Hindernisses aus?«

»Oh, das wird ja interessant. Ich hatte ganz vergessen, dass du Mordermittler bist. Ich habe nie Gerüchte über so etwas gehört.«

»Erzähl mir von der Sache mit Florence Salter. Soweit ich weiß, wurde sie des sexuellen Missbrauchs an einem Minderjährigen beschuldigt.«

»Wenn ich etwas einmal höre, habe ich gelernt, skeptisch zu sein und nach einer Bestätigung zu suchen, aber als der zweite Vorfall auftauchte, dachte ich, da muss etwas dran sein.«

»Und, war da was dran?«

»Leider schien es, dass die Anschuldigungen wahr sein könnten. Die Zeitung berichtete über die Anklage, und als sie fallen gelassen wurde, sorgte sie dafür, dass die Nachricht bekannt wurde, wie es sich, ehrlich gesagt, auch gehört. Wenn es eine Sache gibt, die die Nachrichtenmedien falsch machen,

dann ist es das Versäumnis, über einen Widerruf genauso
ausführlich zu berichten wie über die ursprüngliche Meldung.
Aber in diesem Fall schien die Anklage berechtigt zu sein.«

»Woran erinnerst du dich?«

»Die Salters waren und sind immer noch in der philanthro-
pischen Szene aktiv und hatten ein Jugendzentrum für die
unterprivilegierten Kinder draußen im Osten finanziert. Ein
kleiner Junge, ich glaube, er war zwölf oder dreizehn, sagte, er
habe eine sexuelle Begegnung mit Florence Salter gehabt. Als
das bekannt wurde, erfuhr die Mutter des Jungen davon, und
sie erstattete Anzeige.«

»Was lässt dich glauben, dass er es nicht erfunden hat?«

»Es kam ans Licht, als er anfing, seinen Freunden zu erzählen, was passiert war, und Kinder, nun ja, die reden eben. Ein
ehrenamtlicher Mitarbeiter erfuhr davon und konfrontierte
den Jungen, der dann seine Mutter einschaltete. Ein Reporter,
mit dem ich zusammengearbeitet habe, ein Kollege namens
Benny Goshen, der arme Kerl ist vor zehn Jahren gestorben,
hat mit ein paar der Kinder geredet und zwei weitere gefunden, die sagten, sie habe Oralsex an ihnen vollzogen.«

»Kinder sind doch oft unzuverlässig, oder?«

»Natürlich, aber Benny sagte, beide Jungen hätten ihm
denselben Ort genannt, an dem es angeblich passiert sei, und
auch die Daten und Uhrzeiten. Er hat das überprüft, und sie ist
zu diesen Zeiten dort gewesen. Und das Interessante war, dass
die Jungen nicht miteinander befreundet waren und zu unter-
schiedlichen Zeiten ins Zentrum kamen.«

»Warum wurde darüber nicht berichtet?«

»Benny ist zum Chefredakteur gegangen, aber der sagte, es
sei unbegründet, und die ursprüngliche Anschuldigung habe
sich als falsch erwiesen, und so weiter und so fort. Er sagte, er
solle abwarten, bis mehr Beweise auftauchten. Aber ein paar
Wochen später verschwand sie.«

»Was, glaubst du, ist mit ihr passiert?«

»Ich glaube, sie ist abgehauen. Sie war hier unten durch. Vielleicht wusste sie, dass weitere Anschuldigungen auftauchen würden und sie ins Gefängnis käme.«

»Glaubst du, ihre Familie hat ihr geholfen, zu verschwinden?«

»Ich bin mir sicher, dass sie das taten. Sie war eine Blamage für sie. Die Salters sind eine stolze Sippschaft und waren wahrscheinlich froh, sie loszuwerden.«

»Hat denn niemand versucht, herauszufinden, was mit ihr passiert ist?«

»Wir haben anfangs darüber berichtet, aber Tatsache war, dass es keine Spuren gab. Sie musste den Staat verlassen haben, und die Zeitung würde uns nicht dafür bezahlen, im ganzen Land nach ihr zu suchen. Wer weiß, wohin sie gegangen sein könnte? Sie könnte sogar die Staaten verlassen haben. Sie hatten genug Geld, um ihr eine neue Identität zu verschaffen und sie irgendwohin zu bringen.«

»Glaubst du, sie könnte irgendwo in einer Anstalt eingesperrt sein?«

»Unwahrscheinlich. Sie war eine kluge Frau. Ich kann mir nicht vorstellen, dass sie an einem solchen Ort bleiben würde. Es sei denn, sie haben sie irgendwie unter Drogen gesetzt.«

»Glaubst du, sie könnten ihren Tod arrangiert haben?«

»Ihre eigene Tochter umbringen? Ich weiß nicht, aber ich nehme an, es ist möglich. Solche Leute ändern sich nicht. Das ist eine Krankheit, wenn du mich fragst. Und wenn sie jetzt in Timbuktu ist, macht sie wahrscheinlich dasselbe und würde irgendwann erwischt und als das entlarvt werden, was sie ist.«

»Elby Salter war ihr Neffe und ungefähr im gleichen Alter wie der Junge, der die Anschuldigung gegen sie erhoben hat. Glaubst du, es ist möglich, dass er von seiner Tante missbraucht wurde?«

»Natürlich ist das möglich. Ich bin sicher, es gab genügend

Gelegenheiten für sie, das zu tun, und Elby muss sie als eine Autoritätsperson angesehen haben.«

»Genau das habe ich mir auch gedacht. Angenommen, es ist passiert, ist es möglich, dass Elby durch den Missbrauch einen Schaden davongetragen hat und selbst zu jemandem wurde, der sich an Kindern verging.«

»Und irgendwelche Eltern haben davon erfahren und ihn umgebracht.«

Roberts muss eine gute Reporterin gewesen sein; mit vierundachtzig wusste sie immer noch, wie man eine Geschichte zusammensetzt.

## 36

DIE RED SOX WAREN AUF DEM GANZEN FELD VERTEILT. EINE Gruppe wehrte Bodenbälle ab, andere dehnten sich im Outfield, und am Spielfeldrand warfen die Pitcher den Catchern Bälle zu. Weaver und ich waren die Einzigen in der Eigentümerloge. Sie war nicht so nobel, wie ich erwartet hatte, aber es war ja auch nur ein Trainingsgelände für die Saisonvorbereitung.

»Das ist ein schöner Ort, um ein Spiel zu sehen. Ich würde öfter kommen, wenn ich hier oben sitzen könnte.«

»Jederzeit, Detective. Sagen Sie mir einfach einen Tag vorher Bescheid, und ich kümmere mich darum. Bringen Sie ruhig Ihre Familie mit, wenn Sie wollen.«

»Danke. Das weiß ich zu schätzen. Ich komme vielleicht darauf zurück. Mein Partner verfolgt das Spiel mehr als ich.«

»Sagen Sie einfach Bescheid.«

»Danke, das werde ich.«

»Gut. Lassen Sie mich Sie etwas fragen. Es hat nichts mit Elby zu tun, aber es ist eine rechtliche Sache.«

»Klar, schießen Sie los.«

»Da gibt es diesen Kerl. Er ist ein Fan der Mannschaft, und ich bin mir ziemlich sicher, dass er mich stalkt.«

»Wie kommen Sie darauf?«

»Er taucht fast überall auf, wo ich hingehe. Ich bin mir zu neunundneunzig Prozent sicher, dass er mir nach dem Spiel am Dienstag nach Hause gefolgt ist.«

»Fühlen Sie sich dadurch bedroht?«

»So was ist mir schon ein paar Mal passiert, als ich noch gespielt habe, aber das waren meistens Kinder oder Frauen, die herumhingen. Diesmal ist es irgendwie unheimlich, weil wir gehässige Briefe bekommen haben, weil wir Blair nicht unter Vertrag nehmen.«

»Von einer Person?«

»Das glauben wir. Ich meine, es gibt viele Spinner, die über dies und das unglücklich sind, aber das hier scheint anders zu sein.«

»Droht er in den Briefen?«

»Nicht direkt.«

»Geben Sie mir ein Beispiel.«

»Er schreibt nur, dass, wenn wir Blair nicht unter Vertrag nehmen, er wisse, dass es meine Schuld sei. Und dass jeden Tag eine Menge Unfälle passieren und ich keinen Fehler machen solle, weil er nicht wolle, dass mir etwas zustößt. Es ist eine Art weitschweifiges Geschwafel darüber, dass die Sox Blair haben müssen und die Welt untergeht, wenn wir ihn nicht bekommen.«

»Das hört sich nicht gut an. Können Sie diese Person identifizieren?«

»Oh ja, er ist bei jedem Spiel dabei. Er hat eine Dauerkarte für das Frühjahrstraining. Der Kerl war schon hier, als ich noch gespielt habe.« Weaver lachte. »Entweder er arbeitet für Blair – vielleicht bekommt er einen Teil seines Vertrages ab – oder bei ihm ist eine Schraube locker.«

»Sobald wir fertig sind, rufe ich einen Kumpel von mir an,

Tim Winters. Er ist beim Sheriff's Office von Lee County. Wann ist das Spiel heute?«

»Ein Uhr.«

»Wenn dieser Spinner hierher kommt –«

»Oh, das wird er.«

»Dann will ich, dass Sie Winters anrufen, wenn er da ist. Sie müssen allerdings eine Anzeige wegen Stalking gegen ihn erstatten. Aber wir werden ihn festnehmen, ihn mitnehmen und sehen, ob wir ihm einen gehörigen Schrecken einjagen können. Sind Sie damit einverstanden?«

»Absolut. Aber ich will nicht, dass er im Stadion verhaftet wird.«

»Das würden sie nicht tun. Winters wird ihn sich nach dem Spiel schnappen. Er wird das diskret handhaben. Schreiben Sie sich seine Nummer auf.«

»Okay, ich weiß das wirklich zu schätzen. Was wollten Sie mich fragen?«

»Sie und Elby haben viel Zeit miteinander verbracht, richtig?«

»Meistens genau hier. Unsere Beziehung drehte sich um Baseball. Er hat die Sox wirklich geliebt, und wenn er noch hier wäre, würden wir in eine neue Spielstätte in Collier umziehen.«

»Warum ist der Deal für den Umzug geplatzt?«

»Elby trieb ihn voran. Es gab viel Widerstand von der Geschäftswelt und den Fans. Sobald er weg war, fiel alles in sich zusammen.«

»Warum? Wer hat den Stecker gezogen?«

»Die Salter-Familienstiftung hat, soweit ich weiß, alle oder die meisten von Elbys Anteilen übernommen, einschließlich des Grundstücks für das Stadion. Sie ist ausgestiegen.«

»Hat Chadwick die Entscheidung getroffen?«

»Das könnte ich ehrlich gesagt nicht sagen. Wir, das Team, haben versucht, es zu retten, aber am Ende haben wir entschieden, dass es sich einfach nicht lohnt, gegen sie und andere zu kämpfen, die wollten, dass wir hierbleiben. Und sehen Sie, dieser Ort ist doch gar nicht so schlecht, oder? Er ist verdammt viel neuer als Fenway.«

Einen Strom von Spielern zu beobachten, die in der Sonne am Rande des Spielfelds joggten, war in der Tat ein schöner Anblick.

»Lassen Sie mich Sie etwas Persönlicheres über Elby fragen. Haben Sie jemals gesehen, wie er einem jungen Mädchen Avancen gemacht hat?«

»Wie meinen Sie das?«

»Vor ein paar Jahren wurde eine Anzeige gegen ihn erstattet, in der ihm vorgeworfen wurde, Sex mit einer Minderjährigen gehabt zu haben.«

»Davon wusste ich, aber die Sache wurde fallen gelassen. Anscheinend war es nur irgendeine Ex-Freundin, die auf Geld aus war.«

»Nun, sie scheint es bekommen zu haben.«

»Wie bitte?«

»Es wurde eine Einigung mit der Mutter des Mädchens erzielt, das die Anschuldigung erhoben hatte. Sie hat eine Verschwiegenheitsvereinbarung unterzeichnet, im Austausch für etwas, was ein ordentlicher Batzen Geld gewesen sein muss.«

»Wollen Sie damit sagen, dass an dem Vorwurf etwas dran war und er sie bezahlt hat, damit sie schweigt?«

»Ich versuche, das Puzzle zusammenzusetzen. Es gab auch drei weitere Zivilklagen gegen ihn, die beigelegt wurden und deren Details vom Gericht unter Verschluss gehalten wurden.«

»Und Sie denken, es hatte mit etwas Abartigem zu tun?«

»Mein Job ist es, jeder Möglichkeit nachzugehen, und manchmal wird es eben hässlich.«

»Was, dass Elby ein Pädophiler war oder so was? Und er hat Leute bezahlt?«

»Ich kann es nicht mit Sicherheit sagen, aber die Möglichkeit besteht.«

»Aber warum mussten diese Frauen vor Gericht gehen?«

»Nicht sicher, aber es könnte so einfach gewesen sein, zu zeigen, dass es ihnen ernst war.«

Er legte die Hände auf den Kopf. »Das wirft mich jetzt total aus der Bahn. Ich weiß nicht, was ich von all dem halten soll.«

»Denken Sie über alles nach, was in diese Richtung geht. Irgendein Verhalten, das unangemessen erschien?«

»Das Einzige, was mir einfällt – und es war nicht unangemessen; es ist nur wegen dessen, was Sie sagen –, ist, dass Elby immer dafür gesorgt hat, hier zu sein, wenn sie Veranstaltungen für die Kinder der Spieler hatten.«

»Scheint rückblickend irgendetwas verdächtig?«

»Nichts, was mir im Moment einfällt.«

»Lassen Sie sich das durch den Kopf gehen und sagen Sie mir Bescheid, wenn Ihnen etwas einfällt.«

# 37

DERRICK NAHM DEN HÖRER AB, SPRACH EINEN MOMENT UND sagte dann: »Frank, hier ist eine Reporterin, Roberts, am Apparat.«

Hatte sie sich an etwas erinnert oder war ich für sie zu einer Alternative zu Bridge und Cocktails geworden?

»Hallo, Ms. Roberts. Wie geht es Ihnen?«

»Mir könnte es nicht besser gehen. Hören Sie, nachdem Sie gegangen waren, habe ich angefangen, über die ganze Sache nachzudenken. Damals war eine Menge los.«

»Die Anschuldigungen gegen Florence Salter?«

»Nein, nicht sie. Sie haben die Möglichkeit erwähnt, dass eine Gruppe der Macher zusammenarbeitete, um ihre Ziele zu erreichen. Das stimmt, aber ich meine, Sie hätten angedeutet, die Sache könnte eine düstere Wendung genommen haben.«

»Ich kann nicht viel sagen, aber man kann mit Sicherheit davon ausgehen, dass sie kein Scrabble spielen, wenn sie sich treffen.«

»Das sollten sie. Das hält mich fit. Mir dämmerte, dass es damals eigentlich keine konkurrierenden Visionen gab. Alle stellten sich hinter den jeweiligen Vorschlag, und das war's dann. Aber ich erinnerte mich, dass es da diesen Mann gab, Dennis Harding; er kam von der Ostküste und besaß ein paar Grundstücke am Gulf Shore Boulevard bei Venetian Village. Harding hatte das Land geerbt und war nach Naples gezogen, um es zu bebauen.«

»Harding? Der Name sagt mir gar nichts.«

»Das überrascht mich nicht. Sie sind noch Fahrrad gefahren, als er hier war. Harding beabsichtigte, eine Reihe von Wohnhochhäusern auf dem Land zu errichten.«

»Ich nehme an, das ist ihm gelungen. Ich fand es immer etwas seltsam, dass das so ziemlich der einzige Ort ist, an dem hohe Gebäude am Golf so dicht beieinanderstehen.«

»Das ist ihm gelungen, aber es gab einen ziemlichen Kampf. Es gab viel Widerstand gegen Hardings Plan, aber er hatte die Genehmigungen für das Projekt; sie hatten Bestandsschutz aus der Zeit, als das Land seinem Vater gehörte. Man zog mit ihm vor Gericht, aber er setzte sich durch. Er zog zurück nach West Palm, aber der Bau des ersten Turms begann.«

»Das ist interessant.«

»Und hier wird es interessant. Das Stahlgerüst für den ersten Turm stand bereits, und Harding kam zum Spatenstich für das zweite Gebäude. Nun kann es sein, dass meine Fantasie mit mir durchgeht, aber in dieser Nacht wurde er bei einem Autounfall auf der Alligator Alley getötet. Er prallte gegen etwas, das von einem Lastwagen gefallen war, verlor die Kontrolle über sein Auto und wurde tot aufgefunden.«

---

ICH LAG AUF DEM BODEN UND SPIELTE MIT JESSIE, ALS MARY Ann sagte: »Frank, dein Handy klingelt. Es ist Derrick.«

»Ich bin gleich wieder da, Süße.« Ich küsste ein pausbäckiges Bein und stand auf.

Ich nahm Mary Ann das Handy ab. »Behalt sie im Auge.«

»Was gibt's?«

»Rate mal, wer in den Staaten war.«

»Ich hab dich lieb, Bruder, aber ich würde lieber mit Jessie Spielchen spielen als mit dir. Wovon redest du?«

»Zwei der Typen aus dem Redoux-Verbrecherclan sind in die Staaten geflogen. Einer kam, nur vier Tage bevor Salter erschossen wurde, in Miami an, und ein anderer Typ ist neun Tage vor dem Mord in Atlanta gelandet.«

»Heilige Scheiße. Wir könnten da an was dran sein. Sind sie auch wieder ausgeflogen?«

»Keine Aufzeichnungen über ihre Ausreise. Sie könnten über die Grenze nach Mexiko oder Kanada abgehauen sein. Besonders bei der Ausreise gibt es nur begrenzte Kontrollen.«

»Hast du Bilder von den Männern?«

»Passfotos, aber die sind schon ein paar Jahre alt.«

»Fürs Erste ist das in Ordnung. Sieh mal nach, ob die französischen Behörden neuere Fotos von den beiden haben. Aber schick zuerst diese Bilder rüber zu dem Zeugen, der gesagt hat, er habe in jener Nacht etwas gesehen.«

»Ich habe ihn schon angerufen. Ich sitze im Auto und bin auf dem Weg zu ihm. Ich bin in ein paar Minuten da.«

»So wird's gemacht.«

»Willst du mitkommen? Ich kann dort warten.«

Das wollte ich, aber er schien die Sache im Griff zu haben. »Das ist deine Baustelle; sei nur vorsichtig. Ein Foto nach dem anderen. Gib ihm genug Zeit, darüber nachzudenken, und verrate ihm nicht, wer die Kerle sind.«

»Verstanden.«

»Ruf mich an, sobald du mit ihm fertig bist.«

»Okay. Warte mal, ich habe vergessen, dir zu sagen, dass Marie Redoux, nun ja, in Frankreich gewesen ist, als sie das gesagt hat.«

»Es könnte sein, dass sie es so geplant hat, um ein Alibi zu haben.«

»Ich konnte mir sowieso nicht vorstellen, dass sie den Mord begangen hat. Wenn sie eine Rolle gespielt hat, dann die, jemanden anzuheuern oder ein Familienmitglied dazu zu bringen.«

»Aber wenn es nicht um Geld ging, bräuchte sie etwas Überzeugendes, damit ihre Familie einspringt. Die Korsen mögen hart sein, aber sie sind keine Straßengang aus Chicago, die aus Spaß am Töten mordet.«

»Stimmt.«

»Warten wir erst mal ab, was dein Zeuge zu sagen hat. Viel Glück.«

Ich ging zurück ins Wohnzimmer und versuchte, die Wahrscheinlichkeit zu verarbeiten, dass Elby Salter von französischen Auftragsmördern getötet wurde. Mary Ann hielt Jessies beide Hände und half ihr bei ihren Gehversuchen.

Ich ging auf die Knie. »Sieh dich an, Jess. Du läufst ja.«

»Sie macht schon viel von allein.«

»Sie wird bald laufen können. Ich kann nicht glauben, wie groß sie wird.«

»Ich überlege, nächsten Monat wieder arbeiten zu gehen. Was meinst du?«

»Wir können das Geld gebrauchen, aber bei all dem hier habe ich Bedenken. Wem können wir zutrauen, auf sie aufzupassen?«

»Charlene hat gesagt, sie habe einen Dienstleister in Anspruch genommen, und die seien wunderbar gewesen.«

»Einen Dienstleister? Wir sollen unser Kind also bei einer völlig Fremden lassen? Das glaube ich nicht.«

»Das sind Profis, Frank. Sie haben Lebensläufe und Referenzen, die wir überprüfen können.«

»Hör zu, können wir dieses Gespräch nicht jetzt führen? Wir können es uns leisten, dass du noch ein paar Monate bei Jessie zu Hause bleibst.«

»Es geht nicht ums Geld, Frank.«

»Worum dann?«

»Ich werde langsam unruhig, wenn ich nur zu Hause bin. Das ist alles.«

Ich wollte sagen, dass wir die Plätze tauschen könnten, aber ich verstand, was sie meinte. Mary Ann war eine gute Ermittlerin und war es gewohnt, dass die Dinge wie ein Sommergewitter auf sie einstürzten.

»Wir werden einen Plan ausarbeiten, keine Sorge. Vielleicht könnten wir in zwei Monaten mit zwei Tagen pro Woche anfangen, um es für Jessie einfacher zu machen.«

»Ich habe viel darüber nachgedacht, Frank. Ich dachte mir, drei halbe Tage sind für den Anfang besser. Die Personalabteilung hat gesagt, dass sie das einrichten könne, und ich denke, das ist der beste Ansatz.«

Ich wollte mich über ihren Alleingang beschweren, aber die Idee gefiel mir. »Das ist eine gute Methode. Sie wäre nur für ein paar Stunden mit jemandem allein. Du wärst zurück, ehe du dich versiehst. Aber können wir nicht mit zwei Tagen anfangen?«

»Lass mich mal sehen, wie es in der nächsten Woche oder so mit ihr läuft.«

»Okay. Klingt gut.«

Ich sah auf mein Handy. Nichts. Warum hatte Derrick nicht angerufen? Er hatte gesagt, er wäre in wenigen Minuten da. War etwas passiert? Mit ihm? Ich wählte seine Nummer.

## 38

DERRICK WAR UNTEN AUF DEM SCHIEßSTAND UND ABSOLVIERTE sein obligatorisches Schießtraining. Während ich die letzten Tropfen Kaffee aus meinem Thermobecher sog, fragte ich mich, ob er irgendwo einen Dunkin'-Kaffee für mich hatte. Ich hoffte es. Ich hatte mich inzwischen lieber darauf verlassen als auf die Industrieplörre aus der Kantine.

Ich las gerade einen Artikel über die Deutung von Körpersprache, als mein Telefon klingelte.

»Luca, Mordkommission.«

»Hallo, Detective Luca. Hier ist Ron Weaver.«

»Wie geht es Ihnen, Ron?«

»Gut. Ich wollte Ihnen dafür danken, dass Sie den Detective aus Lee County eingeschaltet haben.«

»Tim Winters. Er ist ein guter Mann.«

»Tja, er hat diesen Kerl festgenommen, und es gab überhaupt keinen Aufruhr. Es ging eins, zwei, drei, und schon saß er hinten im Wagen.«

»Es freut mich, dass es für Sie geklappt hat.«

»Ich hatte mir Sorgen gemacht. Sie wissen schon, wie es aussehen würde, wenn ein Fan verhaftet wird. Aber ich glaube nicht, dass mehr als eine Handvoll Leute auf dem Parkplatz wussten, was da los war.«

»Das ist gut. Dieser Kerl wird Sie jetzt in Ruhe lassen. Wahrscheinlich brauchte er nur mal einen ordentlichen Schrecken.«

»Ich weiß, aber ich würde lieber keine Anzeige erstatten und eine große Sache daraus machen.«

»Sie können die Anzeige in etwa einer Woche zurückziehen. Lassen Sie ihn eine Weile schmoren.«

»Das ist eine gute Idee. Das werde ich tun.«

Derrick kam herein, ohne Kaffee.

Ich sagte: »Das ist gut, Ron. Ich muss jetzt weitermachen.«

»Okay, aber ich habe über das nachgedacht, was Sie über Elby und irgendetwas Seltsames gesagt haben.«

»Ist Ihnen etwas eingefallen?«

»Es ist wahrscheinlich nichts, und ich habe das Gefühl, dass ich seinen Ruf in den Dreck ziehe ...«

»Schon gut. Was auch immer Sie sagen, es bleibt unter uns. Worum geht es?«

»Nun, wir waren eines Tages bei einem Spiel, und er sagte, dass eine Frau wie die Tochter seiner Freundin Marie aussah. Dann meinte er, außer dass die Tochter für ein Kind ein Paar unglaubliche Hupen hatte.«

»Hat er sonst noch etwas gesagt?«

»Nein, das war es eigentlich.«

»Hat er regelmäßig solche Kommentare gemacht?«

»Nicht mehr oder weniger als die meisten Männer.«

»Die meisten Männer?«

»Ich hätte Sportler sagen sollen. Ich bin von vielen von ihnen umgeben, und nun ja, die können schon mal etwas derb werden.«

»Wirkte Elby aufgeregt, als er über Maries Tochter sprach?«

»Ich habe nicht sonderlich darauf geachtet, als er das sagte.«

»Gibt es sonst noch etwas, woran Sie sich erinnern?«

»Nein. Und ich muss sagen, wenn Sie das Thema nicht angesprochen hätten, hätte ich wahrscheinlich nicht einmal die Verbindung hergestellt.«

»Ich verstehe. Aber tun Sie mir einen Gefallen, ja?«

»Sicher, was brauchen Sie?«

»Wenn irgendein Idiot einen solchen Kommentar macht, lassen Sie so etwas nicht durchgehen. Sagen Sie etwas, oder stopfen Sie ihm eine verdammte Socke ins Maul.«

»Oh, ja, das werde ich auf jeden Fall. Einen schönen Tag noch.«

Ich knallte den Hörer auf.

»Was ist los?«

»Das war Weaver. Er sagte, Elby habe im Stadion irgendeinen Kommentar über Maries Kind gemacht.«

»Was hat er gesagt?«

»Irgendetwas darüber, dass das Mädchen große Brüste hätte.«

»Der Kerl ist ein verdammtes Schwein. Wahrscheinlich war er ein Perverser.«

»Ich weiß nicht, was ich davon halten soll. Diese Arschlöcher, die ständig ihre Mäuler aufreißen. Ich würde ihnen am liebsten die Faust in den Rachen rammen.«

»Es lohnt sich nicht, sich darüber aufzuregen. Entspann dich.«

Das sagte sich für ihn leicht. Er hatte keine Tochter, um die er sich sorgen musste. »Ich gehe mal pinkeln.«

Auf der Schüssel sitzend wurde mir klar, dass Emotionen nichts lösen würden. Was bedeutete die Information, die Weaver weitergegeben hatte, wirklich? War es möglich, dass Elby Salter bei Marie Redouxs Tochter eine Grenze überschritten hatte? Hatte er sie sexuell missbraucht? War dies eine Bestätigung dafür, dass er pädophil war?

Wenn an dieser Schlussfolgerung etwas Wahres dran war,

hatten wir unser Motiv. Es war nicht Marie, die als verschmähte Liebhaberin handelte, sondern als eine Mutter, die wild entschlossen war, die Schändung ihres Babys zu rächen. Es war eine starke, logische Reaktion, wenn es denn eine war.

Als mein Urin zu fließen begann, wurde mir klar, dass es für Marie, die aus einer Familie stammte, die mit Verbrechen vertraut war, einfach gewesen wäre, den Mord zu arrangieren. Sie musste nicht hinter den Kulissen bei zwielichtigen Gestalten nach jemandem suchen, der es nicht nur tun würde, sondern es auch richtig machen und die Klappe darüber halten würde. Sie konnte zu Leuten gehen, die sie kannte und denen sie vermutlich vertraute. Es war einfach und, offen gesagt, zu praktisch. Bekamen Familienmitglieder einen Rabatt auf Auftragsmorde?

Oder war es etwas gewesen, das außerhalb ihrer Kontrolle lag? Hatte die Nachricht von Elbys Verfehlung, falls es eine gab, ihre Familie erreicht, und hatten sie die Sache selbst in die Hand genommen? Vielleicht hatte Marie versucht, es zu verhindern, war aber an diesem verdrehten Ehrbegriff gescheitert, auf den sich Kriminelle gerne berufen, um ihr Verhalten zu erklären.

Als ich den Reißverschluss hochzog, fragte ich mich, warum der Zeuge keinen der Franzosen als den Mann identifiziert hatte, der in der Mordnacht bei Elby Salter war. Konnte sein Gedächtnis ihn im Stich gelassen haben? Augenzeugen waren problematisch – immer sicher, was sie gesehen hatten, bis sie es nicht mehr waren.

Wenn es Mitglieder einer französischen Verbrecherfamilie waren, die es getan hatten, hätten sie Verkleidungen tragen können. Laut Interpol waren sie erfahrene Auftragskiller, die es gewohnt waren, jede verfügbare Vorsichtsmaßnahme zu treffen, um nicht entdeckt zu werden.

Wo zum Teufel waren sie jetzt? Sobald jemand ins Land

kam, war es fast unmöglich, ihn aufzuspüren. Wenn sie herein-gekommen waren, den Anschlag auf Salter verübt und das Land wieder verlassen hatten, würden wir sie nie fangen.

Während ich meine Hände abtrocknete, stieg mir Galle in die Kehle. Ich erinnerte mich daran, was der Ausbilder im Detective-Lehrgang über das Fassen von Tätern gesagt hatte: Wenn jemand in eine Hunderte von Meilen entfernte Stadt fuhr, noch nie dort gewesen war oder dort jemanden kannte, ein Verbrechen beging und wieder verschwand, seien die Chancen, ihn zu fassen, gering.

In diesem Fall wussten wir vielleicht, wer es getan hatte, aber sie waren fünftausend Meilen entfernt, geschützt von einer ausländischen Regierung. Einen Fall gegen sie aufzu-bauen, wäre, als würde man in einem undichten Kajak um die Welt paddeln.

## 39

Der Mittagsverkehr auf der 41 in Richtung Norden kam so gut wie zum Stillstand, bis ich die Immokalee Road passiert hatte. Dann machte ich das Fenster einen Spalt auf und gab Gas. Ich konnte es kaum erwarten, zu hören, was sie zu sagen haben würde. Als ich auf den Parkplatz einbog, wusste ich, dass dies ein entscheidender Punkt in den Ermittlungen war.

Die Tische im Freien waren leer. Ich öffnete die Tür zum Auberge und überflog den quadratischen Gastraum mit meinen Blicken. An vier Zweiertischen und einem runden Tisch mit sechs Personen wurde gerade zu Mittag gegessen, aber von Marie war keine Spur.

Eine lächelnde Kellnerin hob einen Finger, während sie eine Flasche Weißwein zu einem Tisch trug. Sie steckte sie in einen Weinkühler und eilte herüber.

»Guten Tag. Für wie viele Personen heute?«

»Ich bin nicht zum Mittagessen hier. Ich muss mit Marie Redoux sprechen.«

»Oh, sie ist heute nicht da.«

»Ist sie krank?«

»Nein, sie sagte, ihr sei etwas dazwischengekommen.«

Ich würde ohnehin zu ihrem Haus fahren, fragte aber: »Ist sie morgen da?«

»Ich glaube nicht. Normalerweise habe ich morgen frei, aber sie hat mich gebeten, auf jeden Fall zu kommen.«

»Okay. Vielleicht sehe ich Sie morgen zum Mittagessen.«

»Kann ich ihr ausrichten, wer sie besuchen wollte?«

»Ich arbeite für einen Weinvertrieb, nichts Großes. Ich wollte sie nur etwas probieren lassen, von dem ich glaube, dass es ihr gefallen wird. Ich komme wieder, danke.«

Wo zum Teufel war sie? Was sie abgehauen, weil sie glaubte, dass wir ihr auf den Fersen waren? Vorsichtshalber rief ich Derrick an, um ihm mitzuteilen, dass ich auf dem Weg zu Maries Haus war. Ein Protokoll, an das ich mich normalerweise nicht hielt.

---

MARIE REDOUX WOHNTE IN ESPLANADE, EINER NEUEN Wohnanlage, in der jeder Hausbesitzer verpflichtet war, Mitglied im Golfclub zu werden. Ich fuhr am Golfplatz entlang, vorbei an einem Dutzend Tennisplätzen und bog ab, wobei ich den neuen Schrei für einen aktiven Lebensstil passierte: Pickleball-Plätze. Ich verstand nicht, wozu man Pickleball brauchte, aber andererseits verstand ich Golf ja auch nicht.

Es sah so aus, als hätten die Häuser auf beiden Seiten des Terrace Way einen Blick aufs Wasser. Ich versuchte, mich zu erinnern, in welcher Preisklasse sie lagen. Die Häuser waren groß. Mit Wasserblick mussten sie um die anderthalb Millionen kosten.

Marie wohnte etwa auf halber Strecke des Blocks in einem beigefarbenen, einstöckigen Haus. Ein Paar Königspalmen stand wie Wachposten auf beiden Seiten der Auffahrt. Auf der Straße war kein einziges Auto zu sehen. Ich ging die Auffahrt entlang auf eine sich wiegende Fuchsschwanzpalme zu, die die Tür verdeckte.

Ich fragte mich, was für eine Aussicht das Haus wohl hatte, und klingelte. Keine Antwort. Beim nächsten Klingeln klopfte ich ein paar Mal. Nichts. Vielleicht saß sie auf der Veranda. Meine Schuhe sanken in das nasse Gras, als ich an der Seite des Hauses entlangging.

Der nierenförmige Pool war von einem Screen umgeben. Ich ging auf das Wasser zu und blickte zurück. Niemand war im überdachten Teil der Veranda. Das Haus war leer.

Ich stieg wieder in den Cherokee und fuhr ins Büro, wobei ich mich fragte, wo Marie Redoux war.

---

»Hast du Marie erreicht?«

»Nein. Sie war auch nicht zu Hause.«

»Seltsam, aber es könnte legitime Gründe haben.«

»Deshalb ziehe ich keine voreiligen Schlüsse, obwohl ich in dieser Disziplin olympischer Goldmedaillengewinner bin.«

»Witzig.«

»Hör zu, ruf die Zoll- und Grenzschutzbehörde an. Wir müssen eine Fahndung nach diesen Franzosen rausgeben. Ich will, dass alle Augen nach den beiden suchen, besonders an der kanadischen Grenze.«

»Warum denkst du, dass sie eher nach Kanada als nach Mexiko gehen würden?«

»Millionen von Kanadiern sprechen Französisch, besonders in Quebec, wo es die Mehrheit spricht.«

»Oh ja, Lynn und ich sind in Montreal gewesen, und wir konnten nicht fassen, dass es dort oben die Hauptsprache war.«

»Zwischen Frankreich und Kanada gibt es eine lange

Geschichte. Ich befürchte, sie werden nicht überprüft, wenn sie die Grenze überqueren.«

»Ich kümmere mich darum.«

»Und ich will Aufnahmen von ihrer Einreise in Miami und Atlanta. Besorg das Video, das zeigt, wie sie jetzt aussehen, und zeig es dem Zeugen. Mal sehen, ob er einen von beiden identifizieren kann.«

»Daran bin ich schon dran. Ich habe die Anträge heute Morgen gestellt.«

»Gut.«

Derrick nahm sein Telefon in die Hand, während ich auf die Bilder der Männer starrte, die wir finden mussten. Jacques Redoux war sechsunddreißig, hatte einen kurz getrimmten Bart und welliges schwarzes Haar. Ob es gefärbt war? Er war Maries Cousin ersten Grades. Ich vermutete, dass er wahrscheinlich die Operation leitete. Er flog in Miami ein, während Pierre Bouchard am Flughafen von Atlanta ankam.

Bouchard hatte eine spitze Nase und eine kleine Narbe am Kinn. War das der Schütze? Er sah nicht wie der Mann auf der Phantomzeichnung aus, die der Polizeizeichner angefertigt hatte. Tatsächlich ähnelte keiner der beiden Männer der Zeichnung.

Wie jeder andere Bürger war ich über den Verlust der Privatsphäre besorgt, der durch die zunehmende Anzahl von Kameras verursacht wurde. Aber Mann, hätte ich jetzt gerne Videomaterial gehabt.

Das hier fühlte sich an wie in irgendeinem Hollywoodfilm – ausländische Killer schleichen sich ins Land, um eine Gräueltat zu rächen. Es würde Kinokarten verkaufen, aber war es, wie der meiste Müll, der aus der Branche kam, weit von der Realität entfernt?

Es beunruhigte mich, dass Marie nicht zur Arbeit erschienen war, nicht zu Hause und nicht telefonisch erreichbar war. Vielleicht war es ein Zufall, aber du weißt ja, was ich von Zufällen halte.

## 40

MARIE MELDETE SICH, ALS DERRICK UM 10:30 UHR IM Restaurant anrief und sich dafür entschuldigte, die falsche Nummer gewählt zu haben. Ich wartete am anderen Ende des Parkplatzes, und als er mir schrieb, dass sie da sei, eilte ich zur Tür der Auberge. Sie war verschlossen.

Ich klopfte wiederholt an die Tür und fragte mich, ob sie durch den Hinterausgang türmen würde. Schließlich erschien Marie mit einer Wanne voller Besteck. Sie runzelte die Stirn, als sie mich sah, stellte das Besteck auf einen Tisch und öffnete die Tür.

»Also waren *Sie* das gestern?«

»Woran haben Sie das erkannt?«

»Es gibt keine Weinhändler, die wie George Clooney aussehen.«

Es war kindisch, aber das Kompliment gefiel mir; es gab mir das Gefühl, dass ich es noch draufhatte. Oder bekam Clooneys Haar auch mehr Salz als Pfeffer?

»Es gibt einige Fragen, die Sie beantworten müssen.«

»Wirklich? Ich bin sehr beschäftigt, und was, wenn ich das lieber nicht möchte?«

»Dann lasse ich Sie zur Befragung ins Büro des Sheriffs bringen. Das sollte nicht länger als drei oder vier Stunden dauern, falls sie einen Raum frei haben.«

Ihre Augen verengten sich. »Was wollen Sie von mir?«

»Ehrliche Antworten.«

Sie verschränkte die Arme. »Ich bin ehrlich gewesen.«

»Ich bin nicht hier, um mit Ihnen zu diskutieren, Ma'am. Setzen wir uns?«

Sie trat zur Seite. »Ich habe ja keine Wahl. Wir haben eine große Gesellschaft zum Mittagessen gebucht. Machen Sie es kurz.«

Leere Restaurants hatten dieselbe Traurigkeit wie ein allein verbrachter Geburtstag. Eine Feier wartete darauf, stattzufinden, aber es gab keine Teilnehmer, um sie in Gang zu bringen. Ich holte mein Moleskine-Notizbuch heraus und ließ mich auf einem wackeligen Stuhl nieder.

»Soweit ich weiß, hatten Sie Besuch aus Frankreich.«

Ein Ausdruck huschte über ihr Gesicht. Was war es, Überraschung oder Verwirrung? »Besuch? Das verstehe ich nicht.«

»Ihr Cousin Jacques ist nach Miami geflogen.«

»Tatsächlich? Wann?«

»Nur ein paar Tage, bevor Elby Salter ermordet wurde.«

»Ich habe Ihnen bereits gesagt, dass ich in Frankreich war, als das passiert ist.«

»Ja, ich weiß. Wir haben das bei der Homeland Security überprüft.«

»Warum verhören Sie mich dann?«

»Ich glaube nicht, dass es ein Zufall ist, dass Ihr Onkel eine korsische Verbrecherfamilie leitet, die für Auftragsmorde bekannt ist, und dass zwei Mitglieder dieses Syndikats nur wenige Tage, bevor Elby Salter tot aufgefunden wurde, im sonnigen Florida ankamen. Das ist es, was mich beunruhigt.«

»Ich habe keine Ahnung von diesem Zufall, aber wer ist die andere Person? Sie sprachen von zwei Mitgliedern.«

Entweder war sie ehrlich oder sie spielte nur die Dumme, indem sie nach dem zweiten Mann fragte. »Pierre Bouchard.«

»Noch nie von ihm gehört.«

»Das mag sein, aber es ist nicht überraschend. Ich bin sicher, Sie wissen, dass Auftragsmorde mehrere Ebenen der Abstreitbarkeit benötigen, um wirksam zu sein.«

»Detective Luca, die mysteriöse Geschichte, die Sie hier spinnen, mag im Kino faszinierend sein, aber ich muss ein Restaurant leiten.«

»Hat Ihr Onkel Lucien ein paar seiner Handlanger geschickt, um Elby Salter zu töten?«

»Warum sollte er so etwas tun?«

»Weil Sie ihn darum gebeten haben.«

»So etwas habe ich nicht getan.«

»Oder er beschloss von sich aus, ein Unrecht wiedergutzumachen und die Familienehre zu schützen.«

»Und von welcher Ehre sprechen Sie?«

»Ihrer Tochter.«

Sie beugte sich vor. »Halten Sie meine Tochter aus Ihren Halluzinationen heraus. Sie hat mit all dem nichts zu tun.«

»Wissen Sie, was ich denke? Ich denke, Elby Salter hat bei Ihrer Tochter irgendwie eine Grenze überschritten. Ich sage nicht, dass sie etwas mit ihm zu tun hatte. Es war nicht ihre Schuld. Aber es gibt Anzeichen dafür, dass Elby Salter einen Fetisch für junge Mädchen hatte.«

»Sind Sie fertig? Denn ich habe nichts weiter zu sagen und muss das Mittagessen vorbereiten. Wenn Sie Beweise haben, um Ihre wilden Ideen zu untermauern, dann legen Sie sie vor. Andernfalls bitte ich Sie zu gehen.«

Sie stand auf, die Schultern zurückgezogen und die Lippen fest zusammengepresst.

»Danke für Ihre Zeit, Ms. Redoux.«

Auf der Fahrt zurück ins Büro spielte ich ihre Antworten immer wieder durch. War es ihr europäischer Hintergrund, der das Lesen ihrer Körpersprache erschwerte? Sie war ihrer Tochter gegenüber beschützerisch, aber wer war das nicht?

Ich brauchte mehr Beweise, etwas, das sie nicht leugnen konnte, vielleicht sogar etwas, das mir erlauben würde, mit der Tochter zu sprechen. Ich würde das Mädchen liebend gern befragen, aber ich wollte sie nichts durchmachen lassen, es sei denn, ich hätte hieb- und stichfeste Beweise, dass es dem Fall helfen würde.

AUF DEM WEG ZURÜCK INS BÜRO RIEF DERRICK AN.

»Frank, wie ist es mit Marie gelaufen?«

»Nichts Neues. Sie hat bestritten, von der Ankunft der französischen Ganoven hier gewusst zu haben. Sie hat sogar behauptet, sie habe keine Ahnung gehabt, dass ihr Cousin hier gewesen sei, da sie zu der Zeit in Frankreich gewesen sei.«

»Ein gutes Alibi, aber das ist für die Katz, wenn das hier eine Verschwörung ist.«

»Ich weiß, und was mich stört, ist, dass sie in Frankreich ist, um ihre Familie zu sehen. Wie stehen die Chancen, dass sie nicht weiß, dass ihr Cousin hier ist? Das wäre eines der ersten Dinge, worüber die Leute reden würden. Sie lebt in Florida, ein Cousin fliegt nach Miami, und das kommt nicht zur Sprache?«

»Das kaufe ich ihr auch nicht ab. Das musste sie wissen. Mir egal, ob es ein Cousin zweiten Grades ist. Lynn hatte eine Tante aus Irland zu Besuch, und diese Frau wollte wissen, ob wir ihren Cousin zweiten Grades kannten. Und der Kerl wohnte irgendwo in der Nähe von Chicago.«

»Sie hat auch sofort dichtgemacht, als ich ihre Tochter erwähnt habe. Sie wollte nicht über sie reden und hat mir gesagt, ich solle sie da raushalten.«

»Du hast nach dem Mädchen und Elby Salter gefragt?«

»Ja, ich habe es behutsam formuliert, aber sie ist trotzdem

ausgeflippt. Ich weiß nicht, ob da was dran ist oder nicht, aber ich muss es herausfinden.«

»Das werden wir. Hör zu, ich habe digitale Kopien der Videoaufnahmen von den Flughäfen Hartsfield und Miami. Ich habe meinen Laptop dabei und fahre jetzt zu dem Zeugen. Hoffen wir, dass er einen dieser Männer als den Kerl identifizieren kann, den er in der Nacht, in der Salter getötet wurde, gesehen hat. Wenn ja, sind wir auf dem richtigen Weg.«

Ich schätzte Derricks Gespür für Dringlichkeit. »Das wäre ein guter Start ins Wochenende.«

»Ich rufe dich an und gebe dir Bescheid. Wenn da nichts ist, sehen wir uns morgen. Das Spiel ist um eins. Ich komme so gegen halb zwölf bei dir vorbei, okay?«

»Perfekt. Sag mir Bescheid, was bei dem Video herauskommt.«

# 41

WIR BAHNTEN UNS DEN WEG DURCH EINE MENGE VON KINDERN und Senioren zu unseren Plätzen. Mehr als die Hälfte der Leute war in Red-Sox-Trikots und Baseballkappen gekleidet. Das Frühjahrstraining war zu einem festen Bestandteil für Überwinterer und Einheimische geworden.

Die Anziehungskraft lag nicht nur am Wetter: Das Geschehen war näher, die Spieler waren zugänglicher und die Tickets kosteten viel weniger als in der regulären Saison.

»Das sind super Plätze, Mann.«

»Ich wünschte, Weaver hätte uns in die Loge bringen können, aber John Henry, der Besitzer des Clubs, benutzt sie heute.«

»Wenn du mich fragst, sind diese hier besser; wir sind näher am Spielfeld.«

»Weaver sagte, diese Plätze seien für die Scouts der Organisation.«

»Nächstes Jahr sollten wir die Mädels zu einem Spiel mitnehmen.«

»Das ist eine gute Idee. Ich überlasse es dir, das zu organisieren.«

»Geht klar. Ich kann immer noch nicht fassen, dass die Sox Blair haben gehen lassen.«

»Haben sie das?«

»Ja, gestern Abend hat er bei den Yankees unterschrieben. Sie haben ihm einen Zehnjahresvertrag gegeben.«

»Ich frage mich, ob Weaver etwas damit zu tun hatte.«

»Hatte er. Er und Riley sagten, sie hätten einen Jungen in den unteren Ligen, auf den sie warten könnten, anstatt Blair einen langfristigen, teuren Vertrag zu geben.«

»Ich erinnere mich, dass er etwas über einen Spieler in den unteren Ligen gesagt hat, von dem er dachte, er wäre mitten in der Saison bereit.«

»Willst du ein Bier?«


DIE RED SOX MACHTEN KEINEN EINZIGEN PUNKT, UND DIE FANS skandierten im Chor den Namen Blair.

»Hörst du dir diese Typen an? Es ist erst das vierte Inning, um Himmels willen. Es ist noch massig Zeit.«

»Fans von Siegermannschaften haben nicht viel Geduld.«

»Du hast recht. Ich mag das Spiel, aber ich kann mir nicht vorstellen, eine Mannschaft anzufeuern, die ständig verliert.«

»Da kommt Weaver.«

Als er sich auf den Weg zu uns machte, brach ein Chor von Buhrufen aus.

»Hallo, Ron, das ist mein Partner, Derrick Dickson.«

Sie schüttelten sich die Hände und ich sagte: »Die nehmen das hier ernst, was?«

»Mann, Sie ahnen ja nicht die Hälfte. Die Kacke war am Dampfen, nachdem Blair bei New York unterschrieben hat.«

Ein Fan, ein Dutzend Reihen hinter uns, brüllte: »Sie sind eine Pfeife, Weaver. Suchen Sie sich einen anderen Job.« Ich nickte mit dem Kinn in Richtung des Randalierers, und Derrick ging los, um ihn zur Ruhe zu bringen.

»Entschuldigen Sie das alles. Wir haben leidenschaftliche Fans.«

»Warum gehen Sie nicht hoch in die Loge?«

»Sind Sie sicher?«

»Ja, danke für die Tickets. Sie sind super.«

Aus dem Augenwinkel bemerkte ich einen Mann, der die Treppe heraufstürmte. Als ich mich umdrehte, schleuderte er ein Bier auf Weaver, das eines seiner Hosenbeine durchnässte und etwas Schaum auf meinem Arm hinterließ. Die Röte in seinem Gesicht passte fast zu dem B auf seiner Mütze.

Er schrie: »Sie verdammter Idiot. Wir brauchen Blair, Sie Schwachkopf. Sie zerstören das Team!«

Unter seinem Boston-Windbreaker, der bis zum Nabel offen stand, trug er nichts. Ich trat zwischen sie und legte meine Handfläche auf seine feuchtkalte Brust, die er prompt wegschlug.

»Beruhigen Sie sich und mäßigen Sie Ihren Ton, Tiger. Hier sind Kinder.«

»Ich beruhige mich, wenn dieser Schwachkopf lernt, wie man ein gottverdammtes Team leitet.«

»Wenn Sie nicht Ihre Klappe halten und sich zusammenreißen, werden Sie rausgeworfen.«

»Klar, darum geht es diesem Team ja nur, scheiß auf die Fans, solange sie die Kohle scheffeln.«

Derrick stellte sich neben mich und sagte: »Das ist Ihre letzte Warnung.«

Er bohrte seinen Blick in Weaver, bevor er sich umdrehte. Ich fragte mich, was in den ausgebeulten Taschen seiner Cargoshorts war, als er zu seinem Platz zurückstolzierte.

Derrick sagte: »Was für ein Irrer.«

Ich flüsterte: »Ich glaube, er ist bewaffnet. Es sah so aus, als wäre da eine Beule an seiner rechten Hüfte.«

»Hoffentlich hat er einen Waffenschein.«

Bevor ich antworten konnte, sagte Weaver: »Das ist der Fan, den Ihr Freund verhaftet hat.«

»Wollen Sie mich auf den Arm nehmen? Der Kerl wurde vor einer Woche eingebuchtet, und er macht schon wieder eine Szene?«

»Die Blair-Sache muss ihn auf die Palme gebracht haben.«

»Mir ist egal, was passiert sein mag; dieser Typ gehört auf Medikamente oder weggesperrt.«

Derrick sagte: »Es ist ziemlich offensichtlich, dass er die Botschaft nicht verstanden hat. Er sollte hier rausgeschmissen werden.«

»Ich will keine Szene machen.«

»Es ist Ihre Entscheidung, aber wenn Sie es nicht tun, ermutigen Sie ihn und im Grunde auch all die anderen Verrückten, zu tun, was immer sie wollen.«

»Frank hat recht. Das können Sie nicht zulassen. Solche Spinner wie er werden die Familien vergraulen.«

Weaver senkte seine Stimme. »Ich bin hier in einer heiklen Situation. Die Leute von der Öffentlichkeitsarbeit sagten, wir müssen vorsichtig sein im Umgang mit unzufriedenen Fans. Sie sagten, das sei vor ein paar Jahren bei den Marlins nach hinten losgegangen, und ihre Zuschauerzahlen haben sich nie wieder erholt.«

Derrick sagte: »Ich erinnere mich daran. Sie sprachen sogar davon, das Team aus Florida wegzuholen.«

Weaver sagte: »Das stimmt. Sie verlieren immer noch haufenweise Geld. Es gibt das Gerücht, dass sie vielleicht verkauft werden.«

»Hören Sie, ich hab keine Ahnung von Marketing, aber ich will einfach nicht, dass jemand verletzt wird; das ist alles.«

»Ich auch nicht. Ich werde es mit den Leuten in der Loge besprechen und sehen, ob wir eine Mitteilung herausgeben können, die die Fans an die Verhaltensregeln des Clubs erinnert.«

»Gut. Wie heißt dieser Kerl?«

»Eugene Smick.«

Während das Spiel weiterlief, behielt ich Smick im Auge. Er tat nichts, außer wie verrückt zu jubeln, als die Sox sich zurückkämpften und das Spiel schließlich mit neun zu acht gewannen.

Ich wollte Weaver fragen, ob er sich noch an etwas über Elby Salter und Marie Redouxs Tochter erinnerte, und ging zur Loge des Besitzers, sobald das Spiel zu Ende war.

Weaver kam den Gang entlang und lächelte. »Gutes Spiel. Fanden Sie nicht auch?«

»Ich hätte nicht gedacht, dass die Sox zurückkommen. Vielleicht brauchen Sie Blair doch nicht.«

»Ich hoffe es; sonst kann ich mir einen neuen Job suchen.«

»Das wird schon gut gehen. Hören Sie, ich wollte nur noch mal nachhaken, ob Sie sich an irgendetwas mehr über Elby und Marie Redoux erinnern.«

»Wissen Sie, ich habe viel darüber nachgedacht, aber mir ist nichts eingefallen. Er mochte sie, ohne Zweifel, und ich glaube, er war verärgert, als sie mit ihm Schluss gemacht hat, aber-«

»Sie hat mit ihm Schluss gemacht?«

»Ja.«

»Sind Sie sicher?«

»Ja, da bin ich mir ziemlich sicher.«

---

DERRICK WARTETE AM HAUPTTOR AUF MICH. EINE HANDVOLL Nachzügler trieb sich herum, in der Hoffnung auf Autogramme.

»Weaver sagte, Marie hat mit Elby Schluss gemacht. Das ist nicht das, was sie uns erzählt hat.«

»Sie hat schon wieder gelogen.«

»Ich weiß, aber warum? Könnte sie ihn verlassen haben,

nachdem er ihrem Kind etwas angetan hat oder es versucht hat?«

»Logische Schlussfolgerung. Aber warum hat sie ihn aus Frankreich angerufen?«

»Könnte sie versucht haben, Geld von ihm zu erpressen?«

»Und er weigerte sich, mitzuspielen, und sie ließ ihn umbringen.«

»Genau.«

Derrick stieß mich mit dem Ellbogen an. »Da geht unser Freund.«

Eugene Smick ging auf einen weißen Lieferwagen zu, dessen Hecktüren mit Autoaufklebern übersät waren.

»Was für ein Typ. Er sollte sich ein Leben zulegen.«

## 42

WÄHREND ICH EIN PAAR HAMBURGER GRILLTE, BLICKTE ICH AUF und bewunderte den orange gestreiften Himmel. Die Sterne zu beobachten war auch etwas, was ich mir angewöhnt hatte. Ich müsste mir etwas Wissen über den Planeten aneignen, sonst würde Jessie denken, ihr Dad wüsste gar nichts, bevor sie überhaupt in die Pubertät kommt.

Mary Ann kam mit Jessie auf dem Arm durch die Schiebetür. »Wo ist die Fernbedienung?«

»Auf dem Tisch.«

»Das musst du sehen. In Paris gibt es Ausschreitungen.«

Der Fernseher erwachte zum Leben und zeigte Tausende von Demonstranten, die die Champs-Élysées entlangmarschierten. In der Nähe der teuersten Geschäfte der Welt wüteten Feuer.

»Oh mein Gott, sieh dir an, was die da machen. Wir waren doch gerade erst dort.«

»Widerlich. Was hat sie denn so aufgebracht?«

»Ich habe etwas von einer Erhöhung der Benzinsteuer gehört.«

»Was? Fünf Dollar pro Gallone sind nicht schon genug?«

»Schau, der Louis-Vuitton-Laden ist komplett mit Brettern vernagelt.«

»Die Polizei sollte Wasserwerfer einsetzen, um sie aufzuhalten.«

»Sieh dir all die Graffiti am Arc de Triomphe an.«

»Das sind Gräber, die sie da schänden.«

Das Video einer Reihe von Polizisten, die mit Schutz-schilden auf die Demonstranten zumarschierten, wurde von einem Journalisten unterbrochen, der einen maskierten Mann in einer gelben Weste interviewte. Rechts von ihm hatte sich eine Schar seiner Mitstreiter versammelt.

»Sieh dir das Schild an. Was steht da?«

»*Liberté*. Das ist Französisch und bedeutet Freiheit.«

»Heilige Scheiße!«

»Frank! Wann hörst du endlich auf, in Jessicas Gegenwart zu fluchen?«

»Sorry, sorry–«

»Hör auf mit den Sorrys. Willst du, dass ihre ersten Worte Schimpfwörter sind?«

»Ich verspreche es, okay? Es ist nur: Erinnerst du dich an die Leiche, die auf dem Boot am City Dock von Naples gefunden wurde?«

»Die ohne Identität?«

»Ja. Er hatte eine Tätowierung, von der ich dachte, sie sei Spanisch. Ist schon eine Weile her, aber sie könnte Französisch sein.«

---

WIR RASTEN DIE INTERSTATE 75 ENTLANG UND HATTEN GERADE Venedig passiert. In weniger als einer halben Stunde würden wir in Sarasota sein. Es war eine lange Fahrt, und obwohl es meinem Mantra, unsere Ressourcen gewissenhaft zu nutzen, widersprach, war ich froh, dass Derrick bei mir war. Ich sagte:

»Ich habe immer gedacht, der tote Kerl vom Boot war der Schütze. Nachdem er Salter getötet hatte, hat ihn jemand umgebracht, um sicherzugehen, dass er nie auspackt.«

»Ich auch. Deshalb war ich überrascht, dass er keiner von den Franzosen war.«

»Es könnte einen dritten Mann bei der Operation gegeben haben.«

»Das denke ich auch. Er könnte ein Einheimischer gewesen sein, den die Franzosen angeheuert hatten.«

»Oder jemand, den die Pokerrunde angeheuert hatte.«

»Ich weiß nicht, Frank.«

»Wie ist Elbys Wagen in die Hände einer Firma gelangt, die von Hamlet kontrolliert wird?«

»Ich hoffe, das finden wir heute heraus.«

Ein paar Container dienten Sunshine Scrap and Waste als Büros. Kleine Hügel aus Schrott und zerquetschten Autos waren auf dem mehrere Hektar großen Grundstück verstreut. Zwei gelbe, klauenartige Maschinen hoben Autos hoch, als wären es Müslischachteln, und ein Paar orangefarbener Schredder, die von einem Traktor beschickt wurden, spuckten kreischende Geräusche und Metallstreifen aus.

Wir betraten den Container. Er war genauso, wie man es auf einem Schrottplatz erwarten würde. Der Teppich war an einigen Stellen zerrissen, und auf den vier Schreibtischen türmten sich Papierkram und Autoteile. Eine resolute Frau mit Raucherstimme ging, um ihren Chef zu holen.

Zwei Männer schlängelten sich zu uns durch. Wir schüttelten die Hände des Platzleiters, Marty Vine, und des Anwalts der Firma, Louis Alispi.

Vine hatte Hände, die sich wie Schmirgelpapier anfühlten, und trug ein weißes Hemd, das ihm vor zwanzig Jahren vielleicht einmal gepasst hatte. Sein Anwalt war in einen blauen Anzug gekleidet und trug eine rote Krawatte. Er war nur halb so groß wie sein Mandant, bot aber nichtsdestotrotz Schutz.

Wir quetschten uns in Vines Büro, wo eine Klimaanlage an der Wand hing. Warum jemand Papierstreifen an deren Auslass geklebt hatte, war rätselhaft, da sie ein lautes Brummen von sich gab, wenn sie lief. Durch das Fenster wurde ein Auto im Griff einer Maschine auf einen Stapel gehoben.

Alispi setzte sich schräg gegenüber und drängte seinen Mandanten so hinter einen mit Papieren überhäuften Schreibtisch. Er sagte: »Ich verstehe, Sie interessieren sich für den Erwerb eines gewissen 2018er Ford Explorer durch Sunshine Scrap.«

»Für den, der Elby Salter gehört hat.«

»Die Unterlagen, die wir haben, deuten darauf hin, dass er am einundzwanzigsten Februar auf den Hof gebracht wurde.«

»Um welche Uhrzeit?«

»Wir erfassen die Uhrzeit nicht.«

»Wer hat den SUV hergebracht?«

»Ein Mann namens Dick Simon.«

»Welche Art von Ausweis verlangen Sie?«

»Das hier ist eine Kopie des Führerscheins, den er vorgelegt hat.«

Ich nahm das Blatt Papier. »Haben Sie schon mal mit diesem Kerl Geschäfte gemacht?«

Alispi blickte Vine an, der sagte: »Nicht, dass ich wüsste. Wir nehmen mindestens fünfzehnhundert Fahrzeuge pro Monat an, manchmal sechzehn- oder sogar siebzehnhundert.«

Derrick war besser in Mathe als ich und sagte: »Das sind über fünfzig Autos am Tag.«

»Wenn Sie das sagen. Ich weiß nur: Wenn wir sechzig oder mehr pro Tag schaffen, läuft es gut.«

Simon sah aus wie ein Marine – Bürstenhaarschnitt und ein kantiges Kinn. Er war zweiundsechzig Jahre alt und ein Meter fünfundsiebzig groß. Er würde keine Waffe brauchen, um jemanden wie Salter einzuschüchtern. Seine Adresse war mit 3.874 Deerfield Drive in North Sarasota angegeben.

Derrick sagte: »Wie viel haben Sie für den Wagen bezahlt?«

»Fünfhundertfünfzig.«

»Fünfhundertfünfzig Dollar? Warum sollte jemand ein relativ neues Auto für nur fünfhundertfünfzig Dollar verkaufen, wenn es dreißig- oder vierzigtausend wert ist?«

Alispi sagte: »Wir können nicht über die Beweggründe der Kunden der Firma spekulieren, aber es ist zweifelhaft, dass der von Ihnen genannte Wert korrekt ist.«

»Und warum sagen Sie das?«

Er schob eine Fotografie über den Schreibtisch. »Sehen Sie selbst. Wir haben das Digitalfoto, das davon gemacht wurde, ausgedruckt.«

Der weiße Lack war fleckig. Es sah aus, als sei eine Art Ätzmittel auf den SUV gesprüht worden. Das Dach hatte im hinteren Bereich eine große Delle und die Heckscheibe fehlte. Das Foto warf mehr Fragen auf, als es beantwortete.

Ich sagte: »Der Wagen kam in diesem Zustand auf den Hof?«

»Ja.«

»Und er wurde von Mr. Simon gefahren?«

»Ja, das glauben wir.«

»Glauben oder wissen?«

»Wir haben keinen Grund zu der Annahme, dass jemand anderes als Mr. Simon den Wagen gebracht hat.«

Ich studierte Simons Führerschein. Ich konnte mir kaum vorstellen, dass er nicht einen Abschleppwagen gerufen hätte, um ein solches Auto die rund zwanzig Meilen von seinem Zuhause in North Sarasota zu transportieren – es sei denn, da war etwas faul.

»Was haben Sie mit dem Wagen gemacht, nachdem er hier angekommen war?«

Vine sagte: »Nun, wir bauen die Teile aus, die wir verkaufen oder aus denen wir Edelmetalle gewinnen können, wie den Katalysator und die Platinen. So was eben.«

»Und dann?«

»Wir pressen sie.«

»Der Explorer war in einem Container, der für China bestimmt war. Wer hat das angeordnet?«

»Wir verschiffen eine Menge Schrott dorthin. Deren Arbeitskosten betragen ein Zehntel unserer, und sie können dort Dinge tun, für die wir dichtgemacht würden.«

»Gab es bei der Abwicklung dieses Wagens irgendetwas Außergewöhnliches?«

»Was meinen Sie damit?«

»Wurde er besonders behandelt? Wurde das beschleunigt?«

»Nicht, dass ich wüsste.«

»Haben Sie oder irgendjemand sonst irgendwelche Mitteilungen von außen bezüglich dieses Fahrzeugs erhalten?«

»Von außen? Das verstehe ich nicht.«

»Hat irgendjemand von der Geschäftsleitung oder der Holdinggesellschaft, der diese Anlage gehört, oder irgendjemand von der Familie Hamlet angerufen oder sich in irgendeiner Weise bezüglich des Empfangs, der Verarbeitung oder der Organisation des Versands des betreffenden Explorers gemeldet?«

»Ich hab mit niemandem über gar nichts gesprochen.«

Wir verließen den Ort und fuhren direkt nach North Sarasota. Ich konnte es kaum erwarten, Dick Simons Geschichte über Salters Wagen zu hören.

## 43

WIR BRAUCHTEN NUR FÜNFZEHN MINUTEN, UM NACH NEWTON Estates zu kommen, wo Simon wohnte. Seine Straße grenzte an einen Park, in dessen Mitte eine Bibliothek stand. Es war eine ruhige Mittelstandsgegend mit ordentlich gepflegten Häusern.

»Werd langsamer, Derrick, aber halt nicht an. Sein Haus sollte in der Mitte des Blocks sein.«

»Das ist es. Das grüne.«

Ein Mann kam an der Seite des Grundstücks entlang und schob einen Rasenmäher vor sich her. »Ist er das?«

»Jep, das sieht nach ihm aus.«

»Er trägt Kopfhörer. Halt nebenan.«

Derrick und ich näherten uns ihm mit etwa anderthalb Metern Abstand zueinander. Simons T-Shirt spannte sich über seine Brust- und Schultermuskeln. Der Kerl hatte den Körperfettanteil eines Besenstiels. Er hörte auf zu mähen, als wir seinen Rasen betraten, schaltete den Rasenmäher auf eine niedrige Drehzahl und zog seine Kopfhörer heraus.

Derrick sagte: »Mr. Simon? Dick Simon?«

Er trat vor. »Ja, der bin ich. Worum geht es?«

Wir zeigten unsere Dienstmarken. »Detectives Dickson und Luca vom Sheriff's Office in Collier County.«

»Collier County? Was wollen Sie?«

»Wir würden gerne mit Ihnen sprechen. Dürfen wir reinkommen?«

»Sicher.« Er schaltete den Mäher aus. »Kommen Sie mit.«

Das Haus war dunkel und kühl. Ein großes Aquarium leuchtete im Wohnzimmer. Ein Laib Brot lag auf der Küchentheke neben ein paar Dosen Thunfisch.

»Nehmen Sie Platz. Ich weiß nicht, wie ich Ihnen helfen kann.«

Wir saßen um einen Weidentisch mit Glasplatte.

»Soweit ich weiß, haben Sie vor Kurzem einen Ford Explorer an einen Schrottplatz namens Sunshine Scrap and Waste in Sarasota verkauft.«

»Ford Explorer?«

»Ja, einen weißen Ford Explorer, Baujahr 2018.«

»Da haben Sie den falschen Dick Simon erwischt.«

Ich faltete die Kopie seines Führerscheins auseinander. »Das sind doch Sie, oder?«

»Ja, aber das Auto, das ich verschrotten ließ, war der alte Gremlin meiner Frau. Er war von 1978 und die Reparaturen kosteten mich mehr, als er wert war.«

Derrick sagte: »Sind Sie sicher?«

»Natürlich bin ich mir sicher.« Er stand auf. »Warten Sie, ich hole die Papiere.«

Derrick erhob sich. »Moment, lassen Sie mich mitkommen.«

»Wie Sie wollen. Sie sind im Arbeitszimmer.«

Wir drei gingen einen Flur entlang in ein Arbeitszimmer, dessen Wände mit Landkarten bedeckt waren. Ich legte die Hand auf mein Holster, als Simon sich bückte und eine Schublade öffnete. Er holte eine grüne Pendaflex-Mappe hervor und legte sie auf den Schreibtisch.

»Hier. Hier ist sie. Die haben mir hundertfünfzig dafür gegeben.« Er hielt eine Quittung von Sunshine Scrap hoch.

Ich machte ein Foto mit meinem Handy und fragte: »Haben Sie die Zulassung dafür?«

Er kramte in der Mappe. »Bitte sehr.«

Simon schien glaubwürdig zu sein. »Kennen Sie Elby Salter?«

»Meinen Sie den reichen Kerl, der unten in Naples umgebracht wurde?«

»Ja.«

»Nein. Woher sollte ich ihn kennen?«

»Kennen Sie jemanden aus der Familie Hamlet?«

»Keine Ahnung. Ich mag nicht einmal Shakespeare.«

---

»Was zum Teufel ist hier los, Frank?«

»Ich versuche herauszufinden, was das zu bedeuten hat. Wenn Hamlet glaubt, er kann uns an der Nase herumführen, dann kann er was erleben.«

»Glaubst du, er dachte, wir würden jeden Mist schlucken, den sie uns auftischen?«

»Dafür sind sie zu vorsichtig. Deswegen hatten sie einen Anzugträger dabei, um sicherzustellen, dass es nicht eskaliert.«

»Vine wird sich in die Hose machen, wenn wir wieder auftauchen.«

»Lass uns das durchdenken. Wer auch immer Salter umgebracht hat, musste sein Auto loswerden. Anstatt es irgendwo stehen zu lassen, wo es gefunden werden würde, im Wissen, dass man DNA sicherstellen würde, ließen sie es verschrotten. Eine ziemlich gute Idee, nur dass das Auto ziemlich neu war.«

»Und wir haben das Video vom Geldautomaten gesehen; da hatte das Auto noch keinen Schaden.«

»Guter Punkt. Neben der Frage, wer das Auto hingebracht

hat, stellt sich die Frage, wer das Auto demoliert hat. Der Schrottplatz könnte es in Sekunden zerlegen. Aber das würde die Anzahl der Leute erhöhen, die an einer Verschwörung beteiligt wären.«

»Glaubst du, es besteht die Möglichkeit, dass Redoux und Hamlet zusammenarbeiten?«

»Wenn das der Fall ist, dann haben wir wirklich schon alles gesehen.«

---

Kurz bevor wir in die Einfahrt des Schrottplatzes einbogen, sagte ich zu Derrick, er solle die Sirene und das Blaulicht einschalten. Vine stand schon auf der Veranda des Wohnwagens, bevor wir aus dem Cherokee stiegen.

»Was ist los?«

»Sie haben uns angelogen.«

»Was? Ich habe Sie nicht angelogen.«

»Wollen Sie das hier draußen klären?«

»Nein, kommen Sie in mein Büro.«

Wir ließen uns auf denselben Stühlen nieder, aber diesmal lag seine kugelsichere Weste nicht neben ihm.

»Sie haben uns erzählt, Sie hätten das Auto von Dick Simon gekauft.«

»Ja, das ist richtig.«

»Nun, Mr. Simon hat Ihnen einen alten Gremlin verkauft, keinen Explorer.«

»Das ist unmöglich. In den Papieren stand, dass er von Dick Simon stammte.«

Ich hielt ihm mein Handy hin. »Ist das Ihre Quittung?«

»Sieht so aus. Ja.«

»An wen haben Sie laut Quittung gezahlt?«

»Richard Simon.«

»Wofür?«

Seine Schultern sackten in sich zusammen. »Äh, einen Achtundsiebziger-Gremlin ...«

»Wollen Sie erklären, was hier vor sich geht?«

»Ich, ich verstehe das nicht. Die Unterlagen müssen vertauscht worden sein. Warten Sie eine Minute.«

Er ging zur Tür. »Ellen! Kommen Sie rüber!«

Vine wies sie an, alle Akten durchzugehen, da einige Unterlagen vertauscht worden seien. Er blickte besorgt, aber nicht panisch drein.

»Das tut mir alles leid. Ich sage es nur ungern, aber wir sind hier nicht die Bestorganisierten.«

Derrick fragte: »Hat Ihnen jemand aufgetragen, die Papiere des Explorers zu verlieren?«

»Nein.«

»Es ist in Ordnung, wenn es so war. Sagen Sie es uns einfach. Sie werden keinen Ärger bekommen. Sie haben nur Befehle befolgt.«

»Nein. Niemand hat etwas zu mir gesagt.«

Ich sagte: »Beschützen Sie die Hamlets?«

»Nein, ich schwöre.«

»Sind Sie sicher? Wenn Sie es tun, werden wir es herausfinden, und dann werden Sie bis zum Hals in Schwierigkeiten stecken.«

»Ich sage Ihnen, die Unterlagen wurden nur verwechselt, das ist alles. Wir werden sie finden, früher oder später. Sie werden sehen.«

Derrick sagte: »Das sollten Sie besser hoffen. Und wenn Sie versuchen, die Dokumente zu fälschen, wird unser Labor das herausfinden, und Sie werden hinter Gitter geworfen.«

»So etwas würde ich niemals tun.«

Ich sagte: »Wir fahren zurück nach Collier, und ich möchte, dass Sie sich das überlegen. Vielleicht erinnern Sie sich daran, wie die Papiere vertauscht wurden. Wenn ja, lassen Sie es uns einfach wissen. Wir sind nicht an Ihnen interessiert.

Wir drücken ein Auge zu. Sie müssen sich keine Sorgen machen.«

»Ich weiß nicht, wie es passiert ist, aber sobald wir es herausgefunden haben, rufe ich Sie an.«

»Gut.« Ich zeigte aus dem Fenster. »Sagen Sie, wissen Sie, wie man so ein Ding bedient?«

»Sicher, ich habe gut zehn Jahre auf so einem gearbeitet.«

## 44

Ich sagte: »Wow, dieser Kaffee ist verdammt heiß.«

»Als du sagtest, dass du dich verspäten würdest, habe ich ihn in die Mikrowelle gestellt und mir einen Kaffee aus der Kantine geholt«, sagte Derrick.

»Wir hatten heute Morgen ein Vorstellungsgespräch mit einem Kindermädchen.«

»Und wie ist es gelaufen?«

»Es ist schwierig, Mann. Ich will sie ins Kreuzverhör nehmen wie eine Verdächtige, aber letzte Woche hat mich die Frau einfach abgewürgt und ist gegangen. Du kannst dir den Ärger vorstellen, den ich von Mary Ann bekommen habe.«

»Du musst dir sicher sein. Es geht schließlich um dein Kind.«

»Ich weiß. Ich wünschte, ich fände einen Weg, bei dem Mary Ann zu Hause bleiben könnte und ich etwas dazuverdienen könnte.«

»Warum wechselst du nicht nach oben, Frank? Du machst das schon so lange und würdest zwanzig Prozent mehr verdienen.«

»Das kann ich nicht. Management und politische Spielchen,

das bin nicht ich. Außerdem liebe ich es, Mörder zu jagen und an Fällen zu arbeiten.«

Derrick deutete auf die Tafel, die zwischen unseren Schreibtischen hing. »Selbst dann, wenn es sich anfühlt, als würden wir uns im Kreis drehen?«

»Es ist ohne Zweifel frustrierend, aber wir bleiben dran, und früher oder später kriegen wir den Bastard.«

»Dieser hier ist frustrierend.«

»Denk dran, einen Schritt zurückzutreten und alles noch mal durchzugehen. Dann lichtet sich der Nebel.«

»Also, wir haben die französische Spur ...«

»Fang früher an. Wir haben einen wohlhabenden, einflussreichen Mann, der getötet wurde, nachdem er dreitausend Dollar von einem Geldautomaten abgehoben hat. Wir wissen nicht, ob die Abhebung etwas bedeutet, aber ein Raubüberfall passt nicht zu der Art, wie er getötet und abgelegt wurde. Er war verheiratet und kinderlos. Er hat einen Bruder, einen möglichen Konkurrenten. Sein bester Freund, oder der, den er für seinen besten Freund hielt, ist ein ehemaliger Spieler und Funktionär bei den Red Sox, einem Team, das er liebte und nach Naples holen wollte.«

»Er war in eine ganze Reihe verschiedener Geschäfte verwickelt, und das mit zwielichtigen Partnern wie Friedman.«

»Kein Zweifel. Er trieb sich auch gern mit anderen Frauen herum, verheirateten Frauen. Er musste sich Feinde gemacht haben bei den Ehemännern der Frauen und bei Frauen wie Marie Redoux, die die Verbindungen hatte, um Salter zu töten. Dann gibt es da noch die Spur von Klagen und Gerüchten über seinen möglichen Fetisch für junge Mädchen.«

»Wenn das wahr ist, ist es wahrscheinlich das überzeugendste Motiv, das wir haben.«

»Wahrscheinlich, aber er war Teil einer Gruppe mächtiger Männer, die den halben Bundesstaat kontrollieren, von denen zufällig einer der Besitzer des Schrottplatzes ist, der veranlasst hat, dass sein Auto nach China verschifft wird, unter dem Vorwand, es sei Schrott. Ein Ort, der behauptet, die Papiere des Wagens seien verschwunden, und dessen Geschäftsführer weiß, wie man die Maschinen bedient, um es wie einen Haufen Mist aussehen zu lassen.«

»Und was ist mit diesen Treffen? Die ganze Poker-Maskerade ist doch nur ein Deckmantel.«

»Die Frage ist, wofür? Steht es im Zusammenhang mit Pädophilie? Hat er bei jemandem aus der Gruppe eine Grenze überschritten? Oder könnte es um einen schiefgelaufenen Geschäftsabschluss gehen?«

»Es sieht so aus, als hätten sie den Stadion-Deal rückgängig gemacht.«

»Das war Chadwick. Er hatte die Kontrolle über Elbys Vermögen.«

»Glaubst du, er war beteiligt?«

»Es ist komisch. Ich kann mir nicht vorstellen, dass er allein gehandelt hat. Vielleicht liegt es an dieser Familiensache. Aber als Teil irgendeiner Gruppe, mit irgendeinem dämlichen Kodex, kann ich es nicht ausschließen.«

»Das sind keine Straßengangster; sie sind gebildet. Ich kann mir das nicht vorstellen.«

»Hast du den IQ vergessen, den Dwyer, der Serienmörder, hatte? Ich werde Chadwick aufsuchen. Mal sehen, was er weiß.«

⸻

Obwohl ich Chadwick mehrmals getroffen hatte, hatte ich nie die Farbe der Wände im Inneren seiner Räume zu Gesicht bekommen, was nicht nur seltsam war, sondern mir auch Informationen vorenthielt. Jedes Mal, wenn man einem Verdächtigen oder Zeugen in seinem persönlichen Bereich begegnete, war das eine Gelegenheit, einen Blick durch ein Fenster in sein Leben zu werfen.

Es war wieder sein Büro, eine unpersönliche, sterile Umgebung. Es bestätigte die zurückhaltende Art, mit der die Familie Salter zu agieren schien, aber die einzige Information, die ich gewann, stammte von dem Bild in seinem Büro, dem Bild mit einigen der anderen sogenannten Pokerspieler. Es war eine handfeste Information, aber was bedeutete sie? War dies nur eine Gruppe von Geschäftsleuten, die zusammenarbeiteten, um sich die Taschen vollzumachen? Waren sie damit beschäftigt, Dinge zu manipulieren? Oder gab es eine bösartige Komponente in dieser einflussreichen Gruppe, vielleicht etwas so Widerliches wie Kinderpornografie?

Als ich durch die Tür von Southern Enterprises trat, erkannte ich sofort Chadwicks Stimme. Er klang wie der Sprecher einer Dokumentation. Er sprach gerade mit einem Kollegen und wandte sich mir zu, als ich eintrat. Er lächelte, beendete sein Gespräch mit seinem Kollegen und sagte: »Lassen Sie uns in mein Büro gehen.«

Er knipste das Licht an, und ich bemerkte, dass das Angelbild nicht mehr an seiner Wand hing. Was hatte das zu bedeuten?

»Wie geht es Ihnen, Detective?«

»Gut, danke.«

»Ich hoffe, wir können das in den nächsten zwanzig Minuten erledigen. Ich habe in einer Stunde einen Flug nach Orlando.«

Es musste ein Privatflugzeug sein, oder er log.

»Kein Problem. Zwei Dinge für heute. Ich habe noch ein paar Fragen, und ich wollte Ihnen einige Informationen über die Ermittlungen im Mordfall Ihres Bruders mitteilen.«

Er versteifte sich. »Okay, schießen Sie los.«

»Zunächst wollte ich Sie darüber informieren, dass wir Elbys Fahrzeug gefunden haben.«

»Oh. Ich schätze, das ist gut.«

Er wusste, dass wir es gefunden hatten. Sein Kumpel Hamlet hatte ihn wahrscheinlich angerufen, bevor wir wieder auf der Interstate waren.

»Elbys Explorer befand sich in einem Container, kurz davor, eine Reise nach China anzutreten.«

Er ließ einen Fingerknöchel knacken. »Interessant.«

Man erfuhr, dass wir den Wagen gefunden hatten, in dem der eigene Bruder ermordet worden war, und das war interessant?

»Was wirklich interessant ist, ist, dass die Firma, die an dem Versuch beteiligt war, das Fahrzeug zu verbergen, einem Freund von Ihnen gehört, Robert Hamlet.«

»Das überrascht mich nicht. Sie kontrollieren wahrscheinlich mehr als die Hälfte des Schrottmarktes im Bundesstaat.«

»Er ist zufällig auch in der Gruppe, die sich am Fünfzehnten trifft, nicht wahr?«

»Was wollen Sie damit andeuten, Detective?«

»Mr. Hamlet sagte mir, er sei gegen Elbys Bemühungen gewesen, die Red Sox nach Collier zu holen. Warum waren Sie und Hamlet gegen den Stadion-Deal?«

»Er brachte wenig wirtschaftlichen Nutzen, und in Verbindung mit einer größeren öffentlichen Aufmerksamkeit, als meine Familie sie gewohnt ist, war er unattraktiv.«

»Ihr Bruder war anderer Meinung.«

»Elby hing an dem Team wie ein Zehnjähriger und verschloss die Augen. Selbst als er Drohbriefe von Fans erhielt, verfolgte er es weiter.«

»Drohbriefe?«

»Das hat mir Annabelle erzählt.«

»Haben sie oder Elby Ihnen einen dieser Briefe sehen lassen?«

»Ja, Annabelle hat mir einen gezeigt. Er war sehr beunruhigend. Ich habe versucht, Elby zu sagen, er solle vorsichtig sein, aber er hat meine Bedenken beiseitegewischt.«

Annabelle hatte mir erzählt, dass Elby die Briefe vernichtet hatte. Hatte sie sich geirrt? »Erinnern Sie sich, was in dem Brief stand?«

»So etwas wie: Wenn er die Bemühungen, das Team umzu-siedeln, nicht einstelle, würde er es bereuen.«

»Glaubten Sie, die Drohung sei glaubwürdig?«

»Ich wusste nicht, was ich davon halten sollte, dachte aber, der klügere Weg sei, Vorsicht walten zu lassen.«

Es ertönte ein Piepton an seinem Schreibtischtelefon, gefolgt von einer Stimme über die Gegensprechanlage.

»Mr. Salter, entschuldigen Sie die Störung, aber Sie wollten wissen, wann Sue anruft.«

»Sagen Sie ihr, ich rufe sie zurück.«

»Sue? Ist das zufällig dieselbe Sue, mit der Ihr Bruder eine Affäre hatte?«

»Oh, nein. Das war Sue, Sue Mallory, sie ist eine, eine Desi-gnerin, mit der wir an einem Projekt arbeiten.«

»Ich bin daran interessiert, mit der Sue zu sprechen, die Ihr Bruder kannte. Wissen Sie, wo ich sie erreichen könnte?«

»Nicht genau, aber sie hat früher in diesem französischen Restaurant beim Imperial Golf Course gearbeitet.«

»Auberge?«

»Genau das.« Er lächelte. »Das war typisch Elby. Er war mit der Besitzerin zusammen, und eh man sich's versah, hatte er was mit einer der Angestellten.«

---

## 45

»Sieht so aus, als hätten wir Elbys Freundin Sue gefunden.«

»Willst du mich auf den Arm nehmen?«

»Nein, laut Chadwick, der ganz offensichtlich etwas verbarg, hat diese Sue in Marie Redoux' Bistro gearbeitet.«

»Wie zum Teufel hängt das alles zusammen? Wir müssen mit ihr reden. Soll ich im Restaurant anrufen und sie ausfindig machen?«

»Nein. Ich weiß nicht, wie das zusammenpasst, aber wir dürfen Marie nicht vorwarnen, dass wir von ihr wissen. Geh ins Landesportal und spür sie über die Beschäftigungsunterlagen auf.«

»Gute Idee.«

»Ich werde Annabelle anrufen. Chadwick hat gesagt, sie habe ihm einen der Drohbriefe gezeigt, die Elby bekommen hat. Aber zuerst will ich mir Hamlet vorknöpfen, weil er die Nachricht über Salters Explorer an Chadwick durchgesteckt hat.«

»Das hat er ihm erzählt?«

»Ich bin mir ziemlich sicher. Die Art, wie Chadwick reagiert hat, passte einfach nicht.«

»Wenn die unter einer Decke stecken, musst du damit rechnen.«

»Weißt du was? Du hast recht. Ich lasse ihn in Ruhe. Ich will, dass die beiden denken, wir schöpfen keinen Verdacht. Gib mir die Kontaktdaten von Sue.«

»Ich bin schon dran.«

Ich rief Annabelle an. Sie druckste herum, ob sie Chadwick tatsächlich einen der Briefe gezeigt hatte. Sie erinnerte sich zwar, ihm davon erzählt zu haben, konnte sich aber nicht entsinnen, ihm einen gezeigt zu haben. War denn jede einzelne Information in diesem Fall von einem Grauschleier umgeben?

---

DIE MYSTERIÖSE SUE WAR IN WIRKLICHKEIT SUZANNE LYNN Bellows. Laut ihrem Führerschein war sie fünfunddreißig Jahre alt und eins vierundsechzig groß. Verheiratet, wohnhaft in Meadow Brook Preserve, einem älteren Apartmentkomplex an der Old 41.

Bevor ich losfuhr, prüfte ich, für wie viel die Wohnungen dort vermietet wurden. Der mittlere Preis lag bei fünfzehnhundert im Monat. Elby hatte ihr kein Geld hinterlassen.

Ich klingelte. Sie spähte durch den Türspion und fragte, wer ich sei. Sie war allein. Sie fragte erneut, und ich wiederholte meinen Namen und hielt meine Dienstmarke hoch. Zwei Schlösser klickten auf und die Tür öffnete sich. Bellows hatte hohe Wangenknochen und kastanienbraune, asiatisch anmutende Augen. Ihre Sportkleidung schmiegte sich an ihre Figur, die an eine Yogalehrerin erinnerte.

»Was ist los?«

»Suzanne Bellows?«

»Ja.«

»Detective Luca, Collier County Sheriff's Office. Ich würde Ihnen gerne ein paar Fragen zu Elby Salter stellen.«

Ihre Miene verfinsterte sich. »Oh, kommen Sie herein.«

Die Wohnung war eine Mittelwohnung, nur mit Fenstern auf der Rückseite und einem einzigen Oberlicht über der Tür. Sie führte mich die anderthalb Meter zu einem kleinen Küchentisch. Wohin man auch blickte, gab es Blumenmuster und Pastelltöne. Bellows lebte allein.

»Wie ich höre, waren Sie und Elby Salter bis vor Kurzem ein Paar.«

»Ja, ich kann immer noch nicht glauben, was mit ihm passiert ist.«

»Wie haben Sie ihn kennengelernt?«

»Ich war Empfangsdame in einem Restaurant und habe ihn dort kennengelernt.«

»Im Auberge?«

»Genau.«

»Wann war das?«

»Vor ungefähr anderthalb Jahren.«

»Aber da war er doch mit Marie Redoux zusammen, oder nicht?«

Sie lächelte. Es war ein hübsches Lächeln. Wie die meisten Menschen schien Elby hübsche Lächeln zu mögen.

»Das war er, und es hat mich meinen Job gekostet.«

»Weil Sie ihrer Beziehung in die Quere gekommen sind?«

»Ich habe gar nichts getan. Elby hat ununterbrochen mit mir geflirtet, aber ich brauchte meinen Job und war verheiratet. Ich habe ihn abgewimmelt, aber Marie, sie hat mich gefeuert.«

»Sind Sie dann mit ihm ausgegangen?«

»Nein, ich war verheiratet. Das bin ich immer noch, aber wir sind seitdem getrennt, und jetzt ist es aus. Sehen Sie, mein Mann, er war Polizist in Lee County, und es muss Marie gewesen sein, die ihm erzählt hat, dass ich was mit Elby hatte.

Das war eine totale Lüge, aber Tony ist jähzornig. Es hat ihn letztendlich seinen Job gekostet, und er hat mir immer weiter Vorwürfe gemacht, und wir sind nicht mehr miteinander ausgekommen und haben uns getrennt.«

»Haben Sie da angefangen, sich mit Elby zu treffen?«

»Nein. Ich wollte nichts mit ihm zu tun haben, besonders nachdem ich es Tony gegenüber abgestritten hatte. Er wäre ausgerastet.«

»Wie hat es mit Elby angefangen?«

»Ich war mit Tony am Eröffnungstag des Frühjahrstrainings der Red Sox. Er ist ein großer Fan, und wir sind früher ständig hingegangen. Er hat kein Nein akzeptiert, also habe ich mich dort mit ihm getroffen. Jedenfalls bin ich dort zufällig Elby begegnet. Wir kamen ins Gespräch, und, wissen Sie, er hat mich um ein Date gebeten. Es war irgendwie komisch, denn ich habe ihn nur gesehen, weil wir, so ungefähr, zwanzig Reihen entfernt saßen und unter uns ein riesiger Tumult los war. Ich habe hingeschaut, um zu sehen, was da los war, und es war Elby. Irgendein Fan hat ihn angeschrien. Elby meinte, der Typ mache das ständig. Jedenfalls haben wir uns da wiedergetroffen und es ist gut gelaufen, aber dann ...«

»Sie sagten, Ihr Mann sei jähzornig. Wusste er, dass Sie mit Elby Salter ausgegangen sind?«

»Ja. Tony hat mich wie verrückt überwacht. Er hat mir vorgeworfen, ihn die ganze Zeit getroffen und angelogen zu haben.«

»Wie sehr hat ihn das aufgeregt?«

»Sehr, aber ich war schon seit gut sechs Monaten aus dem Haus.«

»Hat er Elby jemals bedroht?«

»Ich dachte, er würde uns folgen, aber Elby dachte, es wäre ein Fan der Red Sox.«

## 46

Es kam immer seltener vor, dass ich es vor Derrick ins Büro schaffte. Irgendetwas hielt mich ständig auf, aber heute war ich mit Mary Ann und Jessie früh aufgestanden. Ich musste mir den Ehemann von Sue Bellows vornehmen.

Derrick kam hereinspaziert. »Hey, Frank, danke für die Einladung gestern Abend. Lynn konnte gar nicht aufhören, von Jessica zu reden. Ich glaube, sobald wir verheiratet sind, versuchen wir, ein Baby zu bekommen.«

»Du hast nicht gelebt, bevor du ein Kind hast, aber lasst euch damit ein oder zwei Jahre Zeit. Ihr werdet die Zeit füreinander brauchen; weißt du, um euch erst mal als Paar einzuleben.«

»Meinst du? Wir wohnen schon fast anderthalb Jahre zusammen.«

»Vertrau mir da, Partner. Lasst euch Zeit. Ihr seid beide viel jünger als Mary Ann und ich. Überstürzt nichts; ihr wollt das ja richtig machen.«

»Danke. Das müssen wir dann wohl besprechen.«

»Gut. Hör zu, der Ehemann der mysteriösen Freundin Sue, Tony Bellows, ist ein echter Hauptgewinn. Ich habe heute

Morgen mit meinem Kumpel Tim Winters in Lee gesprochen. Er sagte, als Bellows bei der Truppe war, hatte die interne Ermittlung seine Nummer auf Kurzwahl.«

»Was hat er gemacht?«

»Eher: Was hat er nicht gemacht? Er hat dreimal übermäßige Gewalt angewendet, das letzte Mal bei einer sechzigjährigen Frau, die er wegen zu schnellen Fahrens angehalten hat. Bellows hat ihr den Arm gebrochen.«

»Solche Typen wie er machen es für uns alle kaputt.«

»Amen. Ich weiß nicht, wie die überhaupt zur Polizei kommen. Ich fahre mal rüber und besuche ihn. Willst du mitkommen?«

»Ich kann nicht. Ich muss auf einen Anruf von der Homeland Security warten. Sieht so aus, als hätten sie vielleicht etwas zu unseren französischen Freunden.«

»Haben sie versucht, das Land zu verlassen?«

»Nicht versucht; einer von ihnen könnte nach Kanada durchgeschlüpft sein. Sie gehen einen Haufen Videos durch, und ich werde an einer Videokonferenz teilnehmen.«

»Keiner versteht, wie einfach es ist, die Grenze zu überqueren: Tausende von Meilen und Hunderttausende von Menschen jeden einzelnen Tag.«

»Wenn wir Gesichtserkennungssysteme einsetzen, wird es viel einfacher.«

»Die Datenschutzbedenken sollten das nicht zum Scheitern bringen. Jeder muss seinen Pass vorzeigen, in dem sein Foto ist. Ich hau ab; wir sehen uns später.«

---

TONY BELLOWS HÄTTE VON DEM GROLL, DEN ER MIT SICH herumtrug, eigentlich Schlagseite haben müssen. Er war schon geladen, bevor ich ihm sagte, warum ich da war.

Bellows war höchstens einen Meter vierundsechzig groß.

Warum nur hatten kleiner gebaute Männer das Bedürfnis, zu beweisen, wie hart sie waren? Er färbte sich die Haare schwarz, ein weiteres Zeichen seiner Unsicherheit.

Seine Wohnung war doppelt so groß wie die seiner Frau, hatte aber weniger Möbel als ein Wohnheimzimmer. Was sie jedoch hatte, waren eine Decke der Boston Red Sox auf der Couch und eine Sammlung von Boston-Baseballkappen, die sich über zwei Regale verteilten. Ich folgte ihm in die Küche.

»Setzen Sie sich, wo Sie wollen.«

Ich zog einen Küchenstuhl hervor, und Bellows trat mit dem Fuß einen Stuhl nach hinten und setzte sich. Mit einem Ellbogen auf einer Armlehne gestützt, hatte er eine schlanke Statur, um die ihn ein Siebzehnjähriger aus Brooklyn beneidet hätte.

»Ich habe gehört, Sie waren beim Lee County Sheriff's Office.«

»Das ist richtig. Sechs Jahre im Dienst, und sie haben mich wie einen Hund auf die Straße gesetzt wegen irgendeiner Schlampe, die sich der Verhaftung widersetzt hat.«

Vor fünfzehn Jahren hätte ich mich auf ein Wortgefecht mit diesem Idioten eingelassen, aber das war es nicht wert. »Was machen Sie jetzt?«

»Nicht viel. Ich helfe einem Freund hier und da aus. Ich warte darauf, wie die Klage ausgeht, die ich gegen das Department eingereicht habe.«

»Wie ich schon sagte: Ich ermittle im Mordfall Elby Salter. Soweit ich weiß, hat Ihre Frau kurz vor seinem Tod eine Beziehung mit Mr. Salter begonnen. Was wissen Sie darüber?«

»Ist es das, was sie Ihnen erzählt hat? Sie hat mich mit ihm betrogen, als sie in diesem französischen Laden gearbeitet hat. Da hat sie mit ihm angefangen.«

»War es eine durchgehende Beziehung?«

»Warum fragen Sie mich das? Fragen Sie sie. Sie ist diejenige, die mit ihm geschlafen hat.«

»Ich versuche, die Sache von allen Seiten zu beleuchten.«

»Da gibt es verdammt noch mal keinen anderen Blickwinkel. Sie war mit mir verheiratet, aber dabei, irgendeinem reichen Kerl einen zu bl-«

»Moment mal. Bleiben wir sachlich, sonst können wir das auch aufs Revier verlegen.«

Bellows' Ohren schienen sich anzulegen. Er stützte sich auf den anderen Ellbogen.

»Wir haben einen Zeugen, der sagte, dass Sie Elby Salter in den Wochen vor seinem Tod gestalkt haben. Ist das wahr?«

Er brauchte zu lange, um zu antworten. Bellows war ein Cop und wusste etwas über Vernehmungen. Er wog seine Antwort ab, weil er wusste, dass ich ihm auf den Fersen sein würde, wenn er sich in Lügen verstricken würde.

»So war das überhaupt nicht.«

»Dann sagen Sie mir, wie es war.«

»Ich war stinksauer, Mann. Wie zum Teufel würden Sie sich fühlen? Plötzlich sind wir doch nicht wieder zusammengekommen, und sie hat gesagt, sie will die Scheidung. Ich habe versucht herauszufinden, was sich geändert hat. Wir hatten an unserer Beziehung gearbeitet, waren sogar bei einem Eheberater. Was für ein Schwachsinn das war. Dann hat sie einfach gesagt, es ist vorbei. Also bin ich ihr nachgefahren, um zu sehen, was los war. Das war alles.«

»Und Sie sind ihr gefolgt, als sie mit Elby zusammen war?«

»Aber das war nur einmal, vielleicht zweimal.«

»Wo waren Sie in der Nacht des zwanzigsten Februar?«

»Ach, kommen Sie, Mann. Das ist doch nicht Ihr Ernst. Ich bin Polizeibeamter.«

»Es spielt keine Rolle, was Sie waren. Sagen Sie mir Ihren Aufenthaltsort in dieser Nacht.«

»Ich weiß nicht. Ich war wahrscheinlich zu Hause.«

»Als ehemaliger Beamter wissen Sie, dass ein *wahrscheinlich* nicht ausreichen wird. Wenn Sie mich loswerden wollen, geben Sie mir ein Alibi.«

»So weit zurück kann ich mich nicht erinnern.«

»Wären Sie bereit, freiwillig eine DNA-Probe abzugeben?«

»Sind Sie verrückt? Die würden mir sofort etwas anhängen.«

»Glauben Sie wirklich, wir würden Ihnen etwas anhängen, was Sie nicht getan haben?«

»Vielleicht Sie nicht, aber die Cops von Lee County? Oh ja? Vergessen Sie, dass ich sie verklage? Die würden mir irgendetwas anhängen, nur damit sie mich nicht bezahlen müssen.«

Ich konnte seiner Logik nicht folgen, aber ich verstand, wie er zu diesem Glauben kam.

»Kann ich die Toilette benutzen?«

»Oh, nein, Mann. Diesen Trick ziehen Sie bei mir nicht ab.«

Er konnte mir heute die Chance verwehren, an seine DNA zu kommen, aber wir würden sie bekommen. Vielleicht gab es welche in einer alten Fallakte. Wenn nicht, würde ich sie mir irgendwie besorgen.

Ich verließ ihn und schickte Derrick eine SMS mit der Bitte, dem Zeugen ein Foto von Bellows' Führerschein zukommen zu lassen.

## 47

Ich war noch nie so oft in einem Baseballstadion oder einer anderen Sportarena gewesen wie im JetBlue Park in der Zeit, in der wir versuchten, Salters Mord aufzuklären. Ron Weaver hatte für mich ein Treffen mit ein paar Leuten arrangiert, die im direkten Kontakt mit den Fans arbeiteten. Ich hatte ein Foto von Tony Bellows dabei, das ich ihnen zeigen wollte.

Der Sache musste nachgegangen werden. Die Verbindung zu den Boston Red Sox tauchte zu oft auf, um sie zu ignorieren. Der Parkplatz füllte sich, obwohl es noch mehr als zwei Stunden bis zum Spiel waren.

Ein Vater hielt zwei blonde Mädchen an der Hand, die aussahen, als wären sie zwischen sechs und zehn Jahre alt. Die Kleinere hüpfte umher, als wäre sie auf dem Weg nach Disney World. Ich konnte es kaum erwarten, solche Dinge mit Jessie zu unternehmen.

Über mir hörte ich ein seltsames Motorengeräusch. Ein gelber Doppeldecker, der ein Geico-Banner hinter sich her zog, zog seine Bahnen über dem Stadion. Aus dem Augen-

winkel sah ich einen weißen Lieferwagen. War das der Lieferwagen dieses verrückten Fans?

Ich musste mir das ansehen und schlängelte mich um zwei
Fangruppen herum zu dem Wagen. Es war ein älteres Modell,
irgendwas aus den späten Neunzigern. Auf der Antenne
steckte ein Baseball. Auf einem Seitenfenster war ein Paar rote
Socken gemalt, daneben stand »Weltmeister 2018«. Entweder
war die Frau dieses Kerls genauso großer Fan wie er, oder er
war nicht verheiratet.

Ich umrundete den Lieferwagen und starrte auf eine
Collage von Autoaufklebern. Mehr als die Hälfte waren Varia-
tionen zum Thema, das Team in Fort Myers zu halten:

*Finger weg von unserem Team*

*Umzug bedeutet Niederlage*

*Kämpft gegen den Umzug*

*Umziehen heißt Verlieren*

Ich stellte mich auf die Zehenspitzen. Durch die getönten
Heckscheiben konnte ich nicht erkennen, was auf dem Boden
lag. Stark getönte Scheiben waren in vielen Staaten verboten,
da sie die Gefahr für Polizisten erhöhten, die eine Situation
nicht einschätzen konnten. Aber angesichts des reichlichen
Sonnenscheins in Florida und der damit einhergehenden Hitze
und Abnutzung waren sie erlaubt.

Etwas auf dem Boden sah aus wie ein kleines Tier, vielleicht
ein Hund. Ich klopfte an die Tür, aber was auch immer es war,
es rührte sich nicht. War es tot? Oder hatte ich mich getäuscht?
Während ich angestrengt versuchte, mich an den Namen des
Besitzers zu erinnern, machte ich ein Foto vom
Nummernschild.

Ich tippte Derrick eine SMS und stieß kurz darauf direkt
hinter dem Eingang beinahe mit einem T-Shirt-Verkäufer
zusammen. Es schien, als ob mehr als die Hälfte der Menge
Fotos mit ihren Handys machte. »Fotografieren alles, aber
sehen nichts«, dachte ich. Dann fiel mir ein, dass ich selbst

gerade noch herumgelaufen war und mit meinem Handy gespielt hatte, genau wie die Leute, die ich kritisierte.

Ich bahnte mir meinen Weg zur Zwischenebene, wo sich die Büros der Red Sox befanden. Der Arbeitsbereich des Clubs war kleiner, als ich erwartet hatte. Eine fröhliche Frau in einem Chris-Sale-Baseballshirt begrüßte mich.

»Sie müssen Detective Luca sein. Ich bin Cathy Burns, die Leiterin des Fanservice.«

»Nett, Sie kennenzulernen, Ma'am.«

»Willkommen im JetBlue-Stadion. Sind Sie zum ersten Mal bei uns?«

»Nein, ich war schon einmal hier. Genau genommen waren mein Partner und ich beim Spiel gegen die Yankees hier.«

»Großartig.«

»Wissen Sie, ich dachte, es würden mehr Leute für das Team arbeiten.«

»Das tun sie auch, aber die meisten sind oben in Boston. Mr. Weaver meinte, Sie wollten über Fan-Feedback sprechen.«

Feedback? Ist das der heutige Jargon dafür, dass Fans ihre Meinungen auskotzen?

»Mir ist klar, dass wir in einer Zeit leben, in der viele Leute das Bedürfnis haben, den Red Sox zu sagen, wie sie ihre Arbeit machen sollen. Fans beschweren sich gerne. Das machen sie schon seit den Olympischen Spielen in der Antike. Sich Luft zu machen ist in Ordnung, solange es nicht eskaliert.«

»Wir haben eine leidenschaftliche Fangemeinde, die sich gerne ausdrückt.«

»Ich hätte da ein paar Fragen zu dem, womit Sie sich so befassen.«

»Sicher, ich helfe Ihnen gerne, wo ich kann.«

»Was mich interessiert, sind Briefe, Anrufe oder Personen, die ungewöhnlich sind oder in exzessivem Maße wiederholt auftreten.«

»Wir haben unsere Stammkunden. Aber wir vergleichen

das mit Leuten, die einen Leserbrief nach dem anderen an den Herausgeber einer Zeitung schreiben.«

»Macht einer der Stammkunden irgendetwas, was eine vernünftige Person als übertrieben oder als Grenzüberschreitung empfinden würde?«

»Die meisten Fan-Interaktionen richten sich an die Spieler, und es hält sich die Waage zwischen denen, die sagen, wir sollten diesen Spieler holen, und denen, die jenen loswerden wollen. Und es gibt eine Menge Beschwerden über die Höhe mancher Verträge, besonders wenn ein Spieler unterdurchschnittliche Leistungen erbringt.«

Die Mehrheit der Fans waren normale Leute, die Unterhaltung suchten. Es ergab Sinn, dass sie sich über die Millionen von Dollar aufregten, die den Leuten zugeworfen wurden, die beruflich ein Spiel spielten.

»Ich verstehe, dass der Verlust von Blair an die Yanks ein wunder Punkt war.«

»Er ist fast ein Jahrzehnt lang ein Liebling der Fans gewesen und hat eine Beziehung zu ihnen aufgebaut. Es war eine Geschäftsentscheidung, und ich wünschte, ich könnte ihnen das einfach so sagen, aber wir müssen vorsichtig sein, wie wir die geschäftliche Seite der Dinge mit den Fans kommunizieren.«

Sie war wie eine Mutter, die ein unartiges Kind beschützte. »Ist Ihnen der Name Tony Bellows ein Begriff?«

»Ja, woher wussten Sie das?«

Ich brauchte sein Foto nicht zu zeigen. »Wir sind über seinen Namen gestolpert. Hat er irgendetwas getan, das bei Ihnen die Alarmglocken schrillen ließ?«

»Er war wütend, wie viele Fans, wegen Blair und des Geredes, das Team nach Collier County zu verlegen. Sie müssen verstehen, dass die Mehrheit unserer Fans Traditionalisten sind. Die Red Sox spielen schließlich im Fenway. Das ist das älteste Stadion des Landes. Wir haben hier unten sogar eine manuelle Anzeigetafel eingebaut, genau wie die im Fenway.«

»Hat er irgendetwas getan, das Ihnen Anlass zur Sorge gab?«

»Er schrieb jeden Tag E-Mails, und einmal kam er hier hoch und schrie, er wolle Mr. Henry sehen – ihm gehört der Club.«

»Was ist passiert?«

»Mr. Henry war nicht da. Wir sagten ihm das, aber er wollte nicht gehen, und wir mussten ihn von der Security hinausbegleiten lassen.«

»Ist er handgreiflich geworden?«

»Er hat sich gewehrt. Als der Wachmann versuchte, seinen Arm zu packen, stieß er ihn gegen eine Wand. Ich habe versucht, mit ihm zu reden, aber am Ende brauchten sie drei Wachleute, um ihn abzuführen, aber das war alles.«

Bellows schoss an die Spitze der Verdächtigenliste. »Kann hier jeder einfach so hochkommen?«

»Nicht mehr. Nach diesem Vorfall sperren wir den Korridor ab.«

»Entschuldigen Sie mich eine Sekunde.« Eine SMS von Derrick war angekommen. Der Name des Besitzers des Lieferwagens, den ich vergessen hatte, war Eugene Smick.

»Als mein Partner und ich beim Spiel gegen die Yankees waren, hatte ein Fan eine Auseinandersetzung mit Ron Weaver. Dieser Mann fluchte und bewarf ihn sogar mit etwas Bier.«

»Wirklich? Mr. Weaver hat nichts davon gesagt.«

»Der Mann heißt Eugene Smick.«

»Ach, Eugene ist ein bisschen emotional. Die meisten Leute halten ihn für einen Spinner, aber er ist ein netter Kerl. Wissen Sie, letztes Jahr sprang mein Auto mal nicht an, und er sah mich auf dem Parkplatz und kam rüber. Ich wusste es nicht, aber zum Glück arbeitet er bei einer Werkstatt namens

Bobby's Auto Service, und er konnte mein Auto wieder zum Laufen bringen.«

»Das war nett von ihm.«

»Das war es, aber das Beste war, es hatte irgendwas mit dem Anlasser zu tun, und er sagte mir, ich solle direkt vorbeikommen, und er würde ihn mir zum Selbstkostenpreis ersetzen. Also rief ich meinen Mann an und sagte ihm, ich würde zum J & C Boulevard fahren, um das Auto reparieren zu lassen.«

J & C Boulevard? Das war dort, wo Elby Salters Leiche abgelegt worden war. Aber es war auch ein Industriegebiet, in dem Hunderte von Unternehmen untergebracht waren. Wenn man hier unten arbeitete und nicht im Einzelhandel oder Tourismus tätig war, war die Wahrscheinlichkeit groß, dass man in dieser Gegend arbeitete.

# 48

CHESTER WAR NICHT BEGEISTERT DAVON, DASS ICH TONY Bellows reinholte. Manchmal war Chester ein Politiker, während ich durch und durch Mordermittler war.

»Derrick, sieh mal aufs Thermometer.«

»Es zeigt fast achtzig Grad an.«

»Schön bullig warm. Wann kommt dein Mann?«

»Er müsste in zehn Minuten hier sein.«

»Perfekt.«

Wir spähten auf den Videomonitor. Bellows hing lässig da. Das konnte daran liegen, dass er mal Polizist gewesen war, oder daran, dass er wusste, dass wir ihn beobachteten, aber seine Haltung war in einem Verhörraum genauso großspurig wie in seiner Wohnung.

»Wie lange willst du noch warten, Frank?«

»Es sind jetzt vierzig Minuten; gehen wir's an.«

Derrick klopfte kurz an die Tür, und wir traten ein.

»Hier drin ist es heiß, Frank.«

»Oh ja. Kümmer dich mal um die Klimaanlage, ja?«

Bellows wandte den Blick nicht von der Wand hinter mir ab, als ich mich setzte.

»Tut mir leid wegen der Hitze.«

Als Antwort schnaubte er nur.

Derrick kam wieder herein. »Ich hab sie auf siebzig Grad runtergestellt.«

»Danke.«

Derrick schaltete die Videoaufnahme ein und erledigte die Formalitäten, bevor er die erste Frage stellte.

»Mr. Bellows, woher kannten Sie Elby Salter?«

»Sie wissen verdammt gut, woher ich ihn kannte.«

»Kannten Sie ihn schon, bevor Ihre Frau, Suzanne, eine Beziehung mit ihm angefangen hat?«

»Nein.«

»Hat die Beziehung Sie aufgeregt?«

Er sah mich an. »Was ist mit dem verdammten Kerl los?«

»Mäßigen Sie Ihren Ton, Mr. Bellows, und beantworten Sie die Frage.«

»Natürlich, Sue war meine Frau; sie ist es immer noch.«

»Haben Sie Mr. Salter und Ihrer Frau nachgestellt, als sie zusammen waren?«

»Das war kein Nachstellen. Ich bin ihr gefolgt, weil sie auf einmal nicht mehr versuchen wollte, die Ehe zu retten. Ich wollte herausfinden, warum.«

»Und dieser Grund war Elby Salter, nicht wahr?«

»Ja.«

»Und Sie waren so wütend darüber, dass Sie ihm in den Hinterkopf geschossen haben.«

»Hören Sie mal, ich bin freiwillig hierhergekommen, ohne Anwalt. Den Scheiß hier brauche ich nicht, kapiert?«

Ich sagte: »Nachdem Sie durch das Nachstellen von der Beziehung erfahren hatten, sind Sie ihnen dann noch einmal gefolgt?«

»Nur noch einmal. Ziemlich sicher.«

»Ziemlich sicher? Sie würden sich nicht daran erinnern, jemanden verfolgt zu haben?«

»Wie gesagt, ich bin ihnen ungefähr zweimal gefolgt.«

»Sind Sie Elby Salter jemals gefolgt, als er nicht mit Ihrer Frau zusammen war?«

Ich konnte das Rattern in seinem Kopf fast hören, als er zögerte. Er brauchte nicht zu antworten; ich wusste, dass er Salter gefolgt war.

»Ich glaube nicht. Also, ich könnte ihm vielleicht ein kurzes Stück gefolgt sein, nachdem er Sue abgesetzt hatte.«

»Warum sollten Sie das tun?«

»Ich weiß nicht. Ich hab's einfach getan.«

»Haben Sie ihn jemals zur Rede gestellt?«

»Nein. So etwas würde ich niemals tun.«

Derrick stellte eine gute Frage. »Haben Sie Ihrer Frau jemals nachgestellt?«

»Ja, sicher. Sie musste doch beobachtet werden, oder nicht?«

»Haben Sie Ihrer Frau jemals gedroht?«

»Was ich zu meiner Frau gesagt habe, geht nur uns beide etwas an. Das geht Sie einen feuchten Dreck an.«

Ich sagte: »Ich habe gehört, dass Sie mit Mr. Henry, dem Besitzer der Red Sox, sprechen wollten.«

»Was soll das sein, ein Verbrechen in Collier County?«

»Man hat uns berichtet, dass Sie eine Szene gemacht haben, als Ihnen gesagt wurde, er sei nicht da.«

»Er war da. Das Weichei hatte Schiss, mit mir zu reden, sich der Tatsache zu stellen, dass er und seine Kumpels die Fans über den Tisch ziehen, die ihnen das Geld in die Taschen stecken.«

»Sie haben sich geweigert zu gehen, und als ein Wachmann zu Hilfe gerufen wurde, sind Sie handgreiflich geworden.«

»Der verdammte Kmart-Cop hat Hand an mich gelegt. Niemand legt Hand an mich. Niemand.«

»Als Sie Elby Salter zur Rede gestellt haben, hat er Hand an Sie gelegt, und deshalb haben Sie ihn erschossen?«

»Nein.«

»Möchten Sie diese Antwort vielleicht noch einmal überdenken?«

»Hören Sie, ich habe ihm nichts getan.«

»Wir haben einen Zeugen, der uns eine eidesstattliche Aussage abgegeben hat, dass Sie gesagt haben: »Ich werde diesen reichen Mistkerl umbringen.« Ist es das nicht, was Sie gesagt haben?«

»Das ist Blödsinn. Jeder sagt mal was, was er nicht so meint. Ich war sauer, frustriert, verdammt noch mal! Warum können Sie das nicht verstehen?«

»Haben Sie es gesagt oder nicht?«

»Oh, Mann. Was? Arbeiten Sie jetzt mit diesen Mistkerlen aus Lee County zusammen? Die hatten kein Recht, mich aus dem Dienst zu entfernen. Ich habe nur meinen verdammten Job gemacht.«

»Wir haben nichts mit dem zu tun, was auch immer in Lee County passiert ist, einschließlich welcher Klage auch immer Sie gegen die führen. Haben Sie Elby Salter gedroht?«

»Na gut, schon gut. Ich habe ein paar Sachen gesagt, aber das ist kein Verbrechen, und das wissen Sie. Ich weiß nicht, was hier läuft, aber ich will meinen Anwalt.«

»Dann beenden wir unsere Befragung. Sie können Ihren Anwalt anrufen und ihn hierher bestellen. Sie werden bei einer Gegenüberstellung mitmachen, mit oder ohne Ihren Anwalt.«

---

ES DAUERTE EINE STUNDE, BIS SHELDON FISHER, EIN ANWALT der Internationalen Polizeigewerkschaft, eintraf. Die Beamten des Lee County Sheriff's Office waren gewerkschaftlich organisiert, etwas, das die Beamten in Collier County nicht waren. Fisher hatte Bellows' Versuch verteidigt, sich gegen seinen

Rauswurf aus dem Polizeidienst zu wehren, und verloren. Zahlte er immer noch Gewerkschaftsbeiträge?

Bellows und Fisher hatten sich vor der Gegenüberstellung in einem privaten Raum verschanzt. Wir konnten nicht lauschen. Da eine Schönheitsoperation zur Veränderung seines Aussehens keine Option war, fragte ich mich, welchen Rat der Dreihundert-Dollar-pro-Stunde-Anzug erteilte.

Nach zwanzig Minuten steckte Fisher den Kopf heraus.

»Wir sind bereit, fortzufahren. Wo ist der Zeuge?«

»Er wartet im Empfangsraum.«

»Ich will nicht, dass mein Mandant an ihm vorbeigeht. Das wird den Zeugen beeinflussen.«

»Wir sind uns der Gefahr einer Beeinflussung der Ergebnisse bewusst. Der Gegenüberstellungsraum ist gleich den Gang hinunter. Der Zeuge wird erst in den Beobachtungsraum gebracht, wenn die Männer für die Gegenüberstellung Aufstellung genommen haben.«

»Das ist zufriedenstellend. Bringen wir das hinter uns.«

Normalerweise mochte ich es nicht, eine polizeiliche Gegenüberstellung nur mit Beamten zu besetzen. Im Allgemeinen wollte ich, dass mindestens zwei oder drei Zivilisten neben dem Verdächtigen standen. In diesem Fall war Bellows selbst Beamter gewesen, also würde die Fähigkeit, einen Polizisten zu erkennen, den Vorgang nicht beeinträchtigen.

Das Problem für uns war, vier Beamte zu finden, die so klein waren wie Bellows. Wir fanden keine und holten zwei Männer aus der IT-Abteilung dazu, zusammen mit einem Polizisten von der Cyber-Abteilung und einem von der Wirtschaftskriminalität.

Ich schaute kurz in den Vorbereitungsraum. Bellows und den anderen wurden Nummern gegeben, die sie sich um den Hals hängen sollten. Bellows trug die Nummer fünf. Er würde der letzte in der Reihe sein. Alle waren bereit. Ich sagte ihnen, ich würde mich melden, wenn wir so weit wären.

Derrick und der Zeuge waren im abgedunkelten Beobachtungsraum. Ich ermahnte Fisher, ruhig zu sein, bevor ich zu
meinem Partner trat. Sobald ich hereinkam, sagte Derrick: »Ich
muss mit dir reden, sobald wir fertig sind. Habe gerade eine
interessante E-Mail bekommen.«

Ich nickte und betätigte den Schalter für den Gegenüberstellungsraum. Der Zeuge trat einen Schritt zurück, als fluo-
reszierendes Licht durch das Beobachtungsfenster flutete.

»Schon gut. Niemand kann uns hier drin sehen.«

»Sind Sie sicher?«

»Absolut.«

Ich rief im Vorbereitungsraum an und eine Tür öffnete sich.
Die fünf Männer betraten den Raum und stellten sich an der
Rückwand auf.

»Nehmen Sie sich Zeit zum Schauen. So viel Sie brauchen.
Wenn Sie sie im Profil sehen wollen, sagen Sie einfach
Bescheid.«

Ich studierte sein Gesicht, während er die Reihe entlangging. Er hielt bei Nummer drei länger inne als bei den ersten
beiden. *Scheiße.* Er ging schnell an Nummer vier vorbei zu
Nummer fünf. War das ein Zucken? Er blieb genauso lange bei
ihm wie bei Nummer drei, also hatten wir eine Chance.

Er ging die Reihe wieder zurück und sagte dann: »Können
wir sie bitten, sich zu drehen, bitte?«

Ich drückte die Sprechanlagentaste. »Bitte nach links
drehen.«

Die Männer drehten sich und zeigten ihr Rechtsprofil. Ich
wollte, dass der Zeuge uns ein Zeichen gab, aber nach ein paar
Sekunden sagte er: »Können wir ihre andere Seite sehen? Die
Seite, die ich sah, als der Kerl im Explorer saß.«

»Drehen Sie sich in die andere Richtung, meine Herren.«

Sobald die Männer ihre linke Profilseite zeigten, lehnte sich
der Zeuge gegen das Fenster. Er nahm sich mehr Zeit, die
Männer zu mustern, überflog aber immer noch die ersten

beiden. Er sah sich Nummer drei wieder eindringlich an. Ich verstand es nicht. Er sah Bellows überhaupt nicht ähnlich.

Er übersprang den vierten Mann förmlich und beäugte Bellows länger als Nummer drei. Der Zeuge wandte sich an Derrick. »Okay, ich habe genug gesehen.«

## 49

DERRICK NAHM MICH BEISEITE. »ALS DU MICH NACH DEM Verlassen des Baseballstadions angerufen hast, um die Hintergrundüberprüfungen zu machen, habe ich das erledigt.«

»Und was ist dabei herausgekommen?«

»Smick war vor weniger als einem Jahr im Park Royal Behavioral.«

»Park Royal? Weswegen?«

»Bipolare Störung.«

»An die Akten aus der Zeit, in der er dort war, kommen wir nicht ran.«

»Ich weiß, aber Leute mit dieser Störung können gewalttätig sein.«

»Wie lange war er dort?«

»Sechzig Tage.«

»Wenn er seine Medikamente abgesetzt hat, könnte er leicht gewalttätig geworden sein.«

»Wir sollten mit diesem Kerl reden.«

»Auf jeden Fall, aber ich mache mir Sorgen, dass er Beweismittel verschwinden lässt, wenn wir ihn aufscheuchen.«

»Willst du ihn überwachen lassen?«

»Was ich wirklich will, ist, sein Haus und seinen Van zu durchsuchen. Ich habe in seinem Van etwas Seltsames gesehen. Etwas wie ein Hund, aber es hat sich nicht bewegt, als wäre es tot.«

»Das ist mehr als nur seltsam.«

»Ich werde meinen Kumpel Tim Winters anrufen und sehen, ob er herausfinden kann, ob Smick wegen des Baker Acts ins Park Royal gekommen ist, weil er für jemanden eine Bedrohung war. Und ob ihm bei seiner Verhaftung eine DNA-Probe entnommen wurde.«

»Was soll ich wegen Bellows tun?«

»Weißt du, dieser Augenzeuge macht mich nervös. Wenn wir eine Anklage gegen ihn erheben müssen, können wir die Gegenüberstellung nicht verwenden. Er konnte sich nicht zwischen Bellows und Bacchus entscheiden. Wenn wir es doch tun, wird die Verteidigung das in der Luft zerreißen.«

»Wir haben nicht genug für einen Durchsuchungsbefehl, oder?«

»Alles, was wir einem Richter vorlegen können, ist die Nummer mit dem wütenden Ehemann. Warum beschattest du ihn nicht und schaust, ob du an seine DNA herankommst?«

---

»Hey, Frank, ich habe mich für dich über Eugene Smick erkundigt.«

»Danke, Timmy. Was hast du für mich?«

»Ich weiß, dass du das weißt, aber du darfst das nicht weiterverbreiten, okay?«

»Kein Problem.«

»Smick wurde aufgrund des Baker Acts nach Park Royal gebracht. Der Beamte traf die Entscheidung und wandte das Gesetz an. Er reagierte auf den Anruf eines Nachbarn. Smick tobte anscheinend, war bedrohlich und redete wirres Zeug. Er faselte davon, dass jemand sein Auto verbeult habe, dass es einer der Nachbarn gewesen sei, und dass sie wüssten, wer es war, es ihm aber nicht sagen wollten. Der Beamte versuchte, mit ihm zu reden, aber er wiederholte immer wieder, dass er eine Waffe habe und sich seine Nachbarn holen werde.«

»Traurig.«

»Als du ihn wegen des Stalkings von Weaver festgenommen hast, habt ihr doch einen DNA-Abstrich gemacht, oder?«

»Ja, aber die Sache ist die: Da das Gesetz erst dieses Jahr in Kraft getreten ist, haben wir zwar die Proben genommen, aber das Labor ist überlastet. Sie haben die Entnahme angeordnet, aber nie das Personal für die Bearbeitung aufgestockt.«

»Willst du mich auf den Arm nehmen? Wir haben in Collier zwei Techniker zusätzlich dafür eingestellt.«

»Wir haben im Schnitt über fünfundsechzig Festnahmen pro Tag.«

»Bei uns sind es nur etwa zwanzig pro Tag.«

»Wir bräuchten mindestens sechs Techniker, und sie haben nur einen eingestellt.«

»Kannst du irgendwas tun, um die Probe in der Warteschlange nach vorne zu schieben?«

»Ohne hinreichenden Tatverdacht kann niemand etwas tun. Es sei denn, du bist natürlich der Sheriff. Du weißt ja, wie das läuft.«

»Ich arbeite daran. Danke, Timmy, ich weiß das wirklich zu schätzen.«

---

WÄHREND ICH LEBENSMITTEL EINKAUFTE, GING ICH DIE Chancen durch, dass ein Richter mir die Durchsuchung der Häuser von Bellows und Smick genehmigen würde. Sie lagen knapp über Null. Gleich zwei auf einmal zu beantragen, bewies die Schwäche der Schuldzuweisung bei beiden Männern.

Ich ging das Puttanesca-Rezept durch, das wir in dem Kochkurs zubereitet hatten, den Mary Ann mir zum Geburtstag geschenkt hatte. Langsam aber sicher war mein Interesse am Kochen gestiegen. Ich hatte es schon immer geliebt, auswärts zu essen, und schätzte die Art und Weise, wie Restaurants ihre Versionen eines Gerichts zubereiteten, aber bevor ich Mary Ann traf, bestand Kochen für mich daraus, Suppe aufzuwärmen oder einen Käsetoast zu machen.

Ich war nicht der kreative Typ, aber ich konnte ein Rezept befolgen und mochte es, aus rohen Zutaten eine Mahlzeit zu zaubern. Dieses Gericht war eine Abwandlung eines traditionellen Nudelgerichts, benannt nach den Damen der Nacht. Es enthielt zusätzlich Thunfisch und weniger Sardellen. Mir gefiel, wie es zu Chianti passte.

Während ich einen Strauch Rispentomaten begutachtete, klingelte mein Telefon. Es war Derrick.

»Kann das warten? Ich bin im Publix.«

»Ich habe etwas DNA von Bellows ergattert.«

»Wie hast du das denn gemacht?«

»Ich bin ihm zum Panera bei der Old Forty-One gefolgt. Er hat ein Sandwich gegessen und eine Limonade getrunken. Ich habe das Glas mitgenommen, das er benutzt hat.«

»Er hat dich nicht gesehen, oder?«

»Nein. Er hat die halbe Zeit auf sein Handy gestarrt.«

»Hast du es zum Labor gebracht?«

»Bin gerade auf dem Weg.«

»Gut, ich melde mich später bei dir.«

»Warte, da ist noch mehr. Sie haben Jacques Redoux in Miami geschnappt, als er versuchte, einen Flug nach Marseille zu besteigen.«

»Haben sie ihn befragt?«

»Nicht eingehend; sie haben auf uns gewartet.«

»Schick mir die Kontaktdaten der Homeland-Leute, die ihn festhalten.«

Ich packte zwei Sträucher Tomaten ein und eilte zum Gang mit den Fleischkonserven. Ein paar Dosen Thunfisch mussten heute Abend reichen, aber ich würde Progresso nehmen. Auf dem Weg zur Kasse bog ich in die Weinabteilung ab. Es war keine Zeit, in einem Weingeschäft anzuhalten. Ich konnte keinen Erzeuger finden, den ich kannte, und schnappte mir eine Flasche für zweiundzwanzig Dollar, die ein schönes schwarz-goldenes Etikett hatte.

Ich stürmte ins Haus.

»Ich bin zu Hause.«

»Papa ist zu Hause, Jessica. Lass uns ihm einen Kuss zur Begrüßung geben.«

Ich stellte die Tüte auf den Tisch, küsste Mary Ann und schnappte mir mein kleines Mädchen. Sie trug eine weiße Latzhose über einem rosa Oberteil. Sie war zuckersüß. Ich gab ihr einen Kuss.

»Willst du eine Runde Pferdchen reiten?«

Jessie lächelte, und ich setzte sie auf meine Schultern und trabte durchs Haus, während Mary Ann die Einkäufe auspackte. Ich kam in die Küche und Mary Ann sagte: »Du hast keine Spaghetti mitgebracht.«

»Scheiße!«

»Frank!« Sie nahm mir Jessica ab. »Wie oft muss ich dir noch sagen, dass du auf deine Ausdrucksweise achten sollst?«

»Es tut mir leid. Du weißt nicht, was los ist. Mein Kopf platzt wegen des Salter-Falls. Ich jongliere mit drei Verdächtigen und die Sch... – es geht alles drunter und drüber.«

## 50

---

»Warum hast du die Flasche aufgemacht, wenn du sie gar nicht trinken wolltest?«

Ich wollte ihr nicht sagen, dass ich auf eine Gelegenheit wartete, das Haus zu verlassen und mich wieder auf die Suche nach Salters Mörder zu machen.

»Ich bin wohl einfach zu sehr mit dem Fall beschäftigt.«

»Es ist, als wärst du gar nicht hier. Jessica versucht, dir zu zeigen, dass sie isst, und du schenkst ihr keine Beachtung.«

»Tut mir leid, es gibt so viel zu tun –«

»Wir hatten doch vereinbart, die Arbeit nicht mit nach Hause zu bringen. Denk dran, Familienzeit ist Familienzeit.«

»Ich weiß, aber –«

»Du schaffst das schon, Frank. Trink den Wein und entspann dich. Morgen ist schneller da als du denkst.«

Ich schenkte mir ein volles Glas ein und nahm einen großen Schluck, bevor ich für Jessie einen Strang Spaghetti kleinhackte.

Es war eine gute Sache, dass ich von der ganzen Flasche einen Schwips bekam; es war das Einzige, was mich davon abhielt, mich aus dem Haus zu schleichen.

Am nächsten Morgen saß ich vor acht Uhr an meinem Schreibtisch und entwarf einen Antrag zur Durchsuchung der Häuser von Bellows und Smick. Wir mussten handlungsbereit sein, sobald wir mehr als nur einen starken Verdacht hatten. Ich druckte beide aus und legte sie auf Derricks Schreibtisch mit einer Notiz, dass ich ihn bezüglich der Anweisungen anrufen würde.

Ich hatte versucht, eine Verbindung zwischen Bellows und Smick zu finden, aber ich gab es auf, einen Richter dazu zu bringen, beide Wohnungen durchsuchen zu dürfen.

Auf dem Daniels Parkway gab es zahlreiche Schilder für das JetBlue Stadium. Smick wohnte in der Nähe des Stadions. Als ich in den Epping Way einbog, wurde mir klar, wie nah es tatsächlich war. Der Parkplatz des Stadions begann nur wenige Meter vom Ende seiner Straße entfernt. Hinter seinem Apartmentkomplex befand sich ein Bürogebäude, das der Hauptsitz von Crystex Electronics war.

Ich fuhr auf den Parkplatz und sah sofort Smicks Van. Es war 9:30 Uhr morgens und nur ein einziger Platz war frei. Arbeitete hier denn niemand? Die Tür zu einer kleinen Lobby war verschlossen. Eine Frau mit einem Baby kam aus einer Tür und ging in Richtung Gebäuderückseite. Ich holte mein Handy heraus und schickte Derrick eine SMS, um ihm mitzuteilen, wo ich war.

Als ich aufblickte, war Smick im Flur und schloss seine Tür ab. Er steckte eine Reihe von Schlüsseln in die Tür; es schienen drei Schlösser zu sein. Ich trat einen Schritt zurück, als Smick mich ansah. Er ging in die gleiche Richtung wie die Frau.

Ich joggte zurück zum Parkplatz. Smick, mit einer roten Baseballkappe, war etwa sechs Meter von seinem Van entfernt.

»Mr. Smick? Eugene Smick?«

Er drehte sich um. »Ja. Was wollen Sie?«

Ich zog meine Dienstmarke hervor. »Detective Luca, Sheriffsbüro.«

Er rieb sich mit der Hand über die Stoppeln an seiner Wange, sagte aber nichts. Seine Augen waren glasig.

»Ich wollte Ihnen ein paar Fragen stellen.«

Smick trug Arbeitsstiefel und eine fettverschmierte Chinohose. »Ach, kommen Sie schon, ich brauch meinen Kaffee, Mann.«

»Lange Nacht gehabt?«

»Ich muss zur Arbeit und brauche vorher meinen Kaffee.«

Eines seiner Beine zitterte unentwegt. »Ich beeile mich auch.«

Er seufzte schwer. »Oh, Mann. Ich brauch meinen verdammten Kaffee. Sie verstehen das nicht.«

»Wohnen Sie gern hier am Stadion?«

Er lächelte. »Oh ja, es ist gut, aber ich hasse es, wenn das Frühlingstraining vorbei ist. Nur noch vier Tage jetzt. Mann, ich wünschte, es gäbe noch tausend Tage mehr. Wussten Sie, dass eines der Trainingsfelder, das links vom Stadion, die gleichen Abmessungen wie der Fenway Park hat? Wie cool ist das denn?«

»Das wusste ich nicht.«

»Wären wir dann fertig?«

»Vor ein paar Tagen war ich bei dem Spiel gegen die Yankees.«

»Das Spiel haben wir gewonnen. Starke Aufholjagd. Brecker hat ein Double geschlagen, und dann hat Martinez ihn zum Ausgleich nach Hause gebracht. Sie haben mit zwei Outs den Ausgleich geschafft. Ich wurde echt nervös –«

»Sie haben eine Auseinandersetzung mit Ron Weaver gehabt, weil das Team Blair verloren hat.«

Er stellte sich auf die Zehenspitzen. »Das haben die total verbockt! Das sind gottverdammte Idioten. Blair ist der beste Center Fielder. Und die wollen mir den Scheiß erzählen, dass der aufstrebende Sanchez seine Lücke füllen wird? Totaler Schwachsinn. Das ist es, was es ist. Blair, der hat eine Schlagquote von 0,289, hatte siebenundzwanzig Doubles, vierzehn Homeruns, seine On-Base-Percentage liegt bei 0,383.«

Ich deutete auf sein Fahrzeug. »Ich habe die Autoaufkleber an Ihrem Van gesehen, die sich gegen einen Umzug des Teams aus Fort Myers aussprechen.«

»Das wäre eines der dümmsten Dinge gewesen, die das Team hätte tun können. Wir werden das nicht zulassen.«

»Was meinen Sie mit ›wir werden das nicht zulassen‹?«

»Die Fans. Es ist unser Team. Ohne uns haben die nichts.«

»Ich habe verstanden, dass das neue Stadion eine Menge Annehmlichkeiten gehabt hätte und größer gewesen wäre als das hier.«

»Wer braucht schon Annehmlichkeiten? Die Konzerne? Die machen uns alles kaputt. Dieser Ort hier ist nicht einmal zehn Jahre alt. Wir haben hier sechs zusätzliche Felder. Plus Reha-Einrichtungen für verletzte Spieler. Letztes Jahr, als Jimenez sich die Schulter verletzt hatte, war er fast den ganzen Juni hier. Ich konnte viele Male mit ihm reden. Wir sind gute Freunde geworden. Und die GLC Red Sox spielen den ganzen Sommer über hier.«

»Kennen Sie Elby Salter?«

Smick blinzelte. »Nein.«

»Er war der Geschäftsmann hinter den Bemühungen, das Team umzusiedeln. Salter gehörte das Grundstück, auf dem das neue Stadion gebaut werden sollte.«

»Ich habe noch nie von ihm gehört. Ich muss los. Ich bin spät dran.«

Smick stieg in seinen Van und fuhr davon. Ich ging um das Gebäude herum und versuchte herauszufinden, welche Fenster zu seiner Wohnung gehörten.

# 51

---

Wᴵʀ ʜᴀᴛᴛᴇɴ Kᴜʀsᴇ ʙᴇʟᴇɢᴇɴ ᴍÜssᴇɴ, ᴅɪᴇ sɪᴄʜ ᴍɪᴛ ᴅᴇʀ Möglichkeit befassten, dass jemand, dem wir begegneten, an einer psychischen Erkrankung litt. Der Lehrplan bot nur einen Überblick, aber er öffnete mir die Augen.

Ich konnte mir die Dozentin zwar vorstellen, aber ihr Name fiel mir nicht ein. Ich griff nach dem Ordner, den wir im Kurs benutzt hatten, und der ganz unten in meiner Anrichte lag. Direkt auf dem Einband standen ihr Name und ihre Kontaktdaten: Norma Wiedner, zertifiziertes Mitglied des American Board of Psychiatry and Neurology.

»Dr. Wiedner, hier ist Detective Luca vom Sheriff's Office in Collier County. Wir haben uns auf der Konferenz für öffentliche Sicherheit in Orlando kennengelernt. Ich habe an Ihrem Kurs teilgenommen und dabei einiges gelernt.«

»Danke. Bei welcher Abteilung sind Sie?«

»Mordkommission.«

»Verstehe. Wie kann ich Ihnen helfen?«

»Wir haben einen Fall, und ehrlich gesagt bin ich nicht sicher, ob dieser Ermittlungsansatz überhaupt relevant ist, aber mehr über Ihr Fachgebiet zu erfahren, kann nicht schaden.«

»Das kann es sicher nicht. Ich wünschte, mehr Polizeibehörden hätten intensive Programme, um ihre Mitarbeiter über psychische Erkrankungen aufzuklären. Was möchten Sie wissen?«

»Ich versuche, etwas über bipolare Störungen zu verstehen. Wir haben jemanden, der zur Behandlung einer bipolaren Störung in eine Einrichtung eingewiesen wurde.«

»Woher wollen Sie das wissen? Diese Information ist vertraulich.«

»Es gab eine häusliche Ruhestörung, und die Person drohte, ihre Nachbarn zu verletzen, was die Beamten zwang, den Baker Act anzuwenden.«

»Das Gesetz hat hier so funktioniert, wie es vorgesehen war, aber jede Diagnose, die von der aufnehmenden Einrichtung gestellt wird, ist Privatsache. Wie sind Sie an die Patientenakte gekommen?«

»Die Person hat es von sich aus preisgegeben, als sie wegen eines anderen Delikts verhaftet wurde.«

»Verstehe.«

»Es besteht die Möglichkeit, dass er jemanden ermordet hat, aber das Motiv scheint nicht besonders stichhaltig zu sein. Was können Sie mir über diese Krankheit erzählen?«

»Eine bipolare Diagnose bedeutet nicht, dass jemand gewalttätig ist. Tatsächlich wird Menschen mit psychischen Erkrankungen häufiger Gewalt angetan, als sie selbst welche ausüben. Unbehandelt ist es eine degenerative Störung und kann zu einer Psychose führen.«

»Ein Verlust des Realitätsbezugs?«

»Ja. Die Risiken sind höher, wenn Drogenmissbrauch im Spiel ist oder wenn die Person arbeitslos ist.«

Smick hatte einen Job. War er auf Drogen? »Ergibt Sinn.«

»Nach dem, was Sie gesagt haben, scheint es leider so, als hätte diese Person mindestens eine manische Episode gehabt. Unbehandelt ist die Rückfallquote hoch.«

»Können Sie mir erklären, was eine manische Episode ist?«

»Ein Zustand erhöhter allgemeiner Aktivierung mit gesteigerter Expression.«

»Entschuldigung, Doc, können Sie das auch für Laien verständlich ausdrücken?«

»Gehobene Stimmungen. Sie können euphorisch oder gereizt sein. Mit zunehmender Manie kann die Reizbarkeit stärker ausgeprägt sein, was zu möglicher Gewalt führen kann. Viele Betroffene erleben auch Blackouts. Sie haben während einer Episode keine Erinnerung oder können sich hinterher an nichts erinnern.«

»Wenn jemand, sagen wir mal, sechzig Tage lang behandelt wurde, aber dann seine Medikamente abgesetzt hat, könnte das eine Episode auslösen?«

»Ich fürchte ja. Die Therapietreue bei der Medikamenteneinnahme ist insgesamt ein ernstes Problem, aber besonders akut bei psychischen Erkrankungen. Schätzungen zufolge sind fast sechzig Prozent der Patienten nicht therapietreu. Es ist eine Schande, denn die Einnahme der verschriebenen Medikamente würde ihnen helfen, ihre Störung zu kontrollieren.«

»Nur aus reiner Neugier: Würden längere Aufenthalte in einer Einrichtung die Quote erhöhen, mit der die Leute ihre Medikamente einnehmen?«

»Ja, aber alles, was irgendjemanden zu interessieren scheint, ist, dass die Kosten für die Versorgung in einer zertifizierten Umgebung mehr als viermal so hoch sind wie die Kosten für eine Inhaftierung.«

»Das wusste ich nicht.«

»Es stimmt, aber es ist völlig irreführend. Wenn jemand ein Verbrechen begeht, das durch die Behandlung seiner psychischen Krankheit hätte verhindert werden können, kommt er für Jahre und Aberjahre ins Gefängnis. Wir müssen die Kosten der Behandlung gegen die Kosten einer zehnjährigen Haftstrafe abwägen.«

Sie hatte absolut recht. Kurzfristige finanzielle Einbußen für einen langfristigen Gewinn, und das nicht nur im monetären Sinne. Ich hätte die Diskussion gern fortgesetzt, aber ich musste einen Mörder aufspüren.

---

ALLIGATOR ALLEY WAR LEER. ICH DROSSELTE MEINE Geschwindigkeit von fast hundertvierzig, als ich mich dem Abschnitt näherte, der durch das Miccosukee-Indianerreservat führte. Ich wollte mir keinen Ärger mit einer ihrer Polizeistreifen einhandeln. Während ich auf den Tacho schaute, kam mir eine Idee, und ich rief meinen Partner an.

»Derrick, reich den Haftbefehlsantrag für Smick ein.«

»Bist du sicher?«

»Hör zu, Smicks DNA-Probe liegt in Lee im Rückstand. Die Ergebnisse von Bellows' DNA bekommen wir schneller aus unserem Labor. So machen wir an beiden Fronten Fortschritte.«

»Sollte ich im Antrag nicht erwähnen, dass es in Lee County einen Rückstand gibt? Der Richter könnte dafür Verständnis haben.«

»Auf keinen Fall. Es geht nicht um Verständnis, es geht um einen hinreichenden Tatverdacht. Wenn ein Richter weiß, dass wir auf eine DNA-Probe warten, wird er uns Däumchen drehen lassen, bis sie da ist.«

»Guter Punkt. Wie weit bist du noch von Miami entfernt?«

»Mehr als die Hälfte.«

## 52

Ich beobachtete auf dem Video-Feed, wie Jacques Redoux aus dem weitläufigen Haftbereich des Flughafens von Miami eskortiert wurde. Er schien mit den Beamten der Homeland Security zu scherzen und hatte ein Lächeln im Gesicht. Er hatte sich den Bart abrasiert. Ich machte mich mit zwei Flaschen Wasser auf den Weg in einen Vernehmungsraum.

Der trostlose Raum befand sich neben einem Bereich, in dem eine Handvoll Zollinspektoren Gepäck durchsuchten. Der Geruch von Schweiß hing in der Luft. Fragen und Antworten wurden in mehreren Sprachen ausgetauscht.

Der Franzose kam herein, das blaue Sakko lässig über die Schulter geworfen. Sein weißes Hemd war stark zerknittert, ebenso wie seine graue Hose. Redoux war tief gebräunt und hatte eine lockere Art an sich, ganz im Stil eines Hotel-Concierges.

Ich stellte mich vor und bat die Beamten, draußen zu warten. Wir nahmen einander gegenüber an einem Metalltisch Platz. Er hatte einen weniger ausgeprägten Akzent als seine Cousine Marie.

»Ich hoffe sehr, dass wir dieses Missverständnis aus der Welt schaffen können.«

Ich war nicht über zwei Stunden wegen eines Missverständnisses hierher gefahren. »Was war der Zweck Ihres Besuchs in den Vereinigten Staaten?«

»Es war Zeit für ein bisschen Spaß und Sonne.«

»Wo sind Sie untergekommen?«

»Im Marseilles Hotel.«

Gab es in Miami ein Hotel mit demselben Namen wie die französische Stadt, mit der sein Verbrecherring in Verbindung stand? Das musste ich erst einmal verarbeiten.

»Lassen Sie mich die Rechnung sehen.«

Während er seine Brieftasche öffnete, sagte er: »Oh, das war beim letzten Mal. Das habe ich ganz vergessen. Es muss am Schlafmangel liegen. Wie Sie sich vorstellen können, habe ich letzte Nacht kein Auge zugetan.«

Die Rechnung war vom Pestana South Beach. Dort hatte ich vor ein paar Jahren übernachtet. Es lag direkt beim Miami Beach Convention Center. Auf der Herfahrt war ich an mehreren Werbetafeln für die Basel Art Show vorbeigefahren. Sie war eine der größten Messen für zeitgenössische Kunst im Land.

»Waren Sie auf der Kunstmesse?«

»Kunst? Nein, das ist nichts für mich.«

»Ihr Onkel Lucien scheint ein starkes Interesse daran zu haben.«

»Das wüsste ich nicht.«

»Warum hören wir nicht auf, so zu tun, als wären Sie im Urlaub hier?«

»Es tut mir leid, aber ich verstehe nicht, was die amerikanischen Behörden glauben, dass ich getan habe.«

»Haben Sie Ihre Cousine Marie besucht?«

»Sie ist in New York, nicht wahr?«

»Kennen Sie Elby Salter?«

Er schüttelte den Kopf. »Nein. Ich kenne ihn nicht.«

Ich reichte ihm ein Foto von Salter. Er nahm es und sah es sich genau an. »Ist das dieser Salter?«

»Ja.«

Er gab es zurück. »Diesen Mann habe ich noch nie gesehen.«

Ich öffnete eine Flasche Wasser. »Möchten Sie auch eine?«

»Ja. Danke.«

Wir nahmen beide einen Schluck, und ich hatte seine DNA, nicht, dass mir das viel nützen würde, wenn er in Frankreich wäre. Die Achtundvierzig-Stunden-Frist für den Gewahrsam lief bald ab, und das wusste er.

»Die Familienehre ist eine große Sache in Frankreich, nicht wahr?«

»Natürlich. Aber wir sind nicht die Einzigen, die Wert auf Familie legen.«

»Wenn jemand ein Mitglied der Familie angreift oder verletzt, nehmen Sie das ernst, richtig?«

»Selbstverständlich. Das sind doch grundlegende Fragen. Verzeihung, Mr. Detective, aber ich verstehe die amerikanische Vorgehensweise nicht. Warum bin ich festgenommen worden?«

»Hat Ihre Cousine Marie Sie, Ihren Onkel oder jemand anderen in Ihrer Familie gebeten, ein Unrecht zu rächen, das Maries Tochter angetan wurde?«

»Maries Tochter? Was ist passiert?«

»Wir glauben, dass sie möglicherweise sexuell missbraucht wurde.«

Seine Schultern fielen in sich zusammen. »Von wem? Wer ist der Bastard?«

Ich deutete auf das Bild von Salter.

Er verbarg etwas, aber seine Körpersprache sagte mir, dass es nichts mit Salter zu tun hatte. Es war keine Zeitverschwendung gewesen; ich musste diesen Kerl selbst sehen. Ich stellte

noch einige weitere Fragen, bevor ich ihn wieder der Homeland Security übergab.

Ich hob unseren Festhaltebeschluss nicht auf. Er führte
etwas im Schilde, und ich würde die lange Fahrt, die vor mir
lag, nutzen, um herauszufinden, was es war.

## 53

DERRICK BESTÄTIGTE, DASS SMICK BEI DER ARBEIT WAR. DAS WAR
perfekt. So mussten wir uns bei der Durchsuchung kein
Gezeter anhören. Wir fuhren hinter zwei Streifenwagen auf
den Parkplatz. Bevor wir unsere Ausrüstung aus dem Wagen
holten, waren bereits drei Bewohner aus dem Gebäude getreten, um zu sehen, was los war.

Vorsichtshalber klopfte ich an Smicks Tür, während
Derrick vom Verwalter einen Schlüssel holte. Zwei Beamte
standen an beiden Enden des Flurs, um die Bewohner fernzuhalten.

Derrick schloss die Tür auf, aber es gab zwei weitere
Schlösser, für die der Verwalter keine Schlüssel hatte. Er
durchsuchte die Sammlung von Schlagschlüsseln des Dezer-
nats und zog zwei heraus, die zu den Schlössern passten.
Innerhalb von fünf Minuten schwang er die Tür auf.

Mir schlug ein unverkennbarer Geruch entgegen – der
Geruch eines allein lebenden Mannes. Bevor ich eintrat,
knipste ich die Lichter an und überflog die einsehbaren
Bereiche.

Der Hauptraum, der von einem schätzungsweise Siebzig-

Zoll-Fernseher dominiert wurde, sah so aus, als würde er gerade neu gestrichen werden. Anderthalb Wände waren mit blauer Farbe überstrichen, die zuvor beigefarben gewesen waren. Ein gerahmtes Poster von Carlton Fisk, der einen Ball anfleht, fair zu bleiben, lehnte an einer Wand.

Wir gingen auf eine Leiter in einer Ecke des Raumes zu. Auf ihrer obersten Stufe lag ein mit getrockneter Farbe verkrusteter Farbroller. Es war Monate her, dass er zuletzt in eine Wanne getaucht worden war, in der die Farbe bereits hart geworden war.

Derrick sagte: »Was soll das denn? Man sollte eine Wand schon fertig streichen, bevor man sie aufgibt.«

»Ich glaube, das hängt mit seinem Zustand zusammen. Ich habe gelesen, dass Menschen mit bipolarer Störung Energieschübe haben, bei denen sie Projekte in Angriff nehmen, sie aber nie vollenden, weil sich ihre Stimmung ändert.«

Ein Red-Sox-Überwurf lag auf der Lehne einer abgenutzten Cord-Couch. Auf der Ecke des Couchtisches stapelten sich Baseball-Scorecards.

»Fang hier drin an, Derrick.«

Ich ging in die Küche. Der Kühlschrank war mit einer Auswahl an Red-Sox-Magneten übersät. Ein nur zum Teil fertiggestelltes Puzzle auf dem Tisch war mit Post, einer schmutzigen Schüssel und einem Löffel bedeckt. Ich zog ein paar Schubladen auf und ging ins Hauptschlafzimmer.

Kein Kopfteil, und das Bett war ungemacht. Ich ging direkt zum Nachttisch und riss die Schublade auf. Keine Handfeuerwaffe, aber jede Menge leere Pillendöschen. Ich zog Handschuhe an und hob eines auf. Es war etwas, das sich Lamictal nannte. Das Rezept war über ein Jahr alt.

Es gab noch drei weitere Fläschchen, jeweils von Seroquel und Abilify. Alle waren leer. Sofern er seine Pillen nicht bei sich trug, hatte Smick seine Medikamente abgesetzt. Ich machte ein Foto und schloss die Schublade.

Ein Monitor und eine Tastatur standen auf einem mit Papieren bedeckten Metallschreibtisch. Es waren Steuerformulare für das Jahr 2015. Ich zog die einzige Schublade auf. Oben auf einem *Sports Illustrated*-Magazin lag eine Handfeuerwaffe. Ein 0,357er-Revolver. Ich hob ihn mit meinem Stift an und verpackte ihn in einem Beweisbeutel. Es gab nichts weiter von Interesse, es sei denn, man sammelte Baseballkarten oder Autogramme.

Ich öffnete den Kleiderschrank. Er sah einsam aus. Zwei Paar Jeans und Chinos hingen neben einem Button-down-Hemd. Das Regal war jedoch vollgestopft mit Zeug. Das würden wir uns gründlich ansehen müssen.

Derrick schaute gerade in einen Küchenschrank, als ich mit der eingetüteten Waffe hereinkam.

»Es ist ein .357er-Revolver.«

»Glaubst du, es ist die Tatwaffe?«

»Ich weiß nicht, was ich glauben soll, außer dass wir sie sofort testen lassen müssen.«

Ich rief im Labor an und übergab die Waffe einem Beamten, der sie zur Untersuchung dorthin bringen sollte.

———

WIR FUHREN GERADE AN DER HERTZ ARENA VORBEI, ALS Derrick einen Anruf erhielt. Es ging um eine Leiche.

»Sieht so aus, als hätten wir möglicherweise die Identität für die Leiche vom Naples Dock.«

»Wer ist es?«

»Sie glauben, es ist ein Bahamianer, der als vermisst gemeldet wurde. Ein Kerl namens Abreu.«

»Von den Bahamas?«

»Jep, er passt zur Beschreibung, einschließlich des Tattoos. Es war auf Portugiesisch.«

»Wie zum Teufel konnte er mit einem Schuss in den Hinterkopf enden?«

»Sieht so aus, als sei Abreu in den Drogenschmuggel verwickelt gewesen, und wer weiß, was er getan hat.«

»Wenn es mit Drogen zu tun hat und international ist, wird Chester den Fall abgeben.«

»Ich war mir so sicher, dass es irgendeine Verbindung zu Redoux gab.«

»Ruf im Labor an; frag, wie weit sie mit der Ballistik sind.«

Er rief an. »Noch nicht.«

»Was zum Teufel dauert so lange?«

»Sie haben gesagt, spätestens in zwei Stunden ist es fertig.«

Mein innerer Pinkel-Alarm ging los. Ich gab mein Bestes, ihn nicht länger zu ignorieren. Außerdem hatten wir ein paar Stunden totzuschlagen.

»Ich muss mal pinkeln. Ein Kumpel von mir arbeitet bei Mattress City an der Immokalee. Die Toiletten dort sind sauber.«

Derrick wartete im Auto. Mein Freund war gerade dabei, einem Paar eine dreitausend-Dollar-Matratze aufzuschwatzen. Ich winkte und ging zur Herrentoilette.

Sie war so sauber, wie ich sie in Erinnerung hatte. Warum gab sich ein Matratzengeschäft so viel Mühe, seine Toiletten makellos zu halten, während viele Supermärkte das nicht taten?

Während ich auf dem Thron saß, trommelte ich auf meinen Bauch, um ein Rinnsal in Gang zu bekommen. Ich versuchte, die Wahrscheinlichkeit abzuwägen, dass wir die Waffe hatten, mit der Salter getötet worden war. Warum sollte jemand eine Tatwaffe in einer Schreibtischschublade aufbewahren?

Smick hatte psychische Probleme und war im Krankenhaus gewesen, weil er seine Nachbarn bedroht hatte. Andererseits hatte er einen Job, der zeigte, dass er verantwortungsbewusst sein konnte. Warum sollte er sie nicht entsorgen oder zumindest verstecken, wenn es die Waffe war, die Salter getötet hatte?

Zweifel begannen, sich breit zu machen, als mein Strahl stärker wurde. Smick hatte einen Van, der eine Zulassung und eine Versicherung benötigte. Wir mussten uns sein Fahrzeug ansehen. Ich dachte an Elby Salters Wagen und an die Tatsache, dass der von Hamlet kontrollierte Schrottplatz nie die korrekten Papiere vorgelegt hatte. Was verbarg Hamlet?

Na los, Luca. Denk nach. Was ist es? Hol es raus, Luca. Dann erinnerte ich mich an etwas, das mein eigener Name auslöste: Lucayan Holdings, ein Firmenname, der aufgetaucht war, als ich eine Firmensuche im Zusammenhang mit Hamlet durchgeführt hatte.

Könnte es da eine Verbindung geben? Sie hatte ihren Sitz auf den Bahamas. Sie wissen ja, was ich von Zufällen halte.

# 54

DER VERSUCH, DISKRET ZU SEIN, FUNKTIONIERTE NICHT, ALSO wedelte ich ihr mit meiner Dienstmarke vor dem Gesicht herum, und Hamlets Empfangsdame klappte zusammen wie ein billiger Strandschirm. Da Derrick mir Bescheid geben wollte, sobald der Ballistikbericht eintraf, hatte ich mein Handy auf Vibration gestellt.

Die Frau ging, um es Hamlet zu sagen, und verschwand schneller als kostenlose Häppchen auf einer Messe. Die »Ouvertüre 1812«, die im Hintergrund lief, hätte mich beinahe laut auflachen lassen.

Kaum eine Minute war vergangen, als Hamlet den Flur entlangstapfte. Seine Rudolph-Nase war schon aus zehn Metern Entfernung zu sehen. Er deutete auf einen Raum und trat ein. An den Arbeitsplätzen hoben sich Köpfe, als ich ihm folgte. Hamlet stand im selben Konferenzraum, in dem wir uns schon zuvor getroffen hatten.

»Detective, ich tue mein Bestes, um die Unterlagen zu Elbys Fahrzeug ausfindig zu machen.«

»Gut, aber ich bin wegen einer anderen Angelegenheit hier.«

Er zupfte am Ärmelaufschlag seines Hemdes. »Bitte, nehmen Sie Platz. Worum geht es?«

»Um Ihre Geschäftsinteressen auf den Bahamas.«

Er befeuchtete seine Lippen. »Was ist mit denen?«

Eine SMS kam an. Sie war von Derrick. Es gab keine ballistische Übereinstimmung. Die Waffe in Smicks Wohnung war nicht die Tatwaffe. Verdammt.

»Ich wüsste gern, was diese Firmen tun.«

»Nun, Caribbean Solutions ist unser größtes Unternehmen. Hauptsächlich konzentriert es sich auf die Modernisierung und Installation von Technologielösungen für den privaten und öffentlichen Sektor. CS, wie wir es nennen, hat mehrere Verträge mit der bahamischen Regierung.«

»Arbeitet es dort auch mit den Banken zusammen?«

»Das lässt sich nicht vermeiden, wenn man überleben will. Finanzdienstleistungen stehen auf den Inseln direkt hinter dem Tourismus.«

»Und Bahamian Enterprises?«

»Die konzentriert sich auf die Grundbedürfnisse der Menschen. Nichts Exotisches. Wir besitzen die drittgrößte Supermarktkette, obwohl wir darüber nachdenken, uns aus diesem Geschäft zurückzuziehen. Es ist einfach zu wettbewerbsintensiv, und die Margen sind hauchdünn.«

»Und was ist mit Lucayan Holdings?«, fragte ich und sprach es Luk-e-jan aus.

»Lucayan Holdings ist auf den Tourismus ausgerichtet. Wir haben Beteiligungen an ein paar kleineren Hotels sowie an mehreren Ausflugs- und Wassersportunternehmen auf der gesamten bahamischen Inselkette.«

Mein Handy vibrierte. Es war wieder die pensionierte Reporterin. Sie hatte schon zweimal angerufen. Ich drückte den Anruf weg. »Sie vermieten auch Boote, nicht wahr?«

»Ja, zusammen mit Parasailing, Angelausflügen, Jetskis und

geführten Touren. Wir betreiben auch einen Transportdienst zwischen den Inseln. Solche Dinge eben.«

»Sie hatten damit einige rechtliche Probleme, nicht wahr?«

»Ähm. Ich bin nicht sicher, worauf Sie anspielen.«

»Wurde Lucayan nicht von den bahamischen Behörden wegen seiner Beteiligung an einem Drogenschmuggelring sanktioniert?«

»Ach, das. Das war ein abtrünniger Mitarbeiter, der eines unserer Boote ohne Erlaubnis benutzt hat. Ehrlich gesagt, hätten wir ihn wegen Diebstahls anzeigen sollen. Wir wurden da leider mit hineingezogen.«

»Es scheint ein Muster zu geben, da es das zweite Mal ist, dass Sie, wie Sie sagen, in ein Schmuggelverbrechen verwickelt gewesen sind.«

»Wir wurden in beiden Fällen von jeglicher Verantwortung freigesprochen.«

»Aber Sie haben erhebliche Geldstrafen gezahlt. Das klingt für mich, als wären Sie mitschuldig gewesen.«

»Es war einfacher, eine Strafe zu zahlen, als dagegen anzukämpfen. Auf den Bahamas laufen die Dinge anders. Also haben wir beschlossen, die Sache hinter uns zu lassen. Wir haben auch unsere Einstellungsverfahren erheblich verschärft, obwohl es in der gesamten Karibik schwierig ist, qualifizierte Mitarbeiter zu finden.«

»Dank ein paar Gefallen von Freunden, die bei den Bundesbehörden arbeiten, habe ich die Vergleichsunterlagen gesehen. Es ist nicht ganz so, wie Sie es darstellen.« Ich hatte sie nicht gesehen, aber Hamlet hatte keine Ahnung, wozu wir Zugang haben könnten, und ich brauchte einen Durchbruch.

»Wir haben geringfügige Vergehen zugegeben.«

»Sie haben Partner in Ihren bahamaischen Unternehmen, richtig?«

»Wir gehen ständig Partnerschaften ein, besonders an

Orten wie der Karibik, wo Einheimische über Erfolg oder Misserfolg entscheiden können.«

»Das tun Sie häufig mit der Familie Salter, nicht wahr?«

»Ja, unter anderem.«

»Die anderen aus Ihrer monatlichen Treffengruppe?«

»Geschäfte einzugehen und Abschlüsse mit Unternehmen zu tätigen, die ähnliche Ziele und Eigenschaften haben, ist kein Gesetzesverstoß.«

Ich wagte einen Schuss ins Blaue. »Ich habe gehört, dass einige Ihrer Pokerkumpel ebenfalls auf den Bahamas involviert sind.«

»Wir haben Minderheitspartner in vielen unserer Investitionen.«

»Sind die Salters Partner in einem Ihrer bahamaischen Unternehmen?«

»Sie können nicht von mir erwarten, dass ich solche Details im Kopf habe. Wir haben fast dreihundert Investitionsvehikel und Dutzende von Partnern.«

Er wusste ganz genau, ob Salter involviert war oder nicht. Hamlet verbarg Elby Salters Beteiligung. Die Fragen begannen in mir aufzusteigen. Gab es eine Verbindung zwischen der geheimen Gruppe und dem Drogenschmuggel? Hatte ein Außenstehender an Salter ein Exempel statuiert? Oder hatte Elby Salter von den verdeckten Aktivitäten erfahren, deswegen Krach geschlagen und wurde getötet, um ihn zum Schweigen zu bringen?

Den Drogenaspekt hatten wir noch nie untersucht. Die Art und Weise, wie Salter getötet worden war, passte zu den Methoden von Drogenkartellen. Die DEA hatte vielleicht etwas über eine der Firmen, die den Salters gehörten.

Als ich Hamlets Büro verließ, schwirrte mir der Kopf. Hamlet schickte Autos nach China. Hatte er oder andere Gruppenmitglieder Lieferungen, die ins Land kamen, Lieferungen, die als Deckmantel für importierte Drogen genutzt werden könnten?

Als ich in den Cherokee sprang, ließ mein Enthusiasmus nach. Ein großer Drogenring war weit hergeholt. Diese Leute waren bereits reich. Warum sollten sie das riskieren? Aber da war die Anklage wegen Drogenschmuggels. Nicht eine, sondern zwei davon.

Während ich auf eine Lücke wartete, um auf die Route 41 abzubiegen, bog ein Auto auf den Parkplatz ein. Der Fahrer kam mir bekannt vor. Es war Tony Bellows. Ich legte den Rückwärtsgang ein. Hinter mir war ein Auto. Ich winkte, aber der Fahrer rührte sich nicht.

Ich riss die Tür auf und sprang hinaus. Mit der Dienstmarke in der Luft sagte ich: »Weg da! Jetzt!«

Mit quietschenden Reifen setzte ich zurück. Ich legte den Vorwärtsgang ein und beobachtete, wie Bellows das Gebäude betrat. Er verschwand in einem Aufzug. Als ich in der Lobby ankam, war der Aufzug schon wieder auf dem Weg nach unten.

Ich studierte das Verzeichnis der Firmen in dem vierstöckigen Gebäude. Hamlet Holdings belegte ein ganzes Stockwerk. Der Rest der Firmen war Finanzberater, Anwaltskanzleien und Wirtschaftsprüfer.

Bellows und Hamlet. Was war die Verbindung? Könnte der Ex-Cop der angeheuerte Killer sein? Waren diese prominenten Männer so clever? Hatten sie von Bellows' Frau erfahren und ihn benutzt, um sich um welches Problem auch immer sie mit Salter hatten zu kümmern?

Wo zum Teufel blieben die DNA-Ergebnisse von Bellows? Ich zog mein Handy hervor, bereit, den Jungs im Labor die Hölle heiß zu machen, als das Telefon in meiner Hand vibrierte. Es war das Labor.

# 55

WIR HATTEN EINE DNA-ÜBEREINSTIMMUNG. ES WAR AN DER Zeit, ihn festzunehmen. Ich achtete immer darauf, dass das Team wusste, wie ich mir die Durchführung einer Verhaftung vorstellte. Es sollten Derrick und ich sein, zusammen mit vier weiteren Beamten. Das war vielleicht übertrieben, aber mit einer überwältigenden Übermacht aufzutauchen, war für gewöhnlich eine wirksame Absicherung. Wir hatten uns in meinem Büro versammelt. Ich händigte jedem Mitglied eine Skizze des Ortes aus.

»Ich will nicht, dass irgendjemand Risiken eingeht. Dieser Kerl hat bewiesen, dass er tötet. Wenn er sich in die Enge getrieben fühlt, ist er zu allem fähig.«

Derrick sagte: »Frank und ich nehmen den Vordereingang.«

»Und ich will zwei Mann, die den Hinterausgang abdecken, und einen auf jeder Seite. Mir egal, wie heiß es ist, jeder trägt eine Schutzweste.«

Ein leises Stöhnen wurde vom Klingeln meines Handys übertönt. Es war Mary Ann. Ich schickte eine automatische Textantwort und sagte: »Ich glaube nicht, dass jemand bei ihm sein wird, aber man kann nie sicher sein.« Mein Handy klingelte wieder. Wieder Mary Ann. »Entschuldigt, da muss ich rangehen.«

»Mary Ann, ich bin gerade mitten ...«

»Wir sind im Krankenhaus. Jessica ist gefallen ...«

»Geht es ihr gut?«

»Sie ist auf den Hinterkopf gefallen. Es war ein harter Sturz. Sie blutet, aber nicht schlimm.«

»Wo seid ihr?«

»Im NCH am Immokalee.«

»Ich komme, so schnell ich kann.«

»Du musst nicht kommen, Frank. Ich wollte dich nur informieren. Es wird ihr gut gehen.«

»Bist du sicher?«

»Ja. Ich rufe dich später an.«

Ich legte auf. Derrick fragte: »Was ist los?«

»Jessie ist gefallen und hat sich den Kopf gestoßen. Sie sind in der Notaufnahme. Ich muss los.«

»Keine Sorge, Frank. Wir haben das im Griff. Ich hole Reilly dazu. Kümmere dich um deine Familie.«

Er hatte es tatsächlich unter Kontrolle. »Ich schulde dir was, Mann, danke. Und sei vorsichtig.«

---

»WIE GEHT ES JESSICA?«

»Ihr geht es erstaunlich gut. Sie brauchte keine Nähte, nur ein Klammerpflaster. Sie hat nicht einmal geweint, als sie ihr den Hinterkopf rasiert haben. Mary Ann und ich haben geheult, aber sie hat mit dem Stethoskop des Arztes gespielt.«

»Ein ganz schöner Schreck, was?«

»Das kannst du laut sagen. Sie machen sich ein wenig Sorgen wegen einer Gehirnerschütterung, also werden wir heute Nacht ein Auge auf sie haben, nur um sicherzugehen.«

»Ich bin sicher, es wird ihr gut gehen.«

»Bist du bereit, das hier durchzuziehen?«

»Ich kann's kaum erwarten.«

Ich klopfte an die Tür und riss sie auf. Es war das erste Mal, seit ich die Taktiken der Vernehmung gelernt hatte, dass ich den Raum für einen Verdächtigen nicht unangenehm gestaltet hatte.

Eugene Smick kaute an seiner Nagelhaut.

»Mr. Smick, ich bin Detective Frank Luca und das ist Detective Derrick Dickson.«

»Ich erinnere mich an Sie. Sie waren bei mir zu Hause.«

»Das ist richtig. Würden Sie uns bitte ein paar Fragen beantworten?«

Er zuckte mit den Schultern. »Können Sie die hier nicht abnehmen?«

»Das ist Vorschrift, aber ich mache Ihnen einen Vorschlag. Ich kann eine davon abnehmen. Welche soll ich abnehmen?«

Er hob seinen rechten Arm. »Diese hier.«

Derrick trug die Formalien vor. Ich machte eine Handschelle los und sagte: »Sie haben das Recht, während dieser Vernehmung einen Anwalt hinzuzuziehen.«

»Ich brauche keinen.«

»Wissen Sie, warum Sie verhaftet wurden?«

»Ich habe nichts getan.«

»Ihre DNA wurde an Elby Salters Leiche und in seinem Fahrzeug gefunden. Können Sie erklären, wie es dazu kam?«

»Mit der heutigen Technologie ist alles möglich.«

»Sie wussten, dass Mr. Salter hinter den Bemühungen steckte, das Team aus Fort Myers wegzubringen.«

»Das war eine scheißdumme Idee.«

»Und Sie wollten nicht, dass das passiert, oder? Sie wohnen so nah am JetBlue Stadium.«

»Ich habe ihnen gesagt, sie sollen es nicht tun. Ich habe Briefe geschickt, aber niemand hat mir zugehört. Und es war nicht nur ich. Wissen Sie, es gab Millionen von Fans, die nicht wollten, dass sie umziehen. Nicht ein einziger war damit einverstanden.«

Ich bemerkte ein Zittern in seiner linken Hand. »Warum haben Sie aufgehört, Ihre Medikamente zu nehmen?«

»Die haben nichts gebracht. Und sie haben viel Geld gekostet für nichts.«

»Der Landkreis wird für einen Vorrat aufkommen, während Sie in Haft sind.«

»Wie lange werde ich hier drin sein?«

»Das kann Ihnen Ihr Anwalt sagen.«

»Wie spät ist es?«

»Viertel nach zwei.«

Er sprang auf. »Ich verpasse das Spiel. Sie müssen mich hier rausholen. Ich habe nichts getan. Ich kann keins verpassen. Ich habe in meinem ganzen Leben noch kein Spiel verpasst.«

»Das können wir im Moment nicht tun, aber lassen Sie mich sehen, was ich tun kann, damit Sie es im Fernsehen sehen können.«

---

Wir traten auf den Flur und Derrick sagte: »Das war's, Frank?«

»Wir haben unseren Job gemacht, Junge. Das hier übersteigt bei Weitem unsere Zuständigkeit. Wir haben genug Sachbeweise, einschließlich der Tatwaffe, die du in seinem Van gefunden hast. Jemanden wie ihn zu einem Geständnis zu drängen, wird ihn nur aufregen. Er wird begutachtet werden, und zu diesem Zeitpunkt wird er wohl in eine Anstalt für geisteskranke Straftäter eingewiesen.«

»Und wir dachten, es wäre Fred Baylor, der für Hamlet arbeitet.«

»Ich weiß. Ich hätte nie gedacht, dass er nur seine Steuererklärung machen ließ.«

»Glaubst du, wenn Smick seine Medikamente genommen hätte, hätte er Salter nicht getötet?«

»Ich weiß es nicht, aber die Ärzte scheinen das zu glauben.«

»Vielleicht finden sie eines Tages mit der Technologie einen Weg, ein Gerät zu implantieren, wie sie es bei manchen Diabetespatienten tun.«

»Das ist ein verdammt guter Punkt. Warum haben sie so etwas noch nicht entwickelt?«

Mein Handy klingelte. Es war die alte Reporterin, Rosanne Roberts. »Da muss ich rangehen.«

»Ms. Roberts, wie geht es Ihnen? Es tut mir leid, dass ich mich nicht bei Ihnen gemeldet habe, aber es war hektisch.«

»Das macht nichts. In meinem Alter lernt man zu warten.«

»Was kann ich für Sie tun?«

»Ich habe noch ein bisschen weiter nachgeforscht. Nachdem ich Ihnen von diesen beiden Vorfällen erzählt hatte, musste ich einfach sehen, was ich finden konnte. Nun, wie auch immer, da war diese Frau, Matthews, die eine…«

»Ja, wir wissen von ihr, aber sie wollte wegen einer Verschwiegenheitserklärung nicht reden.«

»Oh, okay, aber wussten Sie, dass diese Frau dasselbe bei zwei anderen Männern gemacht hat?«

»Sie beschuldigte sie des sexuellen Fehlverhaltens mit ihrer Tochter?«

»Jep, sieht so aus, als hätte sie beide dazu bringen können, sie für ihr Schweigen zu bezahlen. Ich weiß es nicht sicher, aber diese Sache mit Elby Salter scheint haltlos zu sein.«

Das beruhigende Gefühl, dass es sich nicht um einen Fall von Pädophilie gehandelt hatte, wurde durch die Erkenntnis zunichtegemacht, dass jemand haltlose Anschuldigungen der übelsten Sorte erhoben hatte und damit davongekommen war.

## 56

ANNABELLE SPRACH MIT EINER FRAU, HINTER DER EINE SCHAR Kinder stand. Sie deutete auf ein Ausstellungsstück. Die Frau nickte und führte ihre Kinder weg.

Annabelle lächelte, als sie mich bemerkte, rückte ein Stück zur Seite und sagte: »Heute Morgen ist viel los.«

»Wie geht es dir?«

»Mir geht es tatsächlich ziemlich gut. Der Umzug ist so glatt gelaufen, wie ein Umzug eben laufen kann, und mir gefällt meine neue Wohnung.«

»Das ist gut. Ich weiß, wie schwer es sein kann, weiterzumachen.«

»Ich will dir nichts vormachen; es ist eine Umstellung, aber man findet heraus, wer seine wahren Freunde sind.«

»Das glaube ich dir.«

»Komischerweise bin ich tatsächlich glücklicher, als ich es seit langer Zeit gewesen bin.«

»Das freut mich für dich. Ich wollte persönlich vorbeikommen und dir etwas erzählen, das ich über Elby erfahren habe.«

Sie wich einen winzigen Schritt zurück. »Oh. Was ist das?«

»Wie du weißt, wurde eine Anzeige wegen sexueller Belästigung gegen ihn erstattet und es gab Gerüchte über Anzüglichkeiten, die während unserer Ermittlungen aufkamen.«

Ihr Stirnrunzeln vertiefte sich.

»Nun, es stellt sich heraus, dass die Frau, die die Anzeige erstattet hat, so etwas schon öfter gemacht hat. Sie hat dieselbe Anschuldigung gegen zwei andere Männer erhoben. Ich weiß nicht, ob dich das tröstet, aber ich wollte dich wissen lassen, dass die Anschuldigung anscheinend haltlos ist.«

»Du ahnst nicht, wie sehr ich das zu schätzen weiß. Wie du dir vorstellen kannst, war die ganze Angelegenheit verstörend. Ich wollte Elby glauben, aber im Hinterkopf hatte ich meine Zweifel.«

»Das ist völlig normal. Es tut mir leid, falls wir während der Ermittlungen irgendetwas unterstellt haben, aber es war etwas, dem wir nachgehen mussten.«

»Elby hatte seine Fehler, aber so etwas wäre unverzeihlich gewesen.«

Es war schön, Annabelle gute Nachrichten zu überbringen. Sie hatte einige schwere Zeiten durchgemacht, aber es sah so aus, als würde es ihr gut gehen.

Ich dachte auch, dass Chadwick es verdient hatte zu erfahren, dass sein Bruder kein Pädophiler war. Ich zog mein Handy heraus und wählte seine Nummer.

## 57

IN DER HOFFNUNG AUF STRAFMILDERUNG HALF UNS SMICKS Pflichtverteidiger, ein vollständiges Geständnis zu bekommen. Doch die Kenntnis der Einzelheiten verschaffte mir nicht die Befriedigung, die ich normalerweise empfand, wenn ich die Details eines Verbrechens erfuhr.

Stattdessen war ich niedergeschlagen und verließ das Büro. Es würde ja doch keinen Unterschied machen, oder? Egal, was ich tat, ich konnte Leute wie Smick nicht davon abhalten, zu tun, was er tat.

ICH ÜBERRASCHTE MARY ANN DAMIT, DASS ICH FRÜHER NACH Hause kam. Jessie schlief in ihrem Laufstall.

»Hast du das Geständnis von Smick bekommen?«

»Ja, mit all den deprimierenden Einzelheiten.«

»Was ist passiert?«

»Er hat Salter auf dem Parkplatz des Stadions mit einer Waffe bedroht und ist in seinen SUV eingestiegen. Er meinte, sie seien stundenlang herumgefahren.«

»Der arme Kerl muss Todesängste ausgestanden haben.«

»Salter hat versucht, Smick auszuzahlen, ist zu einem Geld-automaten gefahren und hat ihm dreitausend gegeben, damit er ihn gehen ließ. Aber es hat nicht funktioniert. Smick hat Salter gezwungen, auf den Rücksitz zu steigen, und hat ihn gefesselt. Dann hat er Salter an einer roten Ampel an der Livingston und der Vanderbilt erschossen. Kannst du dir das vorstellen? An einer verdammten roten Ampel.«

»Gott. Wie schrecklich.«

»Krank, das ist es. Nachdem er Salter losgeworden war, ist er dorthin gefahren, wo er arbeitete, hat alles saubergemacht und am Motor herumgepfuscht, damit es so aussah, als hätte er einen Kolbenfresser. Smick hat Salzsäure über das Fahrzeug gekippt und es an Carmines Schrottplatz verkauft.«

»So traurig.«

»Ich weiß nicht, dieser Fall hat mich echt mitgenommen.«

»Nun, jetzt ist es vorbei.«

Ich zuckte mit den Schultern. »Vielleicht werde ich zu alt für diesen Job. Es könnte an der Zeit sein, nach oben zu wechseln.«

»Du? Hinter einem Schreibtisch?«

»Warum nicht?«

»Was ist los, Frank?«

»Ich weiß nicht. Ich will, dass die Welt, in der Jessie aufwächst, sicher ist, ein besserer Ort als der, in dem ich aufge-wachsen bin.«

»Und du hilfst dabei.«

»Das ist Unsinn. Was tue ich denn? Ich räume auf, nachdem die Kacke am Dampfen ist. Das ist es, was ich tue. Ich kann nicht verhindern, dass so etwas passiert. Egal, what ich tue, die Leute werden immer verrückte Dinge tun.«

»Du bist nicht Gott, Frank. Du tust, was du kannst. Mach dir nichts vor. Was du tust, macht einen Unterschied. Ohne dich wären viele dieser Mörder noch da draußen.«

»Vielleicht. Ich gehe mich umziehen.«

Ich sprang unter die Dusche, in der Hoffnung, den Schmutz des Falles von mir abzuwaschen.

---

MARY ANN HIELT JESSICAS FÜßE IN DEN POOL, WÄHREND ICH DIE Vorbereitungen für das Abendessen abschloss. Das Rezept für eine Feigensoße für Rippchen, von dem ich gelesen hatte, klang zu gut, um es an einem Tag wie heute nicht auszuprobieren. Ich bestrich die Rippchen, deckte sie mit Folie ab und holte eine Flasche Wein. Der Koch empfahl einen kräftigen Wein, also nahm ich einen kalifornischen Syrah.

Als ich die Flasche entkorkte, klingelte das Haustelefon. Niemand rief uns jemals darauf an. Ich tastete meine Hose ab; wo war mein Handy? In dem Gedanken, dass jemand vielleicht versucht hatte, mich auf dem Handy zu erreichen, ging ich ran.

Es war eine Frau. »Detective Luca?«

»Ja. Wer ist da?«

»Einen Moment bitte. Herr Salter möchte mit Ihnen sprechen.«

Chadwick rief mich an?

»Herr Luca, hier spricht Prescott Salter. Ich wollte Ihnen dafür danken, dass Sie unserer Familie mit der Verhaftung des Mörders meines Sohnes ein gewisses Maß an Abschluss verschafft haben.«

»Ich weiß das zu schätzen, aber ich tue nur meine Arbeit, Sir.«

»Nun, wir sind dankbar. Wenn wir etwas für Sie oder die Abteilung tun können, zögern Sie bitte nicht, zu fragen.«

»Danke. Es gibt da etwas, das Sie in Betracht ziehen könnten, da Sie ja im wohltätigen Bereich aktiv sind.«

»Wir glauben, dass es unsere Pflicht ist, anderen zu helfen.«

»Ich frage das nicht nur wegen der Umstände des Mordes an Ihrem Sohn, sondern ganz allgemein. Und ich sage nicht, dass andere Anliegen nicht würdig wären, aber die psychische Gesundheit zieht nicht die gleichen Summen an, wie es zum Beispiel die Krebsforschung tut. Der gesamte Bereich könnte Hilfe gebrauchen, sei es bei der Aufklärung, der Behandlung, der Forschung, dem Zugang, was auch immer; es gibt einen Bedarf.«

»Das ist eine interessante, uneigennützige Bitte, Detective. Ihre Mutter hat bei Ihrer Erziehung gute Arbeit geleistet.«

»Ich habe sie zu früh verloren, Sir, aber das ist eine andere Geschichte. Danke für Ihren Anruf.«

---

ZWEI TAGE SPÄTER SAH ICH DIE NACHRICHTEN, WÄHREND ICH Portobello-Pilze grillte. Ich lächelte, als der Nachrichtensprecher berichtete, dass ein anonymer Spender 10 Millionen Dollar an die Mental Health Association of Southwest Florida gespendet hatte.

## Ende
### <<<<>>>>

Vielen Dank, dass Sie sich die Zeit genommen haben, *Tödliches Schweigen* zu lesen. Wenn es Ihnen gefallen hat, erzählen Sie doch bitte einem Freund davon oder posten Sie eine kurze Rezension. Mundpropaganda ist der beste Freund eines Autors.

Vielen Dank, Dan

Dan hat einen monatlichen Newsletter, in dem er über sein Schreiben, Artikel zum Aufbau von Selbstwertgefühl und Selbstvertrauen sowie lehrreiche Beiträge über Wein berichtet. Er stellt auch Bücher anderer Autoren vor, die im Angebot sind. Melden Sie sich an – www.danpetrosini.com

Sie können über mein Schreiben auf dem Laufenden bleiben und Zugang zu Büchern haben, die frei von Discounter sind, indem Sie sich meinem Newsletter anschließen. Normalerweise ist es einmal im Monat ausgestiegen und enthält auch Notizen zu Selbstwertgefühl, Motivationsstücken und Weinartikeln.

Es ist kostenlos. Siehe meine Website: www.danpetrosini.com

Dan ist ein USA-Today- und Amazon-Bestsellerautor, der seine erste Geschichte im Alter von zehn Jahren schrieb und es liebt, Geschichten oder Witze zu erzählen.

Seine Ideen für Geschichten erhält Dan, indem er der Frage nachgeht: Was wäre, wenn?

In fast jeder Situation, in der er sich befindet, geht Dan der Frage nach, was wäre, wenn dies oder das passieren würde? Was wäre, wenn diese Person sterben oder etwas Ungewöhnliches oder Illegales tun würde?

Dans ständiges Gedankenkarussell liefert ihm reichlich Stoff, den er zu interessanten Geschichten verwebt.

Als Fan von Büchern und Filmen mit unvorhersehbaren Wendungen gestaltet Dan seine Geschichten so, dass die Leser den Ausgang nicht erraten können. Er schreibt jeden Tag, ringt notfalls um die Worte und hat bis heute über fünfundzwanzig Romane geschrieben.

Für Dan ist es keine Frage des Wollens, er muss einfach schreiben.

Dan ist der festen Überzeugung, dass Menschen ihre Träume verwirklichen können, wenn sie sich darauf konzentrieren und handeln, und er ermutigt genau dazu.

Sein Lieblingsspruch lautet: „Der Preis der Disziplin ist immer geringer als die Kosten des Bedauerns."

Dan erinnert die Menschen daran, Negativität aus ihrem Leben zu verbannen. Er glaubt, dass sie ansteckend ist, und rät, sich von negativen Menschen fernzuhalten. Er weiß, dass eine wirklich positive Grundeinstellung einem das Gefühl gibt, das Leben spiele einem in die Karten. Wenn er mal vom Weg abkommt, sagt er sich: „Man kann keinen guten Tag mit einer schlechten Einstellung haben."

Dan ist verheiratet, hat zwei Töchter und einen anhänglichen Malteser und lebt im Südwesten Floridas. Der gebürtige New Yorker hat an örtlichen Hochschulen unterrichtet, schreibt Romane und spielt Tenorsaxophon in mehreren Jazzbands. Außerdem trinkt er viel zu viel Wein und nimmt sich selbst niemals, aber auch wirklich niemals zu ernst.

Er veröffentlicht einen zweimal monatlich erscheinenden Newsletter mit Artikeln, seinen Texten sowie Sonderangeboten und Schnäppchen.